EL verdadero significado DEL SMEK DÍA

por Adam Rex

GRANTRAVESÍA

EL

verdadero significado

DEL SMEKDÍA

ADAM REX

GRANTRAVESÍA

EL VERDADERO SIGNIFICADO DEL SMEKDÍA

Título original: *The True Meaning of Smekday*

© 2007 Adam Rex

Ilustración de portada: © Barry Downard / Début Art
Traducción: Javier Elizondo

D.R. © Editorial Océano, S.L.
Milanesat 21-23, Edificio Océano
08017 Barcelona, España
www.oceano.com

D.R. © Editorial Océano de México, S.A. de C.V.
Blvd. Manuel Ávila Camacho 76, piso 10
11000 México, D.F., México
www.oceano.mx
www.oceanotravesia.mx

Primera reimpresión: marzo, 2015

ISBN: 978-607-735-397-3

IMPRESO EN MÉXICO / PRINTED IN MEXICO

Para Steve Malk
y para la señorita Jennifer López

Mamá y yo. Primavera de 2011.

Tipolina Tucci
Escuela Secundaria Daniel Landry
2º curso

Tarea: escribir una redacción titulada
El verdadero significado del Smekdía.
¿Qué es el Smekdía? ¿Cómo ha cambiado
desde que se fueron los extraterrestres?
Puedes inspirarte en tu propia experiencia
durante la invasión extraterrestre para
elaborar tus reflexiones. También puedes
incluir dibujos o fotografías.

Todos los trabajos serán enviados al
Comité Nacional de la Cápsula del Tiempo
en Washington, D.C. El comité escogerá una
redacción que será enterrada junto con la
Cápsula Nacional del Tiempo, la cual será
descubierta dentro de cien años.

Los trabajos deberán tener una extensión
mínima de cinco páginas.

Tipolina Tucci

Escuela Secundaria Daniel Landry

2° curso

EL VERDADERO SIGNIFICADO DEL SMEKDÍA

Era el Día de la Mudanza. ¿Eso va con mayúsculas? No lo habría puesto con mayúsculas antes, pero ahora el Día de la Mudanza es una efeméride nacional, así que creo que debe ir así.

Con mayúsculas.

En cualquier caso.

Era el Día de la Mudanza y todos estaban enloquecidos. Ustedes se acordarán. Era un caos: gente corriendo por todas partes con los brazos repletos de reliquias familiares, como vajillas y álbumes fotográficos, cargando comida y agua, cargando con sus hijos y con sus perros porque olvidaban que sus hijos y sus perros podían andar por sí mismos. Enloquecidos.

Recuerdo haber visto a una mujer con un espejo, y pensé: "¿Para qué guardar un espejo?". Entonces la observé correr calle abajo con él en ambas manos y los brazos extendidos como si estuviera persiguiendo vampiros. También vi a un grupo de hombres vestidos como indios que estaban prendiendo fuegos y lanzando bolsitas de té por las tapas de las alcantarillas. Y un hombre que sostenía un tablero de ajedrez sobre su cabeza como

11

si fuera un mesero, mientras miraba a su alrededor en el pavimento y gritaba: "¿Alguien ha visto un alfil negro?", una y otra vez. Me acuerdo que Apocalipsis Hal estaba en la esquina de la lavandería. Hal era un predicador callejero del vecindario que trabajaba en el restaurante de pescado que había al lado. Llevaba una pancarta sobre su cuerpo con versículos de la Biblia y gritaba enojado a los transeúntes cosas como: "El fin de los tiempos está cerca" y "Cata de mariscos a $5.99". Ahora su letrero sólo decía SE LOS DIJE, y parecía más ansioso que enojado.

—Tenía razón —me dijo mientras pasaba junto a él.

—¿Sobre el pescado o sobre el Apocalipsis? —le pregunté. Comenzó a seguirme.

—Sobre ambas cosas. Eso debe servir de algo, ¿no? ¿Que tuviera razón?

—No lo sé.

—No pensé que fueran a ser extraterrestres —murmuró—. Pensé que serían ángeles con espadas de fuego. Algo así. ¡Eh!, ¡quizá sí *son* ángeles! Se pueden hallar descripciones muy extrañas de ellos en las Sagradas Escrituras. En *Revelaciones* hay un ángel con tres cabezas y ruedas.

—Creo que sólo son extraterrestres, Hal —le dije—. Lo siento.

Apocalipsis Hal se detuvo, pero yo seguí andando. Después de unos segundos, me gritó.

—¡Oye, niña! ¿Necesitas ayuda para llevar tus cosas? ¿Dónde está tu hermosa mamá?

—¡Voy a buscarla ahora mismo! —grité y no miré atrás.

—¡Hace mucho que no la veo!

—¡Está bien! ¡Voy a buscarla! —añadí. Era mentira.

Hal (antes de la invasión)

Estaba sola porque mamá ya había sido llamada por las naves a través de señales emitidas desde la verruga de su cuello. Sólo quedábamos mi gata y yo, y debo confesarles que no me sentía muy amigable con la gata. Había cargado con ella un rato, pero se revolvía como una bolsa llena de pescados, así que la dejé en el suelo. Cuando yo caminaba, ella me seguía, y se encogía cada vez que alguien corría cerca de nosotros o que sonaba un claxon, lo cual sucedía todo el tiempo. Era *paso, paso, espasmo; paso, paso, espasmo*, como si estuviera bailando la conga. En algún momento miré hacia atrás, luego a mi alrededor, y ya no la vi más.

—Bien —dije—. Nos vemos, Pig —y eso fue todo.

Mi gata se llama Pig. Debí haber mencionado eso.

Lo raro de escribir para gente del futuro es que no sabes qué tanto debes explicar. ¿La gente aún tiene mascotas en su tiempo? ¿Aún tienen gatos? No estoy preguntando si los gatos todavía existen; ahora mismo tenemos muchos más gatos de los que podemos acomodar. Pero no estoy escribiendo esto para la gente de *ahora*.

Es decir, si alguien además de mi maestra alguna vez lee estas palabras, será porque gané el concurso y esta redacción estará enterrada en la cápsula del tiempo con fotografías y periódicos, y será desenterrada dentro de cien años, y entonces ustedes la leerán en sillas de cinco patas mientras comen planetas asados o algo así. Y me parece que ya deberían saber todo sobre mi tiempo para ese entonces, pero luego pienso en lo poco que sé yo sobre 1913, así que quizá debería aclarar algunas cosas. Esta historia comienza en junio de 2013, cerca de seis meses después de la llegada de los extraterrestres Buv. También han pasado seis meses desde que los extraterrestres se apoderaron de todo por completo, y cerca de una semana desde que decidieran que la raza humana sería más feliz si se mudara a un pequeño estado que no estorbara, en donde se pudiera mantener fuera de problemas. En ese momento yo vivía en Pensilvania. Pensilvania estaba en la costa este de Estados Unidos. Estados Unidos era un país grande en donde todos usaban camisetas divertidas y comían demasiado.

He vivido sola desde que mamá se marchó. No quería que nadie se enterara. Había aprendido a conducir distancias cortas amarrando latas de maíz a mis zapatos para alcanzar los pedales. Al principio cometía muchos errores, y a quien haya estado caminando en la banqueta de la Calle 49 y Pino por la noche el 3 de marzo de 2013, le debo una disculpa.

En algún momento me volví muy buena. Tan buena como un piloto de NASCAR. Así que mientras la mayoría de las personas se presentaba ante los cohetes buvianos para su traslado a Florida, yo pensaba en conducir hasta allá, sin la ayuda de nadie. Conseguí las direcciones en Internet, lo cual no resultaba tan fácil como antes, pues los Buv lo habían comenzado a controlar. Pero la ruta parecía sencilla. La página de Internet decía que me tomaría tres días, pero la mayoría de los conductores no eran tan buenos como yo, y no se alimentarían con tartas glaseadas y aguas de sabores para conducir sin parar. Me abrí camino entre montones de personas, pasé delante de una mujer con un bebé en un tazón de cristal y de un hombre cargando cajas desde las que se desparramaban tarjetas de béisbol por la calle, para llegar finalmente a las canchas de tenis, en donde había dejado el auto.

Era una pequeña camioneta, del tamaño y color de un refrigerador y apenas el doble de rápido, pero no gastaba mucha gasolina y yo no tenía mucho dinero. Había dejado en cero nuestras cuentas bancarias, y tenía menos de lo que me imaginaba en el fondo de emergencia que mamá guardaba en un cajón de ropa interior dentro de una cajita de pantis, y con un letrerito que decía ARAÑAS MUERTAS. Como si no supiera que estaba ahí. Como si no me hubiera gustado ver arañas muertas.

Eché la bolsa de la cámara y las mochilas en el asiento trasero y, repentinamente, sentí un peso muerto en el estómago debido a la soledad que me rodeaba. Volteé mi cabeza a un lado y al otro, y miré a través de la gente en pánico. Miré a través de un hombre con guantes para el horno que sostenía un estofado, ¡pero qué demonios!, disculpen mi lenguaje. No sabía qué o a quién estaba buscando. Definitivamente no a la gata. Pero le llamé de todas formas.

—¡Pig! —grité—. ¡PIIIIIIIIIIG!

Gritar "pig"[1] en la calle suele atraer mucho la atención, pero esta vez nadie me hizo caso. De hecho, en mi tercer "Pig" un tipo se agachó, pero aún no estoy segura de por qué.

En cualquier caso, cuando estaba por subir al auto, una gata gorda y gris llegó disparada por la calle y brincó hacia el tablero. Se giró y me acercó una mejilla para que la acariciara.

—Oh —dije—. Muy bien, supongo que puedes venir. Pero tendrás que hacer tus necesidades en las paradas.

Pig ronroneó.

Para entonces yo pensaba que no estaría mal tener algo de compañía, ya que no esperaba ver a nadie más durante un par de días. Supuse que las carreteras estarían vacías, ya saben, prácticamente todo el mundo estaría subiéndose a los cohetes.

Tenía razón y no.

¿Sabían que a los gatos no les gusta viajar en auto? No les gusta, o al menos a la mía no. Antes de partir, reinicié el

---

[1] Seguro que debe atraer mucho la atención que se le llame así a una gata, pues pig significa cerdo en inglés.

Pig

odómetro, así que sé que Pig se pasó los primeros treinta y
seis kilómetros mirando por la ventana trasera, resoplando.
Se aferró con las uñas al asiento del copiloto como un
adorno de Halloween, con el lomo arqueado y esponjado.

—¡Tranquilízate! —grité mientras esquivaba autos
abandonados en la carretera—. ¡Soy una *muy buena
conductora*!

Dejó de resoplar y comenzó a gruñir, o algo parecido.
Ya saben cómo gruñen los gatos. Como palomas que fuman
demasiado.

—Te pude haber dejado en casa, traidora. Te podrías
haber mudado con tu *querido Buv*.

Soy perfectamente capaz de mirar a un gato y conducir
al mismo tiempo, pero por alguna razón el auto dio un
brinco sobre un pedazo de llanta que había en la carretera,
y Pig chilló y saltó del asiento, dio un par de vueltas
frenéticas en el asiento trasero y se abalanzó contra la
palanca de cambios para terminar hecha una bola debajo
del pedal de freno.

—Oh, oh —murmuré. Pisé el freno lentamente, tratando de sacarla de ahí. Ella resopló y le dio un zarpazo a la lata de maíz que tenía debajo de mi zapato.

Miré a la carretera, esquivé una motocicleta sin conductor y luego miré hacia abajo.

—Vamos, Pig —dije, tratando de calmarla (mientras esquivaba una camioneta)—. Sal de ahí... (un tanque de gasolina)... ¡Te doy un premio!... (un auto deportivo. ¿Por qué todos habían abandonado sus autos?).

—¿Prrr? —dijo Pig.

—¡Eso es! ¿Quieres un premio? ¿Premio? ¿Premio? —canté una y otra vez como un jilguero.

Pig no se movía, pero yo tenía enfrente un tramo de camino despejado. Sólo estaba pendiente de un gran tráiler a la izquierda, en la distancia, y entonces vi que algo se movía. Colgaba en el aire sobre el tráiler, y se meneaba de arriba abajo perezosamente. Era una masa de burbujas, tal vez burbujas de jabón. Pero algunas eran del tamaño de una pelota de béisbol, y otras del de una de basquetbol, y todas estaban pegadas y entrelazadas formando una estrella del tamaño de una lavadora. Como esto:

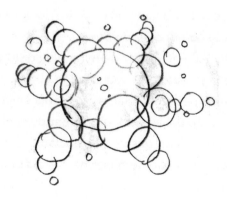

No se movía con el viento, sólo bajaba y subía lentamente, como si estuviera atada al escape del gran tráiler con hilos invisibles. Y, cuando bajé la mirada al escape, vi algo más. O *alguien* más, en medio del camino.

—Hay un tipo ahí —dije, tanto a Pig como a mí misma.

El tipo, o la mujer, o lo que fuera, tenía puesto algo anaranjado y brillante, fácil de ver, y quizás algún tipo de casco de plástico transparente, y pensé: "¿Un traje antirradiación?", hasta que nos acercamos lo suficiente para comprobar que era uno de *ellos*. *Un Buv.*

—Está bien… Está bien —murmuré y conduje el auto lo más a la derecha que pude sin chocar con las barreras de contención.

El Buv se percató de mi acercamiento y giró su extraño cuerpo hacia mí. El sol se reflejaba en su casco, pero creo que levantó su brazo con la palma hacia afuera de una manera que debe ser reconocida por toda la galaxia como una señal de *alto*. Sin embargo, era difícil saberlo a ciencia cierta. Tenían las manos tan pequeñas.

No me podía detener, pero podía quitar mi pie del acelerador, así que fui perdiendo velocidad mientras acariciaba el costado del camino y dije un par de avemarías silenciosamente.

Nos estábamos acercando mucho, lo suficiente como para ver ese desastre horrible de patas que el Buv tenía bajo su cuerpo, y su cabeza ancha y plana dentro del casco. Hizo su gesto de nuevo, ahora con más fuerza, y era, definitivamente, de *alto*. Yo levanté mi mano y sonreí y saludé y mantuve la mirada en el camino. No quería volver a mirarlo, así que casi no me percaté cuando el otro brazo del Buv bajó a su costado y subió de nuevo con algo en su mano. Pronto reconocí lo que era por lo que había visto en televisión: una de esas horribles armas que mostraban con frecuencia cuando aún intentábamos luchar contra ellos. Armas terribles que ni siquiera emitían sonido o luz. Simplemente te apuntaban y tu cuerpo desaparecía en un abrir y cerrar de ojos.

Y bueno, lo que *sí* podía hacer era pisar el acelerador. Me agaché y lo presioné con fuerza, y el auto se echó con violencia al frente, aunque no lo suficientemente rápido, rayando la barrera de contención y haciendo saltar chispas como si se celebrara el Cuatro de Julio.

El Buv gritó algo que no pude escuchar ni comprender. Traté de volverme un blanco difícil, zigzagueando y mirando justo a tiempo para esquivar una camioneta. Miré al espejo derecho y vi que había sido destrozado por la barrera de contención, así que observé por el retrovisor y me di cuenta de que la mayor parte de la camioneta ya no estaba ahí, se había deshecho como una bola de helado, así que intenté mirar por el espejo izquierdo, pero tampoco estaba ahí. Volteé y vi al Buv perdiéndose en la distancia, ahora estaba lejos. Ya no me perseguía.

—Vaya, Pig —dije suavemente, y Pig salió de debajo del pedal como si no importara si estuviera ahí o no.

Un momento después me detuve a la orilla del camino y examiné el auto. El arma del Buv había desintegrado mi espejo y había un agujero en la ventana trasera izquierda por donde había entrado el rayo. Vi que había un agujero aún mayor en el parabrisas trasero, por donde salió el rayo. Los agujeros eran perfectos, como los que dejan los moldes de galleta en la masa.

—Los odio —dije—. Los *odio*. Tuvimos mucha suerte, Pig.

Pero Pig no me escuchaba. Estaba estirada en el asiento del acompañante, dormida.

¿Por qué disparó el Buv? No lo sé; lo único que yo estaba haciendo era conducir a Florida, como ellos querían. Pero en el kilómetro setenta y siete descubrí por qué no había nadie más en la carretera: ya no había carretera.

Estábamos tomando una curva cuando el auto se sacudió sobre un bache. Mi cinturón de seguridad se tensó mientras yo brincaba de arriba abajo, con un dolor que me retorcía el cuello. Pig rodó del asiento, se despertó brevemente en el suelo y se volvió a quedar dormida ahí mismo.

Esquivé varios pedazos de asfalto y rodeé algo que parecía más una piscina vacía que un bache. Luego otra curva, y la carretera había desaparecido. Mi pequeño auto cayó desde una plataforma de pavimento hacia un cráter de tierra y alquitrán, y yo sacudí el volante mientras estrellaba mi pie de lata de maíz contra el freno. Derrapamos y nos abrimos paso a través de florituras de metal retorcido que alguna vez fueron una barrera de contención, y luego nos deslizamos hacia un terraplén, dimos dos vueltas y nos detuvimos abruptamente en un estacionamiento de MoPo.

El aire alrededor del auto estaba anaranjado por el polvo. Me aferré al volante como a un salvavidas. Pig estaba de espaldas en el espacio que hay entre el parabrisas y el tablero. Nos miramos a los ojos y me lanzó un pequeño resoplido.

Así que era eso. Nadie tomaba sus autos porque los Buv habían destruido las carreteras. Y ya lo creo que lo habían hecho.

Me desabroché el cinturón con cansancio y caí fuera del auto. Pig hizo lo mismo, se estiró y salió corriendo detrás de un insecto.

Casi vomité. ¿Puedo decir eso en un trabajo para la escuela? ¿Que vomité? Porque cuando digo "casi", lo que de verdad quiero decir es "repetidamente".

Mientras estaba encorvada noté que se nos había reventado una llanta. No sabía si teníamos repuesto, pero no importaba mucho porque no sabía cómo cambiarla. Todo lo que mamá me había enseñado de mecánica era el número telefónico de un camión remolcador para llamarle en caso de que el auto dejara de avanzar.

Aunque era una locura, pensé que debía intentar llamar a *alguien*. No parecía probable que obtuviera respuesta, pero ya estábamos demasiado lejos de casa para caminar. Abrí la guantera y encontré el celular de emergencia que sólo tenía una hora para hablar y, como decía mi madre, NO ERA UN JUGUETE. Lo abrí, presioné el botón de encendido, y cobró vida. Unas voces extrañas murmuraban al otro lado de la línea.

—Si ni siquiera he marcado —dije en voz baja y las voces se detuvieron—. ¿Hola? —pregunté.

Las voces regresaron en balidos y golpeteos, como un cordero pisando papel burbuja. Se volvieron más fuertes, más agitadas.

Rápidamente presioné el botón de apagado y cerré el celular. Parecía algo grotesco y alienígena en mi mano, así que lo metí de nuevo en la guantera y le puse el manual del auto encima.

"Manual del auto", pensé. Quizás ahí diga cómo cambiar la llanta. No. Después. Eso puede esperar.

Me senté. El cielo estaba despejado de nuevo, y azul. A lo lejos había un pueblo pequeño que no conocía. El edificio más alto era una iglesia de piedra, y tenía un agujero bien delineado en el campanario. Cerca de ahí se veían postes de teléfono rotos colgando como marionetas cojas. Ya había estado sentada el tiempo suficiente.

—Quizás haya algo de comida en el MoPo —dije animadamente mientras buscaba a Pig.

Para su información, personas de la cápsula del tiempo, un MoPo era algo a lo que llamábamos "tienda de autoservicio", como ésas que anuncian "los refrescos están a su disposición justo al lado de las rosquillas y los boletos de lotería". Quien quiera comprender cómo la raza humana fue conquistada tan fácilmente debe estudiar estas tiendas. Prácticamente todo lo que hay en ellas está lleno de azúcar, queso o consejos para bajar de peso.

El interior estaba oscuro, pero era lo que me esperaba. Pig me siguió hasta la puerta, que se abrió con una campanilla, y entró en la tienda. Los estantes estaban casi vacíos, probablemente saqueados, con excepción de algunos panes mohosos y unas golosinas saludables de yogur llamadas Barras NutriZona-Extrema-FitnessPlus con Calcio. También había una bolsa y un par de latas de comida para gato, lo cual estaba muy bien. Me senté en el suelo frío de linóleo y me comí una de las barras de yogur, y Pig se comió una lata de comida Capitán de Mar.

—No creo que lleguemos a Florida —dije.

—¿Miau?

—Florida. Es a donde vamos. Un estado grande lleno de naranjas.

23

Pig regresó a su comida y yo le di otra mordida a lo que me comenzaba a parecer un borrador gigante.

—Quizá nos podamos quedar aquí, estamos bastante lejos de la ciudad. Los Buv ni se darán cuenta.

—Miau.

—Claro que sí. Podríamos vivir en casa de alguien. O en un hotel. Y probablemente el pueblo esté repleto de comida enlatada.

—¿Miau, miau?

—Muy bien, si eres tan lista dame una razón por la que no funcionaría.

—Miau.

—Oh, siempre dices eso.

Pig ronroneó y se acomodó para tomar una siesta. Me recosté en un cajero automático y cerré los ojos contra el sol que se ponía. No recuerdo haberme quedado dormida, pero estaba oscuro afuera cuando desperté con una barra de pan debajo de mi cabeza y escuché la campanilla de la puerta.

Tomé aire y me escondí debajo de un estante. Más tarde me acordé de Pig, que no estaba por ninguna parte. Algo se movía por la tienda, sus pasos eran como un redoble de tambor.

Vete, vete, decía en mi cabeza a lo que estaba segura que era un Buv. Pasó delante de los estantes y vi un racimo de pequeñas patas de elefante envueltas en un traje de caucho azul. Buv. Probablemente lo habían enviado a buscarme.

Después, el redoble se detuvo. Una voz húmeda, nasal, dijo:

—Hola, gatito.

Pig.

—¿Cómo te metiste en este MoPo?

Escuché a Pig ronronear fuertemente, la desgraciada. Probablemente se estaba frotando contra cada una de sus ocho patas.

—¿Alguien… te dejó pasar, hum?

El corazón me latía fuertemente. Como si Pig pudiera decir: "Sí, fue Tipolina. Pasillo cinco".

—Tal vez estás siendo hambriento —le dijo el Buv a Pig—. ¿Te gustaría compartir un frasco de jarabe para la tos conmigo?

El redoble se reanudó. Se movían de nuevo. Saqué la cabeza del estante para verlos atravesar una puerta con la leyenda SÓLO EMPLEADOS. Me deslicé y corrí, sin pensarlo, hacia la puerta. La abrí de un empujón y escuché el repiqueteo, y pensé, oh sí. La campana. Miré atrás de mí rápidamente y salí corriendo. Aceleré hacia el auto, agarré mi mochila y me fui hacia una hilera de arbustos que llevaban al estacionamiento. Estaba a salvo detrás de ellos mirando por un agujero entre las hojas, justo a tiempo para ver al Buv asomarse desde el MoPo. Él, eso, se apretujó entre las puertas y miró de lado a lado, escudriñó el estacionamiento en busca de lo que hubiera sido tan tonto como para olvidar que la puerta tenía una campanilla. Después, dio un brinquito cuando vio mi auto y sonrió a Pig. Podía verla a través de la puerta con sus patas delanteras apoyadas en el vidrio.

—¿Hola, hum? —gritó el Buv. Miró hacia la carretera y silbó con la nariz.

Intenté hacerme lo más pequeñita posible, traté de que mi corazón dejara de palpitar, o que la sangre no retumbara en mis orejas. El Buv correteó a través del asfalto hacia algo nuevo, algo que no había notado antes.

En la esquina del estacionamiento había una cosa de apariencia extraña, como un carrete de hilo con cuernos gigante. Era todo de plástico, tenía color azul y estaba suspendido en el aire, como a medio metro del suelo.

—Yo no lastimarte —gritó el Buv de nuevo—. ¡Si querer ser huésped, hay suficiente jarabe para la tos y galletitas para todos!

Cosa burbujeante

Eso, él, lo que sea, subió su cuerpo enano al gran carrete de hilo, anclándose a los bordes con sus pequeñas patas de elefante. Sus bracitos de rana se levantaron y agarraron los cuernos y, después de algunos giros y vueltas, la cosa de plástico azul se elevó poco menos de un metro y navegó por la montaña de roca y hierba hacia la carretera.

—¡Aló! —gritó mientras se alejaba—. ¡No hay que temer! ¡Los Buv ya no comemos gente!

El extraño *scooter* del Buv desapareció sobre la cresta de la montaña y yo salí corriendo hacia la tienda. ¿Para qué? ¿Para agarrar a Pig? Probablemente habría preferido quedarse con el Buv. Pero era todo lo que tenía, y el auto no avanzaría con una llanta reventada, y mi único pensamiento era desvanecerme en este pequeño pueblo y esperar que los Buv no se esforzaran mucho por encontrarme.

—Hora de irnos, Pig —dije al entrar al MoPo, con las tripas tintineando como un timbre nervioso. Trató de salir por la puerta detrás del extraterrestre, supongo, pero la alcé en brazos.

—Estúpida gata.

Metí toda la comida de gato y las barras energéticas en mi mochila y corrí hacia el auto. Quería asegurarme de que tenía todo lo necesario, y luego salir de ahí. Al llegar a la puerta del copiloto recordé el celular y me pregunté si debería recuperarlo, y entonces se me ocurrió una idea malvada.

Pig se retorcía en mis brazos.

—Miiiiaaauuuuuuu —dijo.

Me reí.

—No te preocupes. No vamos a ningún lado. Sólo entraremos a la tienda y esperaremos a que tu amigo regrese.

Pig resopló silenciosamente para sí misma.

Permítanme decirles cómo pensé que sucedió la siguiente parte. Supuse que el Buv sobrevolaría alrededor de la vieja carretera durante un rato, *dum de dum*, pensando *vaya espero ser encontrando a Tipolina o quienquiera ser eso, o me la como o la soy llevada de regreso o la lanzo a Florida o algo así*, después el Buv quizá revisó el MoPo y después mi auto, y después pensó: *Ho hum, quizás ello ser sólo mi imaginación, no ninguna chica o lo que sea, yo seguro ser estúpido, sonido de carnero, papel burbuja, papel burbuja.*

Después, el Buv estacionó su carrete con cuernos y regresó al MoPo y se preguntó dónde estaba Pig, y cuando la puerta dejó de tintinear, escuchó algo. Así que pensó, *¿Qué ser eso?* y fue a investigar. Y mientras se acercaba a la sección de comida congelada, quizá se dio cuenta de que eran las voces de otros Buv, a pesar de ser tan estúpido. Y vio que había un congelador abierto que no estaba abierto antes, así que fue hacia allá y se asomó e hizo un sonido de oveja. Quizás en ese momento se percató de que todos los estantes del congelador estaban en el piso al lado de mi celular, pero no importaba, porque fue justo entonces cuando pateé su extraterrestre trasero hacia adentro y cerré la puerta con un palo de escoba atravesado.

El Buv brincó arriba y abajo, y se giró a mirarme. Yo estaba feliz de verlo tan asombrado, o asustado, y presionó su gorda cara contra el vidrio para mirar bien a su captor. Yo hice un pequeño baile.

—¿Para qué eres hacer esto? —dijo. Creo que eso es lo que dijo. Era difícil escuchar a través del vidrio. Me pregunté, de repente, si se quedaría sin aire en algún momento. Eso me inquietó y tuve que acordarme de la situación en la que me encontraba.

—Bien —susurré—. Espero que se quede sin aire
—deseaba que tuviera mucho frío ahí dentro también, pero
no había electricidad.

—¿Qué? —dijo el Buv débilmente—. ¿Dijiste qué?
—sus ojos iban de un lado a otro como pequeños peces.
Sus dedos de rana tamborileaban contra el cristal.

—¡Dije que esto es lo que te mereces! ¡Ustedes
secuestraron a mi mamá, así que ahora yo lo hago con
uno de ustedes!

—¿Qué?

—¡Ustedes secuestraron a mi mamá!

—¿Mimama?

—¡MI... MAMÁ!

El Buv pensó sobre esto un segundo y sus ojos se
iluminaron:

—¡Ah! ¡"Mi mamá"! —dijo alegremente—. ¿Qué pasa
con ella?

Grité y pateé el vidrio.

—Ajá —el Buv asintió como si hubiera dicho algo
importante—. Entonces, ¿puedo salir hacia el afuera ahora?

—¡No! —le grité—. No puedes salir hacia el afuera.
¡Nunca podrás salir hacia el afuera de nuevo!

Ante esto, el Buv se mostró genuinamente sorprendido
y asustado.

—Entonces... entonces... ¡yo tendré que hacer disparar
con mi pistola!

Di un salto hacia atrás con las manos arriba. Con toda
la conmoción, no pensé en eso. Puse mi mirada donde
deberían estar sus caderas, si hubiese tenido. Fruncí
el ceño.

—¡Ni siquiera tienes tu pistola!

—¡Sí! ¡sí! —gritó, asintiendo furiosamente, como si de alguna manera hubiera probado su parecer—. ¡NO TENGO PISTOLA! Así que tendré que... que...

Su cuerpo entero tembló.

—... ¡DISPARAR LOS RAYOS LÁSER DESDE MIS OJOS!

Me caí en una hilera de estantes. Esto era nuevo para mí.

—¿Lanzar los rayos láser?

—¡LANZAR LOS RAYOS LÁSER!

—¿Puedes hacer eso?

El Buv dudó. Sus ojos temblaron. Después de unos segundos, gritó:

—¡Sí!

Entorné los ojos.

—Bueno, si disparas los rayos láser de tus ojos, entonces no me quedará otra opción más que... HACER EXPLOTAR TU CABEZA.

—Los humanos no pueden hacer explot...

—¡Sí podemos! ¡Claro que sí! Sólo que no lo hacemos muy a menudo. Nos parece una falta de educación.

El Buv pensó esto durante un momento.

—Entonces... estamos necesitando una... tregua. Tú no explotar cabeza, y yo no hacer mis DEVASTADORES RAYOS LÁSER.

—Muy bien —dije—. Tregua.

—Tregua.

Pasaron unos segundos en el silencio profundo de la tienda.

—Entonces... ¿puedo salir hacia el afuer...?

—¡No!

El Buv señaló mi cabeza y dio un golpecito en el vidrio con su dedo.

—Yo poder arreglar tu auto. Vi que está enrrotado.

Me crucé de brazos.

—¿Qué puede saber un Buv sobre arreglar autos?

Bufó.

—Yo soy el Jefe Buv de Mantenimiento. Puedo ser arreglar todo. Seguramente puedo arreglar primitivo autohumano.

No me gustó ese comentario sobre mi auto, pero sí que necesitaba ser reparado.

—¿Cómo sé que no intentarás escapar? Probablemente llamarás a tus amigos y me enviarán a Florida.

El Buv frunció lo que podría haber sido su frente.

—¿No *querer* tú ir a Florida? Es donde tus gentes han de estar. *Todos* humanos decidieron ir a Florida.

—¡Eh! No creo que hayamos decidido nada —respondí.

—¡Sí! —contestó el Buv—. ¡Florida!

Lancé un suspiro y me puse a caminar por el pasillo. Cuando miré de vuelta al congelador, vi que el Buv había recogido mi celular.

—Podría hablar con ellos —dijo con gravedad—. Podría llamarlos ahora mismo.

Era verdad. Podía hacerlo.

Quité el palo de escoba de la puerta y la abrí. El Buv se lanzó hacia el frente y de inmediato me sentí arrepentida, pero me di cuenta de que no me estaba atacando. Debió haber sido un abrazo, no se me ocurre mejor palabra para definirlo.

—¿Ves? —dijo—. Los Buv y Humanidad pueden ser amigos. ¡Siempre.digo!

Le di unas palmaditas en la espalda.

Suena a locura, lo sé, pero de repente yo estaba buscando provisiones en el pequeño pueblo mientras el Buv trabajaba en mi auto. Creo que no tengo que aclarar, a estas alturas, que Pig se quedó con él.

Fui a cinco tiendas abandonadas y encontré galletas, leche de dieta, malteadas, agua embotellada, *bagels* muy duros, cereales con miel, salsa de tomate, pasta, una cubeta de algo llamado "Tubi" que venía con una cuchara y Mordiscos de Choconilla Light, que rompieron mi regla de no comer nada con faltas de ortografía.

El Buv me había dado una lista de cosas que le gustaban, así que me llevé una caja de pastillas de menta, harina de maíz, levadura, cubitos de consomé, hilo dental de menta y papel para máquina de escribir.

—¡Eh, Buv! —grité a mi regreso. Podía verlo debajo del auto dando golpes. El auto, debo mencionarlo, ahora exhibía tres antenas nuevas. Los agujeros ya no estaban ahí. Había tubos y mangueras conectando algunas partes del auto a algunas otras partes del auto, y un par de lo que sólo puedo describir como aletas. Parecían estar hechas de metal que el Buv había sacado de la tienda. Una de ellas tenía una foto de una bebida congelada y la palabra VELICIOSO escrita.

Había una caja de herramientas abierta, y las herramientas estaban por todas partes, todas ellas muy extrañas.

—Parece mucho problema para una llanta reventada —dije.

—¿Llanta?

Lo miré sorprendida durante un segundo y luego
caminé al otro lado del auto. La llanta seguía reventada.

—¡El auto, ahora debe volar mucho mejor! —dijo
contento.

—¿Volar? —contesté—. ¿Volar *mejor*? ¡No volaba para
nada antes!

—¿Hum? —dijo el Buv mirando hacia abajo—. ¿Así que
por *eso* es que las ruedas están sucias?

—Probablemente.

—Entonces, ¿es de rodar?

—Sí —dije secamente—. De rodar. En el suelo.

El Buv pensó en esto durante un largo par de segundos.

—Pero… ¿cómo rodaba con esta llanta reventada?

Dejé la canasta en el suelo y me senté.

—No importa —dije.

—Bueno —replicó el Buv—. Volar va requetebién ahora.
Usé partes desde mi vehículo.

J. Lo examina la cámara

Me sorprendió que utilizara la palabra "requete". Era muy coloquial. Algo que no esperaba que conociera. Y ni siquiera se usaba. Ya nadie lo decía. Nadie salvo mi mamá, y a veces yo. Supongo que me recordó a mamá, y supongo que me hizo enojar un poco.

—Cómete tu hilo dental, Buv —dije y pateé la canasta hacia él. No pareció importarle e hizo lo que le dije, chupando pedazos de hilo como espagueti.

—Tú no decirlo bien —dijo al fin.

—¿Decir qué?

—"Buv". Como lo dices es muy corto. Debes hacerlo más, como si fuera un gran suspiro: "Bu-u-uv".

Después de un momento, me tragué el enfado y lo intenté.

—Bu-uv.

—No: Bu-u-uv.

—Bu-u-u-u-uv.

El Buv frunció el ceño.

—Ahora suenas como oveja.

Sacudí la cabeza.

—Bueno, ¿cuál es tu nombre? Te llamaré así.

—Ah, no —dijo el Buv—. Para una niñahumano decir mi nombre correctamente necesita dos cabezas, pero he elegido J. Lo como mi nombre humano.

Ahogué una carcajada.

—¿J. Lo? ¿Tu nombre en la Tierra es J. Lo?

—Ah, ah —me corrigió J. Lo—, no "Tierra", "Smekópolis".

—¿Cómo que "Smekópolis"?

—Eso es como hemos llamado a este planeta, Smekópolis. Es un tributo a nuestro glorioso líder, el Capitán Smek.

—Espera un momento —negué con la cabeza—. ¡Basta! No pueden cambiarle el nombre a un planeta como si nada.

—Gentes que descubrir planetas les toca ponerles nombre.

—Pero se *llama* Tierra. *Siempre* se ha llamado Tierra.

J. Lo sonrió condescendientemente. Quería golpearlo.

—Humanos vivir mucho en el pasado. Nosotros llegamos a Smekópolis hace mucho tiempo.

—¡Llegaron la Navidad pasada!

—Ah, ah. No "Navidad", "Smekdía".

—¿Smekdía?

—Smekdía.

Y bueno, fue así como aprendí el verdadero significado del Smekdía. Este Buv llamado J. Lo me lo dijo. A los Buv no les gustaba que celebráramos nuestros días festivos, así que los reemplazaron con otros nuevos. La Navidad fue renombrada por el Capitán Smek, su líder, quien había descubierto un Nuevo Mundo para los Buv, la Tierra. Quiero decir, Smekópolis.

Lo que sea. Fin.

Tipolina:

Interesante estilo en general, pero me
temo que no cumpliste con el objetivo del
trabajo. Cuando los jueces del Comité
Nacional de la Cápsula del Tiempo lean
nuestras historias, estarán buscando qué
significa el Smekdía para nosotros, no para
los extraterrestres. Recuerda: la cápsula
será desenterrada dentro de cien años y la
gente del futuro no sabrá cómo era la vida
durante la invasión. Si tu redacción gana
el concurso, lo leerán para averiguarlo.

Quizá podrías comenzar antes de la llegada
de los Buv. Aún hay tiempo para mejorar
tu trabajo antes de que los enviemos. Si
quieres intentarlo de nuevo, lo tendré en
cuenta para un punto extra.

Calificación: 7.5

Tipolina Tucci

Escuela Secundaria Daniel Landry

2° curso

EL VERDADERO SIGNIFICADO DEL SMEKDÍA
SEGUNDA PARTE

O cómo aprendí a dejar de preocuparme y amar al Buv

Muy bien. Comienzo antes de que llegaran los Buv. Creo que en realidad necesito retroceder casi dos años atrás. Esto fue cuando a mamá le salió la verruga en el cuello. Fue cuando la abdujeron.

Yo no vi cuándo sucedió, naturalmente. Así sucede con estas cosas. A nadie lo abducen durante un partido de fútbol, o en la iglesia, o justo después de que Kevin Frompky te tire todos los libros de las manos entre clase y clase, y todos te miran y se ríen y no te queda otra opción más que darle un puñetazo en el ojo.

O lo que sea.

No, la gente siempre es abducida cuando conducen en una carretera vacía por la noche, o en su recámara cuando están durmiendo, y es devuelta antes de que alguien se dé cuenta de que ya no están. Esto me consta, he estado ahí.

Así sucedió con mamá. Entró a mi cuarto una mañana, con los ojos como platos, el cabello hecho un espanto, y me dijo que mirara su cuello.

Me quité el sueño de un parpadeo y miré donde me dijo. Lo hice sin preguntar porque apenas hacía unos días me había despertado para decirme que Tom Jones estaba

la verruga

en la tele o que en el periódico había un "requetebuén cupón" para protectores de ropa.

—¿Qué estoy buscando? —pregunté amodorrada.

—La verruga —dijo mamá—. ¡La *verruga!*

Miré. Definitivamente había una verruga, color café y arrugada como una burbuja en una pizza. Estaba justo en el centro de su cuello, en su columna vertebral.

—*Tabuenísima* —dije, bostezando—. Gran verruga.

—No lo entiendes —dijo mamá volteando, y la mirada en sus ojos me hizo despertar un poco más—. ¡Me la pusieron ahí anoche!

Parpadeé un par de veces.

—*¡Los extraterrestres!* —terminó frenéticamente.

Ahora sí que estaba despierta. Miré más cerca. La toqué con el dedo.

—No creo que debas tocarla —dijo rápidamente mamá y se quitó—. Tengo una sensación muy muy fuerte de que no deberías tocarla.

Había algo extraño en la voz de mamá. Algo plano y seco.

—Está bien —respondí—. Lo siento. Y… ¿a qué te refieres con "extraterrestres"?

Mamá se levantó y caminó por el cuarto. Su voz sonaba normal ahora, quizás un poco ansiosa. Me explicó que la habían despertado la noche anterior, dos de ellos, y le habían inyectado algo en el brazo. Me lo enseñó y definitivamente había algo como un punto rojo detrás de su codo derecho. Sabía que la habían llevado afuera, pero se había quedado dormida un momento para después despertar en un cuarto grande y brillante.

—Espera —le dije—. ¿Te quedaste dormida? ¿Cómo te pudiste quedar dormida en medio de todo esto?

—No lo sé —contestó mamá, sacudiendo la cabeza—. No tenía miedo, Tortuguita. Simplemente, no tenía miedo. Estaba llena de tranquilidad.

Tenía mi propia teoría acerca de qué más estaba llena, pero me la guardé para mí.

Mamá me explicó que los extraterrestres, que ya eran un montón, la habían subido a su nave para doblar algo de ropa. Se comunicaban no con palabras, sino con complejos gestos con las manos, y estaban muy impresionados con sus habilidades para doblar ropa. La llevaron a una mesa atiborrada de trajes brillantes y plastificados con pequeñas mangas y demasiadas patas. Así que se puso a trabajar. Mientras doblaba, notó que había otro humano, un hombre de origen hispano, dijo, lejos, en el otro extremo del cuarto. Lo tenían abriendo frascos de pepinillos. Pensó que debía decirle algo, decirle "hola", pero había demasiado qué doblar, y de repente sintió un dolor caliente en la nuca y se desmayó. Cuando despertó, era de mañana.

—Lo pusieron en mi cuello, con alguna especie de pistola de verrugas —dijo mamá, y asintió con la cabeza.

—Pero, ¿por qué? —pregunté—. ¿Por qué una raza de... de... seres muy inteligentes viajarían por la galaxia sólo para ponerles verrugas a las personas?

Mamá parecía un poco ofendida.

—No lo sé. ¿Cómo voy a saberlo? ¡Pero ayer no la tenía! Tienes que aceptar que no estaba ahí ayer.

La miré, tratando de recordar. ¿Pero quién se acuerda de las verrugas?

—Tortuguita, ¿me crees, verdad?

Permítanme decirles lo que no dije. No dije que había sido una pesadilla. No dije que había estado trabajando muy duro y comiendo demasiado queso antes de dormir. No le dije, por quincuagésima vez, que ojalá no tomara esas pastillas para dormir.

Lo que dije fue que le creía, porque así funcionaban las cosas en casa. Cuando regresaba de la tienda en donde trabajaba con un paquete de carne echada a perder que había rescatado del basurero, le decía que se veía deliciosa. Después la tiraba. Cuando regresaba de la escuela para encontrarme con que se había gastado nuestros ahorros en una aspiradora de ochocientos dólares que le había comprado a un vendedor de puerta en puerta, le decía que estaba genial. Después tomaba el teléfono y conseguía que nos devolvieran el dinero. Así que le dije que creía lo de los extraterrestres.

—Gracias, Tortuguita, mi dulce niña —me abrazó con fuerza—. Sabía que lo harías.

Quizá debería explicar esto de "Tortuguita". Al parecer es un apodo de familia que tengo desde hace mucho tiempo. Mi acta de nacimiento dice "Tipolina Tucci", pero mamá me llama Tortuguita desde que se enteró de que "tipolina" no significa lo que ella pensaba. Mis amigos me dicen Tip[2].

Supongo que les cuento todo esto para explicarles más cosas sobre mi mamá. Cuando me preguntan sobre ella, digo que es muy guapa. Cuando me preguntan si es tan lista como yo, digo que es muy guapa.

—Dulce niña —suspiró mamá, meciéndose. Yo la abracé también, con la cara a unos centímetros de la verruga.

Hay empresas que se jactan de fabricar tarjetas de felicitación para cualquier ocasión. Si alguna está leyendo esto, tengo que decirle que no pude encontrar ninguna de "Lamento que tus amigos te hayan abandonado después de tu secuestro extraterrestre", cuando la necesitaba.

Y pobre mamá, no se podía quedar callada. Le contó su historia a todo el mundo en la tienda. Incluso lo de doblar la ropa. *Especialmente* lo de doblar la ropa, como si hubiera sido un detalle verdaderamente importante. Ahora me pregunto si los extraterrestres no hacían cosas así a propósito, como pretender que sus víctimas parecieran locas.

Me secuestraron unos extraterrestres y me hicieron doblarles la ropa.

Fui abducida y los extraterrestres me hicieron limpiar sus canaletas.

---

[2]   La protagonista en la novela original se llama Gratuity, propina en inglés, y *tip* es la forma breve para decir propina en este idioma.

¿Ven a lo que me refiero?

Así que la gente dejó de hablar con ella. Mamá y las otras mujeres de la tienda solían salir los miércoles a tomar enormes cocteles servidos en *sombreros* de barro. Pero, una por una, fueron encontrando excusas, y mamá se quedó de repente con los miércoles libres. Una semana me hizo su espía y rondé el lugar de tacos donde solían ir y me asomé por las ventanas. Claro, las mujeres de la tienda estaban ahí, dándoles sorbos a los sombreros mexicanos y riendo juntas. Puedo jurar que se notaba que se reían de mamá.

—¿Estaban ahí? —me preguntó cuando regresé al auto—. ¿No las viste, verdad?

Me dejé caer en el asiento.

—No —mentí.

Fue un miércoles, de hecho, cuando noté que la verruga había cambiado. Sé que era miércoles porque era "Noche de *brownies* y películas en las que los chicos se quitan la camisa", que es lo que había reemplazado a la "Noche de los cocteles", cuando se volvió evidente que las mujeres de la tienda tendrían o citas con el dentista o emergencias familiares inexplicables cada semana hasta el Fin de los Tiempos.

El Fin de los Tiempos, por supuesto, estaba a unos meses de distancia para ese entonces. Aun así, son demasiadas citas con el dentista.

En cualquier caso.

Hicimos los *brownies* y el protagonista acababa de quitarse la camisa para nadar, yo estaba jugando con el cabello de mamá cuando la vi. La verruga. Era, fácilmente, el doble de grande, y de un extraño color purpúreo.

Perdí el aliento.

—¿Cuándo… pasó esto? —pregunté.

—¿Hum?

—¿Cuándo se puso… así?

Mamá se dio la vuelta para mirarme.

—¿Cuándo se puso así qué, Tortuguita?

—Tu verruga. Está más grande —dije y la presioné con el dedo.

—Mamá saltó del suelo con la cara tiesa y apretada.

—No debes tocarla —dijo secamente—, no es un juguete.

Me quedé un poco ofendida.

—Ya *sé* que no es un juguete. Claro que no lo es. Es asqueroso. ¿Quién querría un juguete asqueroso? Bueno, quizá los chicos, pero eso no me…

—Únicamente no la toques —espetó mamá y corrió a la cocina. Y fue entonces cuando vi, mientras se alejaba, que la verruga *brillaba*. Fue sólo un instante. Era un brillo rojo, como una luz de Navidad.

—¡Eh! —grité—. ¡Espera! —corrí a la cocina y mamá se giró hacia mí.

—Está bien, nena —dijo —, no estoy enojada, sólo que…

—¡Calla! —le dije—. Déjame…

—No me digas que me calle. Cállate TÚ.

—Mamá…

—No me gusta esta actitud. Estás comportándote muy rara… mente. Raramente. ¿Se dice "rara" o "raramente"?

—Mamá, tienes que quitarte esa verruga —le dije.

—¿Qué? ¿Por qué? —dijo, confundida—. ¿Qué?

—Está más grande y cambió de color —dije—. Las verrugas que crecen y cambian son señales inequívocas de cáncer.

Mamá sacudió vigorosamente la cabeza.

—No voy a ir a que un matasanos me corte en pedacitos —dijo.

—¡Pero hace un segundo la vi *brillar*!

Un silencio profundo cayó sobre la cocina. Mamá me miró como si me estuvieran creciendo pies en la cabeza.

—Las verrugas que brillan son definitivamente cancerosas —añadí. Estaba segura de que esto era falso, pero odio perder en las discusiones.

Mamá dudó. Después tocó la verruga cuidadosamente. No le gustó lo que sintió, supongo, porque quitó la mano rápidamente y comenzó a mover la cabeza de nuevo, violentamente, como si tuviera agua en el oído. Como si quisiera sacudirse un pensamiento.

—Yo soy el adulto, tú la niña —dijo finalmente y salió de la cocina. Así terminaba la mayoría de nuestras discusiones. Aunque esta vez no.

—No puedes ignorarlo —dije lenta y suavemente—. Debemos ser valientes e ir al doctor. ¿Te acuerdas del doctor Phillips? Pensabas que sería aterrador, pero todo salió…

—Por Dios, Tipolina, deja de hablarme así —dijo mamá, tratando de echarme de la habitación—. Se solucionará solo.

Bufé.

—*Claro*. ¿De la misma forma que todo se soluciona siempre por aquí? Sí, todo se soluciona solo y tú nunca tienes que preocuparte o pensar o hacer nada. ¿Pero sabes qué es diferente ahora? *¡Que yo no lo puedo solucionar!*

—Oh, Tip… Tortuguita, no…

—Necesito que cooperes porque *aún* no soy médico y no puedo agarrar *tu* verruga y llevarla a que la examinen sin *ti* pegada a ella, así que necesito que hagas lo que te pido.

Mamá se quedó parada en el marco de la puerta un largo momento con una expresión de enfado, después de algo como tristeza, después nuevamente de enfado.

—¡Hablamos por la mañana! —dijo y dio un portazo. Nuestras puertas eran baratas y ligeras, tan buenas para ser cerradas de golpe como una pelota de *ping-pong*.

—Mamá... —murmuré—. Mamá. Estás...

La puerta se abrió y mamá caminó hacia el otro lado del pasillo.

—Ya sabía que era tu cuarto —balbuceó.

"La película del hombre sin camisa" ya había perdido claramente el interés, así que ambas nos acostamos temprano, pero yo me desperté tres horas más tarde por culpa de los doce vasos de agua que había bebido antes de irme a la cama. Después de unos minutos, estaba en la computadora.

La encendí. Olvidé que nuestra computadora es una de ésas que hace un sonido como de un coro diciendo "ahhh" cuando la pones en funcionamiento.

—¡Chis! —siseé, poniendo las manos sobre los altavoces—. Estúpida computadora.

Me asomé a la sala. Las luces seguían apagadas y no se oía nada de ruido. Me senté de nuevo, abrí el navegador y entré a Doc.com, una de esas páginas de medicina. Me mostró un reportaje sobre tos seca y un anuncio que me sugería preguntarle a mi médico si me convendría tomar Chubusil, y al final la parte en donde podía consultar los síntomas de mamá. Tecleé:

verruga que cambia de tamaño y color

Luego agregué:

brilla

Y presioné ENTER.

La búsqueda arrojó unos ciento cuarenta artículos con títulos como: "¿Tengo cáncer?" y "¡Oh, no! ¿Cáncer?" y "Muy bien, es cáncer, ¿y ahora?"

Emocionada, pulsé en el primer resultado y comencé a leer. Quizá las verrugas *sí* que brillan, pensé. Pero el primer artículo no lo mencionaba. Tampoco el segundo. Leí cinco artículos antes de darme cuenta de que la búsqueda sólo se había concentrado en las palabras "verruga", "cambio", "tamaño" y "color", excepto una que mencionaba un "brillo saludable" en un ensayo sobre salones de bronceado. Ninguna mención a verrugas brillantes.

¿Saben cómo siempre hay un personaje que, en algún momento de la historia, piensa: *apuesto a que no vi ningún fantasma en realidad. Apuesto a que era sólo una sábana. Con cadenas. Flotando por la cocina. Chillando. Seguro que era sólo mi imaginación?* ¿Saben cómo siempre se odia a los personajes que piensan así? Los odias, y sabes que jamás deberías de ser tan estúpido como para no reconocer a un fantasma cuando lo ves, sobre todo si tu historia se llama *El Espectro Chillón*, ¡pero qué demonios!, disculpen mi lenguaje.

Ésta es esa parte de la historia.

Verán, el problema es que no *sabes* que estás en una historia. Crees que sólo eres una niña. Y no quieres creer en la verruga, o en el fantasma, o en lo que vaya a ser cuando te toque.

En ese momento decidí que la verruga no había brillado. Era un efecto de la luz, o una alucinación, o humo y espejos, o cualquiera de esas cosas que la gente dice que se supone que explican lo que pasó pero no lo logran.

En cualquier caso, dejé de creer que la verruga brillaba. *Tenía* que hacerlo.

Pero no importaba, porque aún creía que esa cosa había cambiado de tamaño y color, y eso ya era lo suficientemente escalofriante. Apagué la computadora y me deslicé con lentitud hacia la sala. Pig me siguió, ronroneando y zigzagueando entre mis piernas. Tal vez pensó que iba a desayunar temprano y cuando no le hice caso, maulló.

Por un momento pensé que me habían atrapado cuando escuché la voz de mamá en su cuarto. Me congelé y su voz siguió, una palabra, pausa, una palabra, pausa, como si estuviera jugando lotería. No pude evitar sentir curiosidad, así que me acerqué despacio a la puerta de su cuarto. Estaba entreabierta, puse mi oído en la abertura.

—Tractor —dijo mamá.

¿*Tractor?* Me asomé.

—Gorila —después continuó—: *Arancia...* Dominó... *Emendare...* Visión... Aparentemente... Ratón...

Estaba acostada boca arriba, hablando dormida. En inglés e italiano. Soñando con el listado telefónico más extraño del mundo.

Escuché un poco más, a la espera de que se detuviera o dijera algo con sentido. No sé mucho italiano, pero sí lo suficiente como para saber que el diccionario de italiano a inglés no me serviría de mucho para comprender lo que escuchaba.

—*Lasagna* —dijo mamá.

—Buenas noches —dije yo y regresé a la cama.

Al día siguiente concerté una cita para mamá con el dermatólogo. La enfermera dijo que podían verla dentro de un mes, y yo fui un poco grosera educadamente y, después de una conversación muy vigorosa, la adelantó a la semana siguiente.

La semana siguiente. La llevaré de alguna forma, pensé mientras colgaba el teléfono; no podía estar más contenta, porque no sabía que mamá ya no estaría dentro de cuatro días.

Permítanme adelantarme esos cuatro días, porque en realidad no hay nada que decir sobre ellos. Fueron días con muchas comidas, sueño y discusiones con mamá, como si no hubiera estado a punto de que se la llevaran, como si todo no hubiera estado a punto de cambiar. Fuimos de compras, envolvimos regalos, asistimos a misa, pusimos nuestro árbol de plástico blanco de Navidad. Si mi vida fuera una película, podrían esperar ver una de esas secuencias de imágenes con música en este momento, de las que los directores mediocres usan para mostrar que el tiempo pasa. Ya saben:

un montón de escenas cortas y graciosas de mamá y
yo en la tienda probándonos vestidos y sombreros
chistosos; luego intentando hacer ponche, pero la tapa
de la licuadora vuela y nos salpica a nosotras y a las
paredes, y nos reímos; después hay un corte y aparecemos
nosotras cantando villancicos afuera de alguna casa
pero, ¡ups!, los dueños son judíos, y durante todo el tiempo

se escucha de fondo "Jingle Bell Rock", o algo así. Y lo siguiente que sucede es cuatro días más tarde. De hecho es Nochebuena, pero no quiero ahondar en eso. No es una historia de Navidad. Es una historia de Smekdía.

Era de noche cuando sucedió. Yo estaba en la cama, pero no dormía. Estaba despierta, escuchaba el ruido de los autos y de gente que hablaba muy fuerte en la calle, y pensaba en cualquier cosa. Está bien, supongo que estaba pensando en mi regalo de Navidad, y era difícil no hacerlo. Aunque creo que mamá *intentaba* no hacer ruido en la sala, era obvio que aún estaba levantada, llenando mi calcetín navideño con dulces y discos compactos y cosas, o envolviendo un regalo. Después de un rato, los sonidos se durmieron y creo que yo también. No llevaba mucho dormida cuando un enorme ruido me despertó de golpe.

Cataplum.

Fue el ruido que vino desde arriba, desde el techo.

Y, sí, por un momento pensé: ¿Santa Claus? No me pueden culpar por ello.

En ese momento me sentía como en la canción *La noche antes de Navidad* y me apresuré a llegar a la ventana para ver qué pasaba. Ahí fue cuando tuve mi primer atisbo: una manguera de acordeón gigante, como la de una aspiradora, colgaba del techo y desaparecía en la oscuridad. Miré hacia arriba para averiguar de dónde venía, pero sólo vi una gran figura oscura en el cielo. Bajo su mirada, todas las alarmas de auto del vecindario gemían y todos los perros ladraban.

Escuché a mamá gritar *"¡Cannoli!"* desde la sala.

Después, "¡Audífonos!".

Corrí a la sala y me detuve en la entrada.

"¡Batidora!".

Mamá se había quedado dormida llenando mi calcetín navideño. Y debía haberse quedado *realmente* dormida, porque aún tenía el brazo metido en la media hasta el codo. Estaba sentada en el suelo, recostada contra el sillón, con pedazos de caramelo y listones rodeándola.

"¡Tablero de ajedrez!".

Está de más decir que seguía recitando palabras como antes. Sólo que ahora gritaba, con la cara enrojecida y los ojos bien cerrados.

"¡*Granata!*".

Me acerqué a su lado con el corazón palpitando con fuerza y miré bien la verruga. Brillaba de manera intermitente, definitivamente brillaba, violeta y rojo y verde, una y otra y otra vez.

"¡Un poco!".

—¿Mamá? —pregunté.

—¡Galletas! —contestó.

—¡Mamá! ¡Mamá, despierta!

—¡*Annunciare!*

Sacudí su brazo, el que tenía dentro de la media, pero sus ojos se quedaron cerrados.

—¡Mamá! —grité.

—¡Mamá! —gritó mamá. Creo que fue sólo una coincidencia. No recuerdo todo lo que gritó. No pensé que lo tendría que escribir algún día. Creo que había sustantivos y verbos y cosas, definitivamente dijo el nombre de un presidente pero no recuerdo cuál, y la marca de champú que ella usaba. Pero sí recuerdo la última palabra. Recuerdo la última palabra que dijo.

—¡Cebra!

Y se terminó. Las palabras dejaron de llegar. Sus ojos no se abrieron, pero se sentó en paz durante un minuto. La sacudí de nuevo.

—Mamá… mamá…

Se levantó. Se levantó tan rápidamente que me dio un jalón. La verruga ya era sólo de color morado y no parpadeaba. Sólo brillaba, y yo odiaré ese color morado el resto de mi vida.

La solté y caminó por la cocina hacia la puerta trasera. Pensé que se estrellaría contra ella, pero con calma quitó la cadena y giró el pestillo, y luego caminó hacia la escalera de emergencia. La seguí, deseando llevar zapatos puestos. Estaba helando afuera.

—¿Adón… adónde vas? —dije, mientras bajaba las escaleras detrás de ella. Una vez en la calle, mantuve un ojo en el suelo, pisando cuidadosamente sobre vidrio roto y basura. Mamá no respondió, pero su verruga morada me miraba fijamente con malicia.

No sé en qué momento me di cuenta del zumbido. Creo que lo había estado escuchando durante un rato, incluso desde antes de despertar, pero era el tipo de cosas que se mezclan con todo lo demás, como las cigarras en verano. Sin embargo, mientras caminábamos se hizo más fuerte. Sabía, sin pensarlo, que caminábamos hacia él.

—Vamos, mamá, es hora de ir a casa. Es Na-Navidad —apreté los dientes para que dejaran de castañear—. Si vienes a casa conmigo te haré ponche. Te haré un ponche *especial*. Con ron. O… o vodka. Con lo que sea que haya en la botella con la etiqueta de pirata.

Caminábamos hacia el cementerio de Oak Hill. Era un buen cementerio, de los que tienen paredes altas de piedra y mausoleos grandotes. Obeliscos y estatuas de ángeles tristes. Normalmente, mamá no pondría un pie en ese lugar. Y ahora, por fin, podía verlo. Era enorme, para empezar. Más grande de lo que se esperaría y, además, un poco más grande. Cayó del aire lentamente como una burbuja. Como una burbuja con tentáculos. Como un globo de nieve del tamaño de medio campo de fútbol, con una panza llena de mangueras. De repente se iluminó. No con luces intermitentes como un avión: parecía estar lleno de un gas brillante de tonos amarillos y verdes pálidos.

Y morados. Y dentro del globo había globos más pequeños, y capas de plataformas y formas, y en ésas... posiblemente... había pequeñas cosas moviéndose.

Pero no, esto no me está saliendo como debería. Al describir la nave, la estoy haciendo parecer menos de lo que era, y eso es injusto.

Era terrible. Y sabía que todo iba *mal*. Tan sólo verla daba la sensación de estar perdiendo. Era el monstruoso y zumbador Fin del Mundo.

Varios días después, nada parecía ir bien. No me peinaba ni me lavaba los dientes. Nunca abrí mis regalos de Navidad. ¿Para qué molestarse? Ahora había extraterrestres. No escuchaba música. Me hacía llorar. Toda, era demasiado hermosa. Y no estoy hablando de Beethoven ni nada por el estilo. Los discos de NSYNC me hacían llorar. La música del camión de helados me hacía llorar. No me podía reír, y escuchar a la gente riendo me hacía enojar. Era egoísta y enfermizo, como quemar dinero. Pero me estoy adelantando.

La nave aterrizó. No tenía tren de aterrizaje. Las seis mangueras se colocaron como patas y sostuvieron todo el peso de la nave. Después... *caminó*. No hay otra manera de describirlo. Toda la enorme cosa caminó sobre sus patas de manguera como un escarabajo hacia nosotros, abriéndose paso entre monumentos y criptas.

Busqué ayuda, pero no había nadie más en la calle.

—¡Mamá! ¡Despierta! ¡Despierta! —grité. Estaba parada sin moverse y corrí a su lado, me agarré de su pierna—. ¡Mamá! ¡Te quiero! ¡Discúlpame! ¡Vamos a casa!

La nave levantó una pierna y se flexionó como un gusano hacia nosotros. Y mientras se acercaba... yo me solté. Solté a mamá. La solté y me escondí detrás de un mausoleo. Porque estaba asustada. Y sé que me merezco lo que piensen de mí por eso.

La pata de manguera se postró sobre la cabeza de mamá y medio se la tragó, hasta la cintura. No se movió, ni emitió sonido alguno. Aún tenía mi calcetín navideño en su brazo. Después se escuchó un sonido como:

"Pum".

Y salió disparada al aire; se *fue,* sorbida como un refresco dentro de esa gran cabeza zumbadora.

No sé si puedo escribir sobre todo lo demás que pasó después. Podría sonar como si tratara de ser muy dramática, pero no es así. No es así para nadie. Simplemente te caes porque tus piernas dejan de funcionar. Y no caes sobre tus rodillas, caes sobre tu trasero encima del césped como si fueras el idiota del año. Gritas por tu mamá porque verdaderamente crees que eso la va a traer de vuelta. Y cuando no es así, tu piel se tensa y los pulmones se te llenan de algodón, y no puedes llamarla de nuevo. Y no te levantas. Y no piensas en ningún plan inteligente, porque sólo estás esperando a reventar como un petardo y morir. Es lo único que queda.

Eso es todo. Hay más, pero es todo lo que voy a escribir sobre ello. Me pidieron escribir sobre los días antes de la invasión, y aquí está, aunque es una pregunta un poco personal y quizá no debieron hacérmela. Pero eso es todo. En cualquier caso. Escribí "trasero" unos párrafos más arriba. Disculpen mi lenguaje.

Me senté un rato en ese cementerio. No recuerdo cuándo me levanté ni recuerdo haber ido a casa, pero ahí estaba. Me hice un sándwich y me senté en una silla. Se me olvidó respirar, no sabía que podía pasar eso. De vez en vez me daba cuenta de que mi pecho estaba vacío y mi cabeza muy ligera, así que abría la boca como un pescado moribundo hasta que se llenaba de nuevo. Después me quedé pensando en nada. Nada. Eso se volvió aburrido y mi estómago gruñó, y pensé: "¿No había un sándwich por aquí?". Así que volví a la cocina para encontrarlo sobre la barra, con una cucaracha sentada justo encima, como si fuera un lanzador de béisbol.

Aquí fue cuando por fin comencé a trazar mi plan, pero todos mis planes eran estúpidos. Creo que hay una parte del cerebro, en la parte de atrás, que no deja de creer en la magia. Es la parte que hizo que los cavernícolas pensaran que dibujar alces en las paredes podía ayudarles en la caza del día siguiente. Y todavía sigue funcionando, haciéndote creer que tienes calcetines de la suerte, o que ganarás la lotería comprando boletos con las fechas de los cumpleaños de tus hijos. Me hizo creer que podía detener el tiempo en el cementerio con un movimiento de la mano, o invocar a mamá con sólo mencionar su nombre. Ahora estaba muy ocupada, pensando una y otra vez sobre cómo volver atrás en el tiempo, o qué debería hacer cuando lo lograra.

Las naves, por cierto, no se quedaron en secreto durante mucho tiempo. De repente estaban en la televisión, en todos los canales, a excepción del canal 56, que sólo tenía repeticiones de *Los Jefferson*.

Había reportajes sobre las naves e historias sobre cómo la gente reaccionaba ante ellas. Algunos estaban felices y eso me causaba náuseas. Gente de todas partes disparaba sus armas al aire en celebración. La mayoría estaba en pánico. Algunos saqueaban tiendas porque creo que pensaron que con la invasión extraterrestre, realmente necesitarían nuevos reproductores de DVD. Supongo que entonces nadie sabía a ciencia cierta que los Buv eran malas noticias, porque no habían succionado a sus mamás. Pude haber salido para prevenirlos, pero me sentía bastante enferma. Parece que uno no puede darse una caminata al cementerio en medio de una noche decembrina con los pies descalzos y sin abrigo, sin luego pasar los días siguientes sudando y temblando frente al escusado. Traté de llamar al 911, al FBI, a la Casa Blanca, a cualquiera que pudiera decirle algo sobre mamá, pero las líneas de teléfono no funcionaban. Supongo que mucha gente estaba llamando a su familia y amigos, diciendo:

—¿Ya te enteraste de los extraterrestres?

Y su amigo respondería:

—¿Qué extraterrestres?

Y el primero diría:

—¡Prende la televisión!

—¿Qué canal?

—Cualquiera menos el 56.

Así que no pude advertirle a nadie. Pero todos se dieron cuenta muy pronto.

Resultó que la nave que se llevó a mamá era una de las pequeñas. Había otras del tamaño de Rhode Island sobre el cielo de mi ciudad, de Nueva York, Los Ángeles, Chicago, Dallas, por no mencionar Londres, Tel Aviv, Moscú y un centenar de lugares más. Al principio sólo flotaban ahí como medusas. Pero luego las medusas comenzaron a morder cosas.

Al principio nadie sabía qué estaba pasando. Al menos yo no. Entonces no sabíamos nada sobre las pistolas. Esas pistolas locas de los Buv que no emiten ni sonido ni luz. Sólo sabíamos que, ¡eh!, la cabeza de la Estatua de la Libertad ya no está ahí. Ni la cúpula del Capitolio, ni la punta del Big Ben. Oh, mira, la Torre inclinada de Pisa es ahora el Muñón completamente irrelevante de Pisa. Y la Gran Muralla China, el Gran Bache de China. Las naves de los Buv tenían grandes armas. Y los Buv tenían facilidad para saber a qué dispararle. Estaban provocándonos.

***

Tengo que hablar de esto. No me lo puedo sacar de la cabeza. Ustedes, en el futuro, probablemente no recuerden nada sobre la invasión. Ni siquiera habían nacido. Pero quizás algo peor haya sucedido desde entonces. Cien años es mucho tiempo.

Si les ha ocurrido eso, seguramente entonces se sintieron fatal. Probablemente estarían asustados y habrían querido que se detuviera. Así me sentí yo durante la invasión; así es como se deben de sentir todos. ¿Pero ustedes estaban también emocionados? ¿Sólo un poco? ¿Estaban en el borde de sus asientos, preguntándose qué pasaría a continuación?

Y me pregunto si se sentirían un poco orgullosos. Orgullosos de estar viviendo algo así de importante, algo que contarles a sus nietos. ¿Se observaron viendo la televisión, seguros de que parecían valientes y estoicos y sólo un poco tristes?

Creo que otras personas se sintieron así. Durante mucho tiempo, en la televisión y en la radio y en las calles, la gente decía: "Todo ha cambiado. El mundo nunca volverá a ser el mismo. Los extraterrestres lo cambiaron todo".

El hecho es que *por supuesto* que era así. Debió haber estado de más decirlo. Pero ahí estuvimos haciéndolo, y después de un rato sonaba como una palmadita en la espalda. Todo había cambiado, pero habíamos sobrevivido, así que *teníamos* que ser fuertes. Con cada terrible noticia de último minuto pensábamos: "Ahora tenemos una historia que contar".

Lo siento, olviden que lo haya mencionado. No tengo idea de lo que pensaron otras personas. Esto era sólo lo que yo pensaba. Soy horrible.

***

Cuando no había nada nuevo que informar, los noticieros pasaban los mismos materiales una y otra vez. Las estatuas decapitadas, los edificios que no estaban, sus ausencias tan extrañas que jurabas que podías sentir que aún estaban ahí, como extremidades fantasmas. Y tengo que recordar que también había personas eliminadas con la misma pulcritud que las caras del monte Rushmore. Había turistas en la Estatua de la Libertad cuando sucedió. Había personas en la Muralla China. Ya no estaban ahí, habían sido *eliminados*. Creo en el Cielo por toda esta gente. Quiero imaginármelos entrando por sus puertas, confundidos, parpadeando, como viajeros que se durmieron en el tren. Quiero que haya un lugar en donde un amable extraño les diga: "Bueno, esto es lo que sucedió".

Pero estaría mintiendo si dijera que pensé en ellos entonces. No me podía concentrar en la pérdida de nadie, ni siquiera en la de mamá. Mi cabeza estaba entumecida por las imágenes. Mi cerebro estaba envasado en imágenes, guardado, a la espera de ser reutilizado. Quizá estaba impaciente de que algo sucediera.

Todo este vandalismo intergaláctico, en algún momento, hizo salir a todos los ejércitos del mundo y les plantamos batalla. Nadie me entregó ninguna pistola *a mí* ni me mandó a pelear. De todas formas estaba ocupada tratando de beber mucho líquido. Pero lo vi todo en televisión, como una película. Con los efectos de sonido adecuados pudo haber sido una comedia.

Más o menos sucedió así: sacamos nuestros tanques, nuestros *jets*, nuestros soldados con armas. Sacamos nuestros vehículos de combate Bradley. No sé qué son, pero teníamos muchos de ellos. Había helicópteros, portaaviones y cientos de misiles letales, fríos, mirando como ojos monstruosos desde sus madrigueras subterráneas. Hubiera sido impresionante de no haber sido por el tamaño de las naves de los Buv que colgaban sobre las nubes como lunas nuevas. Sin embargo, al final, no se trataba de quién poseía las armas más grandes. Los Buv guardaban una sorpresa.

fig. 3a–Abejas

Esta sorpresa pronto se ganó el apodo de las Abejas. Volaban, eran del tamaño de un abejorro, y zumbaban. Estaban cubiertas de pequeños cables que parecían antenas o patas. Pero eran plateadas, sin alas y tenían un extraño revoltijo de ojos en sus gordas cabezas. Hubieran sido unos bonitos llaveros.

Bajaron de las naves en nubes densas y se dividieron en grupos de acuerdo con algún plan desconocido. Algunas eran tan grandes como pepinillos y, otras, si se puede creer lo que decían en televisión, eran tan pequeñas que no se distinguían a simple vista.

Nuestros soldados les dispararon, estúpidamente. Era como cazar colibríes. Trataron de dispersarlas con granadas de mano. *Creo* que eso es lo que intentaron. Lo siento, estoy tratando de hacerlo lo mejor posible, pero ésta no es mi especialidad. Los maestros nunca me piden trabajos sobre *jazz* o sobre mi colección de zapatos.

En cualquier caso.

Lo importante es que las Abejas no iban contra la gente, sino contra nuestras cosas. Volaban dentro de los tanques. Dentro de los cañones de las armas. Se infiltraban en los motores y hasta en nuestras computadoras, y estaban sobre nuestras antenas satelitales como abejas en un girasol. Supongo que algo le hicieron a nuestros vehículos de combate Bradley.

Después reventaron. Utilizaron cada gota de energía que tenían al mismo tiempo y reventaron como palomitas. Se ponían blancas de calor y cuando se enfriaban quedaba de ellas un granito de desecho de metal humeante. Cada arma, cada computadora, cada aparato de comunicación que necesitábamos para pelear contra los extraterrestres quedó, de repente, apelmazado con trozos de metal que parecían mojones cromados. Disculpen mi lenguaje.

Me gusta pensar que, en ese punto, les habríamos comenzado a lanzar rocas o palos, o habríamos hecho *algo* más, pero fue entonces cuando los Buv decidieron hablar. Lanzaron un mensaje a todas las estaciones de televisión y radio que aún funcionaban. Fue un mensaje largo, y en muy buen inglés, pero con ese mismo sonsonete agudo que tenía J. Lo. J. Lo el Buv, no J. Lo la cantante/actriz/ perfume. Les ahorraré todos los detalles de la transmisión. Las partes importantes fueron:

A. Los Buv habían descubierto el planeta, así que, por supuesto, era suyo.

B. Su Gran Destino era colonizar nuevos mundos, lo *necesitaban*, así que no había nada que pudieran hacer para evitarlo.

C. Lamentaban las molestias, pero estaban seguros de que los humanos se adaptarían pacíficamente a la sociedad Buv.

Y D. Si alguien tenía una idea contraria, debía saber que había una Abeja en las fosas nasales de cada presidente, primer ministro, rey y reina del planeta.

Así que eso fue todo. A la hora de la comida, la raza humana ya estaba conquistada. Gente de todas partes disparó sus pistolas al aire en señal de tristeza.

Esto, más o menos, nos lleva al punto de partida. Poco después de que nos conquistaran, los Buv comenzaron a bajar de las naves y a mudarse a nuestras ciudades. La gente huyó y los Buv caminaron con calma hacia pueblos fantasmas, lanzando continuamente elogios en agradecimiento a su glorioso Capitán Smek por haberles dado tantas casas tan bonitas y vacías para vivir. Algunas personas resistieron como pudieron, pero sus esfuerzos sirvieron de poco. Quizás hayan visto el famoso video de la mamá y sus tres hijos que defendieron la casa con un bate de béisbol, abanicándolo furiosamente en los escalones de entrada mientras los cuerpos uniformados del equipo Buv avanzaban hacia ella.

Algunas personas no dejaron su pueblo cuando los Buv llegaron, pero casi siempre terminaron mal. Así fue para mi vecina de arriba.

La vi una tarde en la entrada con los brazos llenos. Sostenía una caja con joyas, un montón de álbumes fotográficos y a su perrito chihuahua, Billy Dee Williams.

—¡Señorita Wiley! —grité desde la ventana de mi cuarto. Se detuvo y me miró—. ¿Necesita ayuda con eso? ¿Adónde va?

La señorita Wiley se paró debajo de mi ventana y dejó sus cosas en el suelo. Billy Dee se tropezó con la hierba crecida y se comió un insecto.

—Hola, Tipolina. Me voy, *supongo* —dijo.

—¿Adónde se va?

—Viví aquí veinticinco años —suspiró—. ¿Sabías eso?

—Sí. ¿Por qué se va?

—Ya no es mi apartamento. Ahora les pertenece a ellos, me imagino. Uno de ellos lo reclamó. Uno de ellos apareció en mi puerta y me dijo que me largara y lo reclamó en nombre del Capitán No-Sé-Quién.

Trataba de comprender lo que decía. ¿Había un extraterrestre en nuestro edificio? ¿Ahora mismo, justo arriba de mí?

—Pensé que sólo estaban mudándose a los pueblos costeros —dije—. Salió en las noticias.

La señorita Wiley levantó los hombros. Parecía estar al borde de las lágrimas.

—¿Está tu mamá en casa?

—No, ella... No.

—Dile que me disculpe. Aún tengo su cacerola, no creo que la vaya a recuperar.

Le dije que no había problema y le pregunté si necesitaba dónde quedarse, pero se iba a casa de su hermana. Estas escenas debían estar sucediendo por todas partes; los Buv se presentaban, así sin más, en tu puerta, sin aviso previo, y te echaban de tu casa. O quizá te encontrabas a uno en tu cochera, comiéndose las cosas, y en algún momento entraba a la cocina o a los dormitorios. Y, como un gato callejero, llegaba para quedarse.

Hablando de gatos, fue alrededor de esos días cuando sucedió la Gran Traición de los Gatos. Fui yo quien inventó ese nombre, pueden usarlo si quieren.

No fue noticia para lo que quedaba de las transmisiones informativas, pero la voz se corrió rápidamente. Los gatos *amaban* a los Buv. Dejaron a sus dueños humanos en manada. Salieron por las ventanas y sus pequeñas puertas como si fuera el último día de clase, y se frotaban contra los invasores y lamían sus patas.

Pig no era un gato que saliera mucho, pero lo intentó todo para hacerlo. Siempre lo intentaba cuando yo salía del apartamento, pero había otras dos puertas que franquear para salir del edificio, así que nunca pasó del cubo de las escaleras. Cada vez que un Buv pasaba por la calle, Pig lo miraba con añoranza y ponía una pata en la ventana como si fuera heroína trágica. Casi la dejé ir un par de veces, pero la gata era más de mamá que mía como para regalarla.

En cualquier caso.

En un periodo ridículamente corto, los Buv determinaron que los humanos no tenían ganas de mezclarse pacíficamente con su cultura. Señalaron a todos los que huyeron en lugar de darles la bienvenida a sus nuevos vecinos, incluso aquéllos cuyas casas habían sido tomadas. El mismo Capitán Smek apareció en televisión para dar un mensaje oficial a la raza humana (no nos llamaba "raza humana", por supuesto. Nos llamaba los Nobles Salvajes de la Tierra. Parecía que hasta ese momento, todos seguíamos viviendo en la Tierra).

—Nobles Salvajes de la Tierra —dijo—. Durante mucho tiempo hemos tratado de vivir en paz —habían pasado cinco meses—. Durante mucho tiempo, los Buv hemos sufrido por su hostilidad y su intolerancia. Con el corazón entristecido, declaro que los Buv y los humanos nunca podrán vivir en armonía.

Recuerdo haberme emocionado mucho. ¿Estaba escuchando bien? ¿Los Buv estaban por partir? Qué estúpida fui.

—Así que ahora, generosamente, les concedo unas Reservas Humanas: tierras que serán para los humanos por siempre y nunca les serán arrebatadas.

Miré la televisión, boquiabierta.

—Pero nosotros llegamos primero —dije patéticamente.

La ceremonia siguió por algún tiempo. Los Buv firmaron un tratado con las diferentes naciones del mundo. Todo parecía muy extraño, y no sólo por las razones evidentes. Por lo general, los grandes eventos políticos están llenos de hombres vestidos de traje, pero los Buv estaban acompañados por personas de apariencia completamente ordinaria. La mujer que firmó en nombre de la República Checa, tenía un bebé en brazos. El hombre que lo hizo por Marruecos, llevaba una playera de Pepsi. Cuando le tocó a Estados Unidos, el representante era un tipo que no había visto jamás. Definitivamente no era el presidente. Ni el vicepresidente. No era el portavoz del Congreso ni nadie que hubiera visto antes en televisión o en algún otro lado. Sólo era un tipo nervioso vestido con *jeans* y camisa de mezclilla. Estaba encorvado. Tenía un bigote espeso y gafas. Llevaba puesto un *cinturón de herramientas*, ¡pero qué demonios!, disculpen mi lenguaje. Después supimos que era un plomero escogido al azar. Creo que su nombre era Jeff. A los Buv no les importaba.

Fue entonces cuando a los estadounidenses nos dieron Florida. Un estado para trescientos millones de personas. Las filas para el baño iban a ser tremendas.

Después del anuncio, el Día de la Mudanza quedó fijado y se enviaron las cápsulas espaciales. Yo decidí conducir, me dispararon y caí por un barranco porque las carreteras habían sido destruidas. Pig y yo pasamos un rato en una tienda de autoservicio y me escondí de un Buv llamado J. Lo, pero después lo atrapé y lo dejé libre cuando prometió arreglar mi auto, que ahora vuela en lugar de rodar. Y tiene grandes mangueras y aletas.

¿Todo el mundo va por la misma página? Genial.

Guardamos nuestras cosas en el auto volador, al que ahora llamaba "Velicioso", y nos acomodamos en nuestros asientos. J. Lo me había convencido, de alguna manera, de llevarlo con nosotros a Florida. Su *scooter* no estaba hecho para grandes recorridos, además de que lo había deshecho para reconstruir el auto. También arguyó, persuasivamente, que era mucho menos probable que los Buv me dispararan si uno de ellos viajaba conmigo.

Casi desisto cuando J. Lo se sentó en el asiento del copiloto, a mi lado. Era demasiado amigable. Pero, si se sentaba atrás, hubiera parecido que yo era su chofer, y así era más fácil tenerlo a la vista. Pig se acomodó en el respaldo de su asiento. Me imagino que hubiera preferido su regazo, pero él no tenía regazo.

—Y bien —dijo el Buv meneando sus patas—, ¿qué debo llamarte?

Lo pensé por un momento. No me iba a llamar Tip. Tip era para los amigos.

—Tipolina —contesté.

J. Lo se me quedó mirando. Después de una larga pausa, dijo:

—Bonito —y miró para otro lado.

Me da igual, pensé. Giré la llave y el auto rugió como un oso polar con sueño. Todas esas mangueras y cosas comenzaron a sacudirse y aletear. Estaba por enterarme de que, después de las modificaciones que J. Lo había hecho, la llave era lo único que seguía haciendo lo que se suponía que debía hacer.

El acelerador ahora era el freno. El freno abría la cajuela. El volante elevaba o bajaba el auto. Para girar a la izquierda o a la derecha se usaba la radio. No importaba, de todas formas no íbamos a sintonizar ninguna estación, pero luego cometí el error de meterle un casete y nuestros asientos se fueron para atrás.

Nos quedamos así un minuto, mirando al techo.

—Puedo tararear —dijo J. Lo.

—Cállate —le sugerí.

El freno de mano lanzó el líquido limpiaparabrisas.

El mando del limpiaparabrisas abrió la guantera. Encender el aire acondicionado hacía sonar el claxon, y el claxon hacía que el techo se incendiara.

—¡Espera! ¡Espera! —gritó J. Lo y salió por la puerta. El techo se abrió y disparó una bola de fuego al cielo. J. Lo se sumergió en su caja de herramientas, lanzó lo que parecía una aspirina al fuego y todo quedó cubierto por varios centímetros de espuma.

Nos tomó cerca de media hora limpiar la espuma. Estaba fría y olía a merengue.

—Sabes —dije, mientras nos preparábamos de nuevo para partir—, no sé si esto va a funcionar. No tenemos mucha gasolina, y no sé dónde podríamos cargar más. Ahora que lo pienso, ni siquiera sé si mi dinero vale algo.

J. Lo sonrió.

—Ah, yo mostrarte algo.

Se agachó junto al tanque de gas y metió una manguera. Succionó el otro extremo, lo cual era asqueroso, hasta que salió un chorrito de gasolina. Tomó unas gotas con una máquina extraña. Parecía una balanza con pequeños tubos de cristal a ambos lados, y una especie de computadora en el centro. Después dejó caer la manguera y un chorro de gasolina se vertió sobre el pavimento.

—¡Eh! ¡La estás desperdiciando!

—No importar —dijo el Buv—. Mira.

Tecleó algo en la computadora y comenzó a zumbar. Luego, aunque ya no estaba conectado a ningún lado, el pequeño frasco con gasolina se vació. No sabía adónde había ido.

—Qué bien —dije—. Ahora no tenemos *nada*.

J. Lo me ignoró y un segundo después, el fondo del otro frasco se llenó con gasolina de no sé dónde.

—¿Qué acaba de suceder?

El Buv sonrió.

—Hice teletransportar el combustible de un lugar a otro.

—¿Teletransportar? ¿*Teletransportar*? ¡Eso es increíble! ¿Pueden teletransportar cosas?

La sonrisa de J. Lo disminuyó un poco.

—Algunas cosas —dijo.

—Pero… —dije, sin comprender—. ¿De qué nos sirve esto? Todavía necesitamos más gasolina.

La sonrisa de J. Lo se ensanchó de nuevo.

—Bucle de retroalimentación —dijo.

—¿Bucle de retroalimentación?

—Bucle de retroalimentación.

Nos quedamos ahí, mirándonos el uno al otro. Un cuervo graznó en la distancia.

—¿Quieres que te pregunte, o…?

—La computadora, ella intercambia gasolina por datos. Un largo código. Nosotros transmitir el código, la gasolina, pero una poca. No toda.

—No toda —repetí.

—Pero… éste es el truco. El truco es que nosotros *engañar* a la computadora haciéndole creer que sí la teletransportamos toda.

—Ajá…

—Pero no lo hicimos.

—Ajá…

—Nos quedamos con la más gasolina en un lado y la engañamos de que está toda en el otro lado, así que la estúpida computadora duplica la gasolina hasta llenar el frasco. Como copiar un archivo. Y luego lo mandamos una y otra vez. Así.

J. Lo tecleó algo de nuevo y zumbó otra vez. Lo que sucedió después parecía una de esas películas que adelantan el tiempo en donde ves cómo crece una flor en unos segundos. Ambos frascos se agitaron y se llenaron rápidamente de líquido. Teníamos cien veces más gasolina de la que teníamos al principio.

Por un momento, mi cerebro no me permitía creer lo que estaba viendo. Pero, bueno, ya me estaba acostumbrando a ver cosas bastante increíbles.

—Hiciste gasolina —dije.

—Sí.

—En realidad… como… *clonaste* gasolina.

—Tal como dices.

—¡Es increíble! —grité—. ¡Pueden teletransportar! ¡Pueden clonar cosas! Podrían, no sé, teletransportarse a Francia y dejar en casa un clon para que hiciera su tarea.

El Buv frunció el ceño.

—Todos quieren siempre que hacer un clon para hacer su trabajo. Si tú no querer hacer el trabajo, ¿por qué un clon de tú sí querría hacerlo?

—Está bien, de acuerdo —dije—. Pero se pueden teletransportar. ¡Pueden ir a cualquier lado! ¿Por qué tenemos que conducir?

J. Lo gruñó en serio. Parecía ser un tema delicado.

—Los Buv no poder teletransportar. Los humanos y los Buv no poder teletransportar, no poder ser clonados.

—Pero, si acabas de…

—Imposible. La gasolina puede ser teletransportada y clonada porque es lo mismo todo junto. Criaturas complejas como los Buv no es lo mismo. Incluso criaturas simples como el humano no es lo mismo.

—Oye…

—La computadora teletransportadora no necesita conocer el orden de la nueva gasolina. No importa. Pero para Buv y humanos, importa.

Comenzaba a comprender.

—Quieres decir que…

—Si Tipolina se teletransporta, la computadora no puede conocer todas las moléculas. Tipolina sale hecha una mezcla de barro y Tipolina.

—Oh.

—Como un licuado de Tipolina, desde la licuadora…

—De acuerdo, está bien —levanté mis manos—. Ya entendí.

De nuevo caímos en un silencio incómodo. Después J. Lo comenzó a hacer más gasolina, con Pig ronroneándole en las patas.

—Oye… yo… ¿estás enojado? —dije, preguntándome de inmediato por qué—. ¿Qué te pasa?

J. Lo suspiró. Hizo un ruido distorsionado.

—Los Buv han tratado de solucionar esto desde hace mucho tiempo. Por… —levantó los ojos como si estuviera haciendo cuentas—. Por cien de tus años —dijo al fin.

—¡Santo Dios!

—Tal como dices.

Después de un rato estábamos en camino. Los nuevos controles de Velicioso eran complicados, pero soy rápida para aprender. J. Lo sólo apretó los dientes y se agarró de la puerta durante los primeros treinta kilómetros, así que después tenía que hacer alguna voltereta o una bajada repentina para mantenerlo al margen.

—Soy una excelente conductora —dije después de una zambullida particularmente innecesaria. J. Lo balbuceó algo en buveano que parecía una oración. O un insulto.

Más tarde, un perro callejero se cruzó en nuestro camino, yo pisé el freno, o el acelerador, mejor dicho, un poco demasiado fuerte. J. Lo voló hacia el frente y se golpeó la cabeza contra el tablero.

—Cinturones de seguridad —dije.

—Quizá también poder yo conducir de vez en cuando —dijo el Buv.

—Nooo, lo siento, no es tu auto.

J. Lo se tocó la frente. Ya le había aparecido un moretón, girando y cambiando de color debajo de su piel como un anillo de colores.

—Yo reconstruirlo —dijo—. Es la mitad mío.

Pensé en eso.

—Claro —traté de sonar razonable—, pero sería ilegal que tú condujeras. No tienes licencia.

—Ah —asintió—. Claro.

Un largo silencio se posó entre nosotros. Este silencio era como una persona extra en el auto, que me miraba expectante. Comencé a creer que el silencio era Billy Milsap, un chico de la escuela que se sentaba detrás de mí en cada clase. Nunca dijo una palabra, nunca contestó a mis preguntas, y cada vez que lo miraba, él ya estaba mirándome a mí. Ni una sonrisa, ni siquiera con la prudencia de mirar a otro lado cuando lo sorprendía. El silencio en el auto era un Billy Milsap invisible, encorvado como un duende en el asiento trasero. Como cualquier silencio, no era en realidad silencioso, pero tenía el mismo zumbido espeso de la respiración de Billy. Y conforme más tiempo pasaba, más crecía. Igual que Billy Milsap.

Cuando el silencio colgaba sobre el estado entero de Delaware, y Billy Milsap era tan grande que se derramaba por las ventanas, no pude aguantarlo más.

—Ojalá tuviéramos música —dije enfáticamente.

—Lo lamento —dijo J. Lo.

No me gustaba cuando se disculpaba.

—Al menos no destruyeron *todas* las carreteras —dije.

Habíamos pasado un largo tramo de asfalto deshecho, pero ya estábamos sobre un camino suave de nuevo.

—Los Grupos de Destrucción sólo han explorado caminos...

—*Explotado* caminos. No "explorado".

—Sí, sólo han *explotado* caminos por toda la gran ciudad humana. Yo no entender por para qué explotan caminos porque no saber antes que los autos humanos *rodaban*.

Dijo "rodar" como si fuera algo muy simpático.

—¿Qué hacías en el MoPo? —dije—. Tú solo.

—Ahí había una granja de antenas.

—¿Granja de antenas? Eso no existe.

—Un... —buscó las palabras adecuadas—. Un gran campo lleno con las torres de antenas. Para sus radios. Yo me mandaron para modificar las torres, para usarlas los Buv.

Pasábamos por una ciudad abandonada, por edificios abandonados como mausoleos.

—El trabajo… —continuó J. Lo— tardó mucho. Perdí mi viaje. Así que Tipolina amable me da uno.

No me gustaba que me hiciera cumplidos. Y me dio la impresión de que no me estaba contando todo sobre su trabajo. Pero yo tampoco estaba muy conversadora.

—Quizá podamos jugar a algo —dije.

—¿Jugar?

Pensé en algún juego que pudiera entender.

—Veo, veo, una cosita que empieza por la letra… C.

—Salchichas —supuso J. Lo.

Así que no jugamos a nada.

Por extraño que parezca, comenzamos a hablar de programas viejos de televisión.

—Había uno —dijo J. Lo—, uno en donde hombre usa vestido de mujer.

Fruncí el ceño.

—Vas a tener que darme otra pista —dije—. Hay una larga tradición de hombres que usan vestidos de mujer en televisión.

—¡Milton Berle! —gritó J. Lo. Se rio, creo que se rio, durante dos minutos enteros. No tenía idea de quién hablaba.

—¿O los programas en donde los hombres usar casco y chocan?

—Suena a fútbol americano —dije. O a guerra, pensé.

—Sí. Muy chistoso también.

—¿Has visto tanta televisión desde que llegaron los Buv? —pregunté.

—Oh, no. Los Buv hemos visto los programas de Smekópolis desde hace mucho. Muchos años. Las señales viajan por el espacio y verlos en Planeta Buv. ¿Conoces *La ley del revólver* o *Yo amo a Lucy*?

—Más o menos —dije.

—¿Viste donde Lucy trata de que el Rick la ponga en el gran espectáculo?

Se rio de nuevo, como un trombón bajo el agua.

—Ah —dijo al final—, requetegracioso.

Ahí estaba esa palabra otra vez.

—¿Aprendieron inglés viendo televisión?

—No —dijo J. Lo—. Tuvimos maestros. Pero poder entender algunos de los programas, incluso sin palabras humanas.

—Oh.

—¿Sabes qué ser interesante? —preguntó el Buv—. Antes de llegar a Smekópolis, pensé que sería más gracioso. Y más emocionante. Todo lo que sabía era de señal de televisión, así que pensé que siempre viajar en alfombras y perseguir en autos. No es muy como televisión en Smekópolis.

—No... —dije—, la vida no es como la televisión. Ahí todo se acaba muy rápido. En la tele hay héroes que salvan al mundo de cosas como ustedes.

Apreté el volante, miré la larga línea amarilla frente a nosotros. Saqué todo el aire del auto. Mi estómago se hizo un pequeño nudo cuando J. Lo me miró y después giró la cabeza.

Para cuando nos detuvimos a descansar en la noche, Billy Milsap era tan grande como un transatlántico.

Escogí un área de descanso para acampar. Era un poco de normalidad humana a la que podía aferrarme. Pudimos habernos detenido a descansar en un pueblo, incluso meternos a algún motel. Pero allí habríamos encontrado calles vacías y edificios rodeándonos, y no me gustaba que ya parecieran ruinas, o monumentos a alguna civilización alguna vez rica pero ahora muerta. En esa zona de descanso podíamos haber sido un par de viajeros descansando después de un largo día de viaje.

Así que nos detuvimos en el Área de Descanso James K. Polk.

—¿Qué decir ese letrero? —preguntó J. Lo. Era lo primero que decía en horas.

—"Área de Descanso James K. Polk" —dije—. Vamos a descansar aquí.

Los ojos de J. Lo se movieron inquietos mientras subíamos a un pequeño edificio.

—¿Podemos hacer eso? No somos James Kapol.

—Estoy segura de que no le importará.

Resultó ser un muy buen lugar para detenernos. Al parecer, a nadie se le había ocurrido saquearlo y las máquinas de comida estaban llenas de dulces, chicles, pastelillos, galletas de naranja rellenas de un queso tan brillante que podían ser utilizadas como lámparas, cacahuates, caramelos Lil, patatas sabor rancho intenso, chicharrones sabor barbacoa picante, Noda (el sustituto de la soda) y pastillas de menta. A J. Lo sólo le importaban las pastillas de menta, así que el resto era todo para mí.

—¿Cómo salir la comida?

Hice una mueca.

—Bueno, normalmente hay que ponerle dinero, pero no tengo mucho.

—Y yo estar arruinido.

—Arruinado.

—Arruinado.

J. Lo buscó en su caja de herramientas, que yo creo ahora que tenía de *todo*, y sacó algo como una lata de aerosol, si los aerosoles tuvieran forma de riñón.

—Haz un lado —dijo.

El riñón expulsó una fina bruma azulada que olía a café. J. Lo cubrió toda la parte frontal de la máquina y se hizo hacia atrás para admirar su obra.

—¿Y ahora qué? —pregunté.

—Nosotros a esperar —dijo J. Lo mientras el vidrio comenzó a humear. Dije que estaba bien. De todas formas tenía que ir al baño.

—Sí —dijo J. Lo, siguiéndome al baño de mujeres—. Yo también tener que eso.

—¡Eh! —grité, cerrándole la entrada—. No puedes entrar aquí. Es el baño de mujeres.

Mientras lo decía, sabía que sonaba tonto. Tonto y quizás erróneo.

—Tú… tú eres un chico, ¿verdad? —pregunté—. Quiero decir… no me lo tomes a mal ni nada.

—J. Lo un chico, sí.

—Así que los Buv también tienen chicos y chicas… ¿como nosotros?

—Claro —dijo J. Lo—. No ser ridicúmulo.

Sonreí débilmente.

—Lo siento.

—Los Buv tener *siete* magníficos géneros. Hay chico, chica, chicochica, chicachico, chicochico, chicochicochica y chicochicochicochico.

No tenía ninguna respuesta en absoluto para esto.

—Voy al baño —dije finalmente—. Tú puedes usar aquél.

J. Lo bailoteó hacia el baño de hombres. Se quedó de pie frente a la puerta, mirando al hombrecillo pintado sobre ella. Un segundo después sacó una suerte de bolígrafo de su caja de herramientas, le dibujó seis piernas más al hombre y entró. Yo cerré bien la puerta del baño de mujeres al entrar.

El baño estaba completamente oscuro, excepto por un pequeño resplandor de la luna rosada que se filtraba por una ventana. El aire era rancio y espeso. Me envolvía y me hacía sentir como una momia. Me sentaba bien estar sola un momento. Pero no podía lamentarme, no estaba ahí para eso. No me miré en el espejo durante mucho tiempo. No lloré ni nada. Estaba bien. Estaba ansiosa por llegar a Florida. Playas. Diversión bajo el sol. El Reino del Ratón Feliz se hallaba ahí. A mamá y a mí nos encantaba el Reino del Ratón Feliz.

Después de un rato me lavé las manos y me eché agua en la cara, y luego me reencontré con J. Lo afuera.

Estaba parado frente a la máquina expendedora comiendo pastillas de menta. El vidrio se había evaporado casi por completo.

—Supongo que no quieres ninguna de las otras cosas —ondeé la mano frente al festín de chatarra que me esperaba.

J. Lo contestó entre ruidosos crujidos:

—No, pastillas de menta.

—No… no puedes comer sólo pastillas de menta. No es que me importe…

Tragó.

—También encontré deliciosos, olorosos pasteles en el baño de los Buv.

Pasarían meses antes de que me enterara de que se había comido los desodorantes de los orinales.

Me hubiera gustado dormir al aire libre y mirar al cielo. Se veía precioso ahora que prácticamente todo el país estaba apagado. Claro, también parecía peligroso. Me pregunté si alguna vez volvería a ser sólo el cielo nocturno y no un mar negro lleno de tiburones.

En cualquier caso, había demasiados bichos como para dormir afuera. Tenía una pulsera de mordeduras de hormigas alrededor de los tobillos, y los mosquitos inundaban todo el espacio alrededor de J. Lo. Pasamos la noche en Velicioso, yo en el asiento trasero, y J. Lo y Pig al frente. Debo ser una de las pocas personas vivas que ha escuchado roncar a un Buv. Es algo que me perseguirá hasta la tumba.

Por la mañana nos preparamos rápidamente y seguimos nuestro camino. ¿Saben cómo a veces puedes pasar tanto tiempo cerca de algún olor, pero tienes que separarte de él y regresar para notarlo? Mientras nos internábamos de nuevo en la carretera, noté el olor.

Ahora, tengo que admitir que, para entonces, llevaba cuatro días sin bañarme. No había tenido tiempo. Así que olí mis axilas, pero aún se mantenían bastante decentes, menos mal. Miré hacia J. Lo. Pig ronroneaba con fuerza a sus pies, frotándose contra sus rodillas.

—¿Hueles algo? —pregunté.

—Huelo frescura de pino —contestó, mirando hacia el árbol de cartón que colgaba del espejo retrovisor.

—¿No hueles algo… un poco… rancio?

—No saber que es "rancio". ¿Cómo huele este AAAHHH?

Casi nos salimos del camino del susto.

—¿Qué? ¿Qué pasa?

J. Lo miró a Pig.

—¡El gato mordió! —dijo.

—¿Te mordió? Pig no muerde nunca.

Pig seguía ronroneando. Aún trataba de frotarse contra las patas de J. Lo, que ahora estaban recogidas contra su cuerpecillo de tapón.

—¡Bueno, ahora muerde! ¡Ahora es excelente mordedora!

—Quizá no debiste andar meciendo las patas. ¿Qué esperabas si la asustas de esa manera?

Pero sabía que no era eso. De repente todo cobró sentido. Me incliné hacia la derecha e inhalé con fuerza por la nariz. Pescado.

—¡Eres tú! —grité con alegría—. ¡Hueles a pescado!

J. Lo se quedó pasmado.

—Nooo —dijo—. Yo no ser olor.

—¡Sí! —insistí—. Hueles a pescado. Pescado apestoso, *con razón* los gatos los adoran tanto. Son como un rollo gigante de *sushi*.

J. Lo miró a Pig.

—Quizá necesitar un baño, entonces.

—Estás perdonada, Pig —dije riendo—. No podías evitarlo.

—Por favor no reír —dijo J. Lo—. Mordió requetefuerte.

—Está bien —dije—. ¿Por qué dices esa palabra? "Requete". Nadie la usa ya.

—¿Nadie? —preguntó J. Lo.

—Casi nadie.

El Buv encogió los hombros sin quitar la mirada de Pig.

—No lo sé. Me fue enseñada por maestro. ¿No es una palabra?

—Es una palabra —¿cómo explicarlo?—. Sólo que es... la usas como... no es muy común ya. Si a ti te da igual, me gustaría que no la usaras.

J. Lo asintió con la cabeza.

—Me da igual. No querer molestarte, Tortuguita.

Debo haber pisado el freno hasta el fondo porque el auto chilló hasta detenerse. Podía sentir el palpitar de mi corazón en los dedos de los pies.

—¡Fuera! —grité.

—¿Qu... salir al afuera? ¿Aquí? ¿Por...? Oh... Está bien.

Algo en mi mirada mandó a J. Lo temblando hacia afuera, a la cima de una colina cubierta de hierba. Pig lo siguió.

—Debería... Debería a...

Cerré la puerta en su cara.

No sé cuánto tiempo estuve ahí sentada, atenazando el volante con las manos, mis entrañas como sopa hirviendo. Supongo que alrededor de treinta minutos. O cuatro horas. Un tiempo indeterminado entre treinta minutos y cuatro horas. J. Lo seguía ahí, inmóvil detrás del auto.

Salí, pegué un portazo y lo enfrenté.

—¿De dónde sacaste esa palabra?

El Buv entrelazó sus dedos.

—Yo... yo ya decirte que la aprendí del maes...

—¡No "requete"! —grité—. ¡Tortuguita!

—Es... es una perfecta palabra.

—¿DÓNDE LA APRENDISTE?

—Desde el maestro. Es un término de afecto.

Me eché de espaldas sobre el auto, sin aliento.

—No... —dije—. No lo es, ¿está bien? No es una palabra, excepto para mí, y para mamá.

Ni siquiera me gustó mencionar a mamá otra vez. No quería que el Buv supiera que su gente me había lastimado. Pero después dijo algo que me puso de cabeza.

—¡Oh! ¡Eso explicar! ¡Probablemente la mamá de Tipolina era maestra!

Después de eso me convertí en un tornado chirriante de puños. Golpee al Buv con todas mis fuerzas.

—¿Qué? ¡Detente! ¡No! ¿Por para qué? —gritó.

Regresé al auto, agarré la caja de herramientas del Buv y comencé a lanzarle todo lo que tenía en su interior mientras él corría colina abajo.

—Por favor —dijo— no, no lo, vamos a estar necesitando eso...

Encontré una de esas cosas que eran como aspirinas y la lancé a su cabeza. De repente se convirtió en un gran y torpe hombre de nieve dejando un caminito de espuma.

—¡Ahhh! ¡Ayuda! ¡Ayuda ahora!

Lo derribé. La espuma explotó a nuestro alrededor. Me eché hacia atrás para golpear al Buv en la cara. Él dijo algo en buviano y mis nudillos chocaron contra su casco de pecera, que acababa de ponerse.

—¡Ayyy! Estúpido... quítate ese casco.

—No. Por para...

—¡Secuestraste a mi mamá! —dije, frotándome la mano.

—¿Mimama?

—¡Mi mamá!

Nos sentamos a unos centímetros el uno del otro. Vacilaba con atacarlo de nuevo.

—¡Oh, sí! ¡Sí! Mamá de Tipolina debe haber sido uno de los maestros. Invitamos a muchos humanos a enseñar a los Buv.

Estaba hiperventilando.

—La... la verruga... —dije—, ¿en su cuello?

—¡Sí! Un dispositivo de almacenamiento. Guarda todas las palabras o pensamientos durante un tiempo. Luego los Buv la llaman para quitar la verruga. Esa información es depositada en todos los Buv que viven en el área de Tipolina. ¡La mamá de Tipolina es de mucha ayuda!

Me ardían los ojos. Los froté con las palmas de mis manos.

—¿"Es"? —dije—. ¿Es de mucha ayuda? ¿Está... está viva?

—Por supuesto que está viva —dijo J. Lo—. ¡Qué pregunta! ¡Está viva y definitivo esperando en Florida a Tipolina!

No lograba decidirme entre abrazarlo o patearlo en la cabeza, así que me quedé ahí sentada. Unos puntos de colores bailaban ante mis ojos, y no podía recuperar el aliento. Sentía que me iba a desmayar. Después de algunos segundos, lo hice.

Tras la pelea, se hacía muy difícil seguir como lo habíamos hecho. Estaba permanentemente caldeada, un poco con J. Lo, un poco conmigo misma por sentirme demasiado exhausta o molida como para odiarlo apropiadamente. Dado lo sucedido, sentía que estaba en mi derecho para deshacerme del Buv en algún lado y continuar sola. Pero ahí estaba, acurrucado en el asiento del copiloto, tenso, cuidándose del humano y del gato que en cualquier momento lo podían comenzar a golpear.

En algún momento me rendí y giré hacia un Hotel
King Value para que pudiéramos meternos a un
cuarto a bañarnos. Los alrededores del motel estaban
completamente vacíos, salvo por un mapache. Parecía
que alguien se había desquitado con una de las
máquinas expendedoras. Había autos abandonados en el
estacionamiento y una motocicleta flotando en la alberca.
Una de las máquinas de golosinas estaba completamente
vacía. La segunda estaba atada con una cadena a la cajuela
de una camioneta, la cual, por lo que podía ver, la había
arrastrado unos quince metros antes de estrellarse contra
un poste telefónico. Después, la máquina había sido
golpeada como una piñata y saqueada.

Lejos en la distancia, un racimo de burbujas amenazaba
desde el cielo. La más pequeña debe haber sido del
tamaño de una camioneta, y formaban algo parecido a
un pulpo, o a una galaxia, una hilera rizada de burbujas
formaban un disco alrededor de ella. Sentí como si nos
mirara mientras nos acercábamos al edificio.

J. Lo se agachó frente al picaporte de la habitación número catorce. Yo esperaba alguna herramienta increíble que derritiera la cerradura o la convirtiera en mariposas, así que me decepcionó cuando sólo la forzó con un pasador de cabello.

La regadera escupió algo parecido a una salsa espesa durante diez minutos antes de que saliera agua clara. Mientras J. Lo se aseaba, yo me senté mirando la puerta del baño. "Podría irme ahora mismo, me podría ir sin ti" pensé. Un poco después salió y yo me metí en la regadera.

Dejamos el motel con las manos llenas de toallas y jabones, como tiene que ser.

***

BIENVENIDO A FLORIDA

decía el enorme letrero de metal. Tenía la forma de ese estado y estaba decorado con fotografías de las atracciones principales y de sus artículos de exportación y ese tipo de cosas. Fue así como me enteré que el lema del estado es: "Confiamos en Dios", que es un lema tremendamente original, y que la bebida oficial del estado es el jugo de naranja, y que está lleno de ancianos y pantanos. Muy bien, Florida.

—¿Qué decir eso? —preguntó J. Lo cuando volamos por delante del cartel.

—¿Qué? —dije—. ¿No sabes leer? —no era la primera vez que me preguntaba lo mismo.

—Pasamos muy rápido.

Suspiré.

—Decía: "Bienvenido a Florida" y otras cosas sobre naranjas y playas.

—Ah sí. Gustar esas naranjas. Quizá podemos tener unas...

Lo interrumpió un agudo llanto que venía detrás de nosotros. Miré por el espejo retrovisor, que no me atrevía a tocar porque podía expulsar el radiador hacia afuera, y vi una luz parpadeante acercándose.

—Qué extraño —dije—. Ese ruido. Es una sirena. Es como una extraña sirena —parecía como si un policía nos siguiera, pero no pensaba que hubiera policías por ningún lado—. ¿Por qué crees...? —comencé a preguntar, pero J. Lo ya estaba remolinándose en el asiento trasero. Cayó de golpe y cubrió su cuerpo con una de nuestras cobijas. Pig lo siguió—. ¿Qué te sucede? —grité, con un ojo en el espejo. Era de noche y difícil de ver con esa luz parpadeando, pero pude adivinar que no se trataba de ninguna patrulla o motocicleta de policía. Era uno de esos carretes flotantes con antenas como el que J. Lo había abandonado—. Polibuv —murmuré. Después me enojé. ¿Y si este Buv era una amenaza? ¿No se suponía que J. Lo me tenía que proteger de este tipo de cosas?—. ¡Ven acá! —le grité mientras frenaba el Velicioso. En el espejo podía ver al Buv acercándose por el lado izquierdo y el bulto de cobijas que era J. Lo, temblando en el asiento trasero—. ¡Estúpido Buv! —grité y el policía llegó justo a mi lado. Justo junto a la ventana, dando golpes con su manita de rana. Bajé la ventana.

—¿Qué tú decir? —preguntó el polibuv con una voz grave, húmeda. Estaba vestido con plástico gris y verde, y un casco con una sirena con la luz intermitente encima.

Aún giraba y parpadeaba, morado-verde, morado-verde, morado-verde, haciendo un sonido extraño, pero más suave. Tenía puestas unas hombreras con volantes como si fuera el líder de una banda de música. Era demasiada decoración en los hombros para alguien sin hombros.

—¿Qué *dije*? —pregunté—. ¿Cuándo?

—Justo ahora, antes de que tocar en tu ventana.

Los ojos del Buv se entrecerraron. Pasaron algunos segundos. La sirena murmuraba "¿plubalú?" una y otra vez.

—Era francés —dije.

—Dilo de nuevo.

Dudé un poco. ¿Sabía francés el Buv?

—Ah... estúpida*boulé*.

—¿Qué significar?

—Era un halago. Estaba admirando su *scooter*.

Creo que escogí el objeto adecuado. Había visto su *scooter* de reojo y era un poco más lujoso que el de J. Lo. Tenía muchos adornos cromados y un acuario lleno de tortugas en la parte trasera. El polibuv sonrió y se hinchó. Literalmente, su cabeza se volvió un poco más grande.

—Sí, sí —dijo, dando de palmaditas en una de las antenas—. Gracias.

—*Le idioté* —contesté.

La sonrisa del polibuv se deshizo rápidamente y se puso serio de nuevo.

—¿Por qué vienes aquí así de tarde? Todos los humanos vinieron tres días hace.

—Sí... bueno, pensé que podía conducir hasta acá para ahorrarles uno de esos viajes en cohete.

Al decir esto, el Buv le echó un buen vistazo a Velicioso. Carraspeó.

—Los autos humanos… los autos humanos no flotan.

—Vaya —dije—, no necesariamente…

—¿Cómo es que éste flota? —gruñó el Buv. Sus cejas se torcieron y formaron una figura simétrica, como una mancha de tinta que representara "enojo". Su cabeza se hizo un poco más grande—. ¿Alguien hizo esto para ti?

Juro que vi cómo uno de sus brazos caía sobre su costado y de inmediato recordé sus armas. No pensé antes de contestar:

—Sí.

En el espejo retrovisor noté cómo el bulto de cobijas comenzaba a temblar de nuevo.

Está bien, no soy estúpida. En ese momento tenía la impresión de que J. Lo no había sido completamente honesto conmigo. Quizá se había metido en problemas. Quizá se trataba de algún criminal Buv. Quizá por eso quería que le diera un viaje a Florida, para poderse esconder entre los humanos. El problema es que yo no sabía, no *podía* saber, qué debía hacer. ¿Entregarlo me metería a *mí* en problemas? ¿Hubiera sido peor que no lo hiciera?

—¿Quién hizo esto para tú? —exigió el Buv—. ¿Quién?

—Un Buv —dije—. Un oficial de mantenimiento.

—¿Dónde?

—En el norte. En Pensilvania. Hace un par de días.

La cara del Buv se iluminó. Esto parecía interesarle.

—¿Estaba trabajando en antenas? ¿En una granja de antenas?

Así era, claro, y ahora sabía que J. Lo estaba metido en algún lío. Y hubiera sido lo más fácil del mundo apuntar con mi pulgar hacia la burbuja de algodón en el asiento trasero para terminar con eso. Pero luego pensé, mirando a la cabeza creciente del polibuv: ustedes se llevaron algo mío. Algo que quiero. Así que ahora tengo algo que ustedes quieren. Jugué su juego.

—No dijo nada sobre una granja —contesté—. Su inglés no era tan bueno. Pero sí dijo algo sobre ir al norte, a Canadá.

—¡Ja! —gritó el Buv, y su cabeza se desinfló con un suave silbido—. No llegar muy lejos.

—Eh… así que, ¿puedo seguir? ¿A Florida?

El Buv parecía más relajado y miraba el auto despreocupadamente.

—¿Así que no saber? —dijo—. ¿Qué suceder?

—No —contesté, disgustada por el tono de su pregunta—. ¿Qué sucedió?

—Poder ir —dijo—. No eres el único tarde. Sigue hasta Orlando. Repórtate con el primer Buv que veas.

—¿Me ayudarán a encontrar a mi mamá?

—¿Mimama?

—*Mi mamá*, necesito…

—Sigue hasta Orlando. Reportar con primer Buv —dijo de nuevo, y su mirada se congeló en el asiento trasero. En la cobija.

—¿Por qué está…?

—Sólo es mi gata —dije rápidamente—. ¡Pig! ¡Premio!

Pig emitió un pequeño sonido y salió de la cobija.

El Buv hizo una mueca.

—¿Tu gato llamar "Pig Premio"?

—Sí… claro.

—Los humanos son muy raros —dijo y se montó en su *scooter*.

—Muy bien —dije—, ¡comienza a hablar! —el polibuv había quedado atrás y J. Lo salía lentamente de la cobija como una babosa de una piedra.

—¿Hablar? —dijo, con la cobija puesta como un poncho—. ¿Hay algo de qué hablar?

—La única razón por la que vienes conmigo es que tenías que ser mi escolta en caso de que encontráramos a otro Buv. ¡Tenías que mantenerme a salvo! Y ahora me entero de que tienes más problemas que *yo*.

J. Lo hizo un sonido como *"¡Maaa-aa-aa-aa-aa!"*. Me imaginé que se estaba riendo.

—¡No tener problemas! —dijo mientras sus ojos se movían a toda velocidad de una ventana a la otra.

—¿Y por qué te…?

—Ese Buv era… Carl. Sólo… no querer ver a Carl. Deber a Carl dinero.

—Tú y yo escuchamos muy bien lo que él dijo…

—*Ella* dijo —me corrigió J. Lo—. Ella.

—¿Ella?

—Ella.

Agité la cabeza.

—*Bien*. Escuché lo que *ella* dijo sobre la granja de antenas. Te están buscando. Puedes decirme por qué o te puedes comportar como un idiota, pero sé que te están buscando.

Mis palabras se desvanecieron y no quedó nada más que el zumbido del auto y el aleteo de mangueras. Y, debajo de eso, el sonido burbujeante del aliento húmedo de J. Lo en el asiento trasero. Miré por la ventana, pero estaba demasiado oscuro para distinguir cualquier cosa. Me hubiera gustado contemplar el paisaje, quizá para recordar las veces que lo había visto con mamá. Ir a la playa, ir al Reino del Ratón Feliz. Me di cuenta de que quizá volvería a ver el Reino del Ratón Feliz, si lográbamos llegar a Orlando sin ser detenidos por ningún Buv, claro.

—¡Eh! —dije cuando me di cuenta—. ¿Dónde está todo el mundo?

—¿Hum?

—Se supone que hay unos trescientos millones de personas aquí. Pensé que habría tiendas de campaña y albergues y personas caminando por todas partes.

J. Lo presionó su cara contra el cristal.

—Sí. Muchos humanos. No Buv. Humanos por doquier.

Tuve un terrible pensamiento. Pensé en la gente de los campos de concentración en la segunda Guerra Mundial, llevados por soldados nazis a las duchas que no funcionaban y el gas venenoso que salía lentamente por rendijas hasta que todos estaban muertos. Y después pensé en todos dos días atrás, haciendo fila para subirse a esos cohetes.

—¿Qué... qué hicieron con ellos? —dije. Mi voz temblaba. Casi tenía demasiado miedo para hablar—. ¿Qué hicieron con ellos en realidad?

J. Lo salió de las cobijas.

—¿Yo? Yo no hacer nada con la gente. Yo soy Oficial en Jefe de Mantenimiento Buv, no de Transporte Humano...

—¡J. Lo! —grité con mi voz más elevada y áspera. El auto frenó y se deslizó hacia el costado del camino. Ya no estaba prestando atención—. ¡Dime la verdad, J. Lo! Dime la verdad. Dímela.

J. Lo miró sus manos y asintió con la cabeza, mordiéndose el labio. Mi estómago se hizo pequeño y mi rostro se calentó, pero *no* iba a llorar, de ninguna manera.

—Yo... —dijo J. Lo—. Yo... no ser oficial de mantenimiento. Yo ser...

—¡No! Nonono... —dije—. Eso no me importa ahora. ¿Qué les pasó a los humanos?

J. Lo parecía estupefacto.

—Oh... *oh*, no lo sé.

Miré su rostro. Realmente no lo sabía. Era un pésimo mentiroso.

—¿Pensaste que estarían aquí? —pregunté.

—Pensé, sí.

Nos quedamos sentados en el auto inmóvil durante un rato, preguntándonos dónde estaban todos. Recordé lo que había dicho el polibuv: "¿Así que no sabes? ¿Lo que suceder?".

J. Lo se pasó al asiento del copiloto de nuevo. Pig ronroneó y se acostó en *mi* regazo, si pueden creerlo.

—Están bien —dijo J. Lo—. Deben haber sido idos a otro lugar. No debes pensar tan malas cosas de los Buv.

Ya han hecho tantas cosas malas, pensé. Pero no lo dije, porque él no lo comprendería. La historia está escrita por los ganadores, como dicen.

Me percaté de que nos estábamos deslizando hacia una zanja. Tomé el volante de nuevo.

—Permaneceremos fuera de los caminos principales hasta que averigüe qué está pasando —dije—. Podríamos estarnos dirigiendo a alguna especie de trampa. Y *tú* no quieres encontrarte con Carl de nuevo, me imagino.

J. Lo se avergonzó.

—No se llama Carl. No la conocía para nada.

Casi dije "lo sé", y luego casi asentí con la cabeza, pero al final sólo me quedé ahí sentada. Guié a Velicioso hacia un terraplén y luego lo dejé caer por una de las entradas de la ciudad y comencé a pasearlo por las calles de la población que alguna vez había sido Jacksonville.

Luego dije:

—Así que no eres el jefe de mantenimiento.

J. Lo meneó su cabeza.

—No. Era más bien lo que llamar... eh... un arreglador.

—¿Un mozo?

—Un mozobuv, sí —dijo con tristeza—. Estaba en la granja de antenas a cambiar las antenas para uso de los Buv.

—Eso ya lo habías dicho —le recordé.

—Sí... pero no decir antes que cometí gran error con las antenas. No hacer mi trabajo correctamente. Ahora debo estar lejos de los Buv. Esconderme con humanos.

Debí decirle que los humanos quizá no estarían más contentos de tenerlo entre ellos que los Buv, por ese tema de que les robó su planeta y todo lo demás, pero un edificio frente a nosotros me hizo olvidar el tema.

De haber sido una noche sin luna no lo habría visto en absoluto. Estaba justo en la mira de mis luces. Giré el auto en dirección de las manecillas del reloj y lo apunté hacia unas palabras garabateadas a un costado del restaurante Potato Potentate:

UMAℿOS-HU
OS-CHICO
VAℿAℿ ℇL RℇIℿO-RℇI
RℇÚℿ-ℿARSℇ
AJO-BA ASTILLO-CA
BOBO

95

¿Bobo?

—¿Qué decir? —preguntó J. Lo, mientras se apoyaba contra el tablero.

Lo miré durante un momento, con el ceño fruncido.

J. Lo me miró y luego giró su cabeza rápidamente hacia la pared.

—¿Es... es el inglés? Tantas líneas pequeñas.

Era algún mensaje secreto, por supuesto, pero ¿de quién? Resultaba muy ingenuo creer que un mensaje codificado engañaría a un Buv. Y era aún más difícil de creer que así fuera. Al final lo comprendí.

—¿No sabes leer, verdad? —pregunté—. No sabes leer inglés.

J. Lo juntó las puntas de sus dedos una y otra vez.

—Hummmmm... no.

—¿Nunca te enseñaron? ¿Nunca... —hice una mueca ante lo que estaba a punto de decir— te enseñó mi mamá?

—Prácticamente ninguno de nosotros puede leer palabras humanas. Es tan difícil. Nada parecer como las palabras Buv.

—¿Por qué no?

—Hum... la mayoría de los humanos tiene... pequeñas figuras planas y cada una forma una parte de palabra. Como... construir palabra con distintos bloques.

Me tomó un segundo comprender lo que estaba tratando de decir.

—Letras —dije—. Te refieres a las letras. Con ellas se construyen las palabras.

—¡Sí! Sí. Nosotros no tener estas cosas. Todas las palabras Buv están hechas de burbujas.

—¿Burbujas?

—Sí, son burbujas en el aire. Qué tan grandes son, o qué tan gruesas, o cómo juntas, es así cómo sabemos cada palabra.

Recordé las extrañas formaciones de burbujas que había visto flotando aquí y allá. Era escritura. Eran letreros.

—Así que la mayoría de los Buv no poder leer las palabras humanas. Se supone que es un gran secreto.

Por supuesto que lo es, pensé. Si lo supiéramos, podríamos dejar más mensajes codificados para que otros los leyeran.

—Entonces, ¿por qué me lo estás diciendo? —le pregunté—, ¿si es un gran secreto?

J. Lo se encogió de hombros.

—¿Qué decir estas palabras humanas? —preguntó de nuevo.

Miré el mensaje otra vez, estaba escrito rápidamente con aerosol, el medio favorito de cualquiera con miedo de ser atrapado.

—Dice que tenemos que ir a Orlando —respondí—. Adonde ya íbamos de todas maneras.

—Oh, bien —dijo J. Lo.

Y eso fue todo. Hay un dicho que usamos en estos tiempos; quizás ustedes ya no lo conozcan. Cuando es fácil engañar a alguien, decimos que es "como quitarle un dulce a un niño". El dicho no menciona que aunque sea fácil engañar al niño, el dulce puede tener un sabor horrible.

***

Estábamos a unos veinte kilómetros del Reino del Ratón Feliz cuando me quedé dormida. No sé cuánto dormí. Estaba muy cansada. J. Lo ya estaba roncando en el asiento del copiloto, con Pig acurrucado entre sus patas, pero hasta ahora yo me había mantenido bien alerta gracias a algunos avistamientos cercanos de patrullas Buv. Sólo tenía encendidas las luces de estacionamiento y alcancé a apagarlas antes de que nos viera un Buv en su *scooter*. Unos kilómetros más adelante tuve que girar bruscamente al ver a otro, un gran Buv con unas bolas anaranjadas muy extrañas en cada una de sus ocho patas, como zapatos. No sé si ése nos vio o no, pero él (ella, eso) iba a pie y no hubiera podido perseguirnos.

Estaba comenzando a relajarme de nuevo cuando tuve que pisar el freno hasta el fondo para evitar impactar contra un desfile de cabras en carros de juguete. Mientras pensaba en lo extraño que era eso, parpadeé y los carritos ya no estaban ahí.

—Estoy enloqueciendo —suspiré.

Recordé haber leído en alguna parte que si comienzas a desmoronarte, lo mejor es cerrar los ojos durante sólo unos segundos, así que lo hice, y fue cuando me di cuenta de que ya no estaba conduciendo. Estaba en la escuela. No me podía imaginar por qué había creído que estaba conduciendo; después de todo, era sólo una niña. No había nadie más en la escuela, que al mismo tiempo era el Reino del Ratón Feliz. Lo había olvidado, pero así era. Tenía que encontrar a mamá para decirle que no se hiciera la cirugía plástica. Se iba a cambiar el rostro para parecerse al Ratón Feliz, porque creía que así yo la querría más. Cuando la encontré, estaba parada junto al Castillo de la Reina de las Nieves, y estaba bien, aún tenía el aspecto de mamá. Pero no, era demasiado tarde. *Sí* se parecía al Ratón Feliz. Ella *era* el Ratón Feliz, de pie en la oscuridad, tan grande como el castillo. Cuando abrí la boca para hablar, ella puso un dedo gordo enguantado sobre sus labios sonrientes. Luego, con su otra mano, apuntó hacia el suelo, y de repente me tropecé y desperté cuando estábamos a punto de estrellarnos contra el ventanal de una tienda Pricey.

Me puse de pie sobre el freno (el acelerador, de hecho) y nos detuvimos a unos centímetros de una hilera de maniquíes desnudos. J. Lo dio un ronquido y gritó "¿Tenish?", por alguna razón. También se había despertado.

—¿Qué...? ¿Qué pasó?

—Nada —dije—. Sólo… estaba haciendo unas pruebas.

—Ah —dijo J. Lo moviendo la cabeza—. ¿Funcionaron?

—Sí. A la perfección.

—Bien. Yo pensar que debemos pararnos para dormir.

Asentí con la cabeza y unos minutos más tarde encontré un estacionamiento subterráneo en donde podíamos pasar la noche. Bajé las rampas hasta el nivel más bajo y estacioné junto a una pared. J. Lo y Pig se acomodaron en el asiento trasero, pero yo me quedé en el frente, pensando.

—Hora de camas —dijo J. Lo. Me miraba desde atrás.

—Hummm… creo que voy a echar un vistazo afuera —dije—. A pie. Volveré pronto, sólo quiero comprobar algo.

Hubo una pausa.

—Yo ir con Tipolina.

—No… no, está bien. Duerme. No tardo.

Los ojos de J. Lo se abrieron. Seguía mirándome y yo no podía dejar de hablar.

—Es sólo que…. a unos kilómetros de aquí hay un lugar adonde mi… mi mamá y yo solíamos ir mucho. Me gustaría ir a verlo. Sola. ¡Ja, ja! —me reí un poco muy fuerte—. Quizás ahí *esté* ella.

No había pensado en eso antes, pero había muchos lugares más extraños donde podría encontrarla.

—¿Qué es el lugar? —preguntó J. Lo. Era una pregunta muy razonable.

—Es el Reino del Ratón Feliz —dije—. Un... parque de atracciones basado en unas películas y personajes de caricaturas. El Ratón Feliz, claro, y el Cisne Marinero y el Señor Schwa... —aún me miraba—. La Reina de las Nieves... —añadí—. Puncinello...

—¿Un parque de atracciones?

—Sí. Como... un gran parque con juegos y personas con disfraces chistosos y comida muy cara. Claro, los juegos no funcionarán ahora, y no habrá gente disfrazada —dije—. Y tampoco habrá comida.

Quería asegurarme de no hacer sonar muy atractivo el lugar. Pude haber hablado mal de él, pero me di cuenta de que los ojos de J. Lo estaban temblando. La frase "Rayos Láser Devastadores" me pasó por la cabeza, pero entonces comenzó a llorar.

—Me estás abandonando, ¿verdad?

Parpadeé.

—¿Abandonando? ¿Cómo? ¿Te refieres a abandonar abandonar? No, yo...

—¡Sí! ¡Me estás abandonando!

—Lo prometo, yo...

—¡ME ODIAS!

—Bueno, eso es...

—Siempre me haber odiado y ahora dejarme solo...

—Vamos. No dejaría aquí... el auto. O a la gata.

Su cara parecía una de esas máscaras de teatro trágico e hizo un ruido como:

"EEEEEEEEEEEEEEEEEEEEEEEEEEEEEEEEEEEEEEEEEEEEEEEEEEEEEEEEEEEE
EEEEEEEEEEEEEEEEEEEEEEEEEEEEEEEEEEEEEEEEEEEEEEEEEEEEEEEEEEEEE
EEEEEEEEEEEEEEEEEEEEEEEEEEEEEEEEEEEEEEEEEEEEEEEEEEEEEEEEEEEEE
EEEEEEEEEEEEEEEEEEEEEEEEEEEEEEEEEEEEEEEEEEEEEEEEEEEEEEEEEEEEE

EEEEEEEEEEEEEEEEEEEEEEEEEEEEEEEEEEEEEEEEEEEEEEEEEEEEEEEEEEEEEEEEEEEE
EEEEEEEEEEEEEEEEEEEEEEEEEEEEEEEEEEEEEEEEEEEEEEE..."

—¡Eh!, cálmate un poco, ¿quieres?

J. Lo se calmó un momento, pero noté que sus ojos se estaban humedeciendo de nuevo. Lo que quería decir que quizás estaba a punto de llorar otra vez, pero cabe mencionar que su cara se estaba poniendo amarilla también, así que no sé.

—Mira, J. Lo —dije—, esto es solamente algo que tengo que hacer. A mi mamá le gustaba el Reino del Ratón Feliz verdaderamente y... extraño a mi mamá. Ella creía que era el mejor lugar del mundo. Tan limpio y feliz todo el tiempo, tan... bueno.

J. Lo moqueaba.

—Sólo quiero ir y asegurarme de que está ahí todavía —dije—, y después volveré para dormir. Lo prometo. No estoy planeando nada.

Me di cuenta de que tenía que mirar hacia otro lado mientras decía esto.

Al final se puso muy amigable y cooperativo de nuevo, y estuvo de acuerdo con que me fuera. Hurgó en su caja de herramientas y me hizo llevarme algo que parecía una jeringuilla en miniatura para condimentar el pavo.

—Si te metes en algún problema —dijo—, como patrullas Buv o algo así, aprietas esto y lanzar burbujas ruidosas y yo rescatar.

La tomé. Le mostré en dónde estaba la llave de repuesto, pegada con un imán debajo de la defensa, y luego me dirigí a unas escaleras para salir a la calle. Me aseguré de no mirar atrás pero no tenía que hacerlo para sentir la mirada de J. Lo colgada sobre mí como un perro mojado mientras subía.

Apenas podía con el clima de Florida. Incluso de noche me sentía como un jamón ahumado. Pero me reconfortaba contemplar el paisaje familiar: los arbustos frondosos en hilera, los árboles altos, desnudos, con copas verdes y copetudas. Las pulcras albercas y lagos que se asomaban sobre las colinas cubiertas de hierba con la uniformidad de los campos de golf.

El Reino del Ratón Feliz no estaba lejos y aún había letreros por todas partes. Pasé siete letreros espectaculares, y cada uno de ellos era de algún parque de atracciones, o de un hotel, o de un parque de atracciones/hotel. Todos alardeaban de ser el más mágico y divertido, o el más salvaje, o el que más pingüinos tenía. Decían albergar el más grande esto o el más acuático aquello. Y pensé que tendría sentido que todo el mundo acabara ahí. Podríamos vivir el resto de nuestras falsas vidas entre reinos y mundos falsos, entre tierras y centros turísticos y tiendas de ofertas. ¿No era éste ya un país-centro comercial? Igual que el real, sólo que más pequeño y no tan bueno.

A unas cuadras del estacionamiento doblé en una esquina y vi a un Buv caminando en la misma dirección, una calle más adelante. Vestía de azul, como J. Lo, y cargaba una caja de herramientas, y casi le grité para que dejara de seguirme. No sé qué me hizo esconderme repentinamente; algo en la manera de moverse de este Buv, quizá. Tal vez eran esas cosas anaranjadas en sus pies. Porque éste no era J. Lo. Me dejé caer como una piedra detrás de un buzón, caí sobre mi coxis y me mordí el labio cuando el dolor se disparó por mi espalda, rezando todo el tiempo por que no me hubiera visto.

El Buv que no era J. Lo sacó algo como una cúpula de plástico de la caja de herramientas. No sé qué presionó o jaló o dijo o hizo, pero de repente salió disparado un palo por encima y pensé, oh, un destapacaños retráctil.

El Buv apuntó el palo hacia un banco al otro lado de la calle. Después, sin ningún sonido, el banco comenzó a desaparecer. Comenzó por el suelo y pronto se armó un escándalo cuando el edificio se vino abajo y se hizo pedazos. El Buv siguió trabajando con los escombros, meciendo el destapacaños de un lado a otro, hasta que no había nada más que un agujero en forma de banco en el mundo.

Yo esperaba que no se sintiera atraído hacia los buzones de la misma manera que lo hacía con los bancos.

Miré cómo el Buv se dirigió al ahora lote baldío y sacó algo más de un bolsillo de su uniforme. Se parecía mucho a la jeringuilla para condimentar pavo que llevaba en mi bolsa. De un lado comenzaron a emerger burbujas, una por una, algunas grandes y otras pequeñas. Era como un director de orquesta y las burbujas bailaban bajo sus órdenes, uniéndose hasta formar una caja alta con un anillo a su alrededor, como un *hulahop*. Me preguntaba qué decía. Después desparramó un montón de pelotas de *ping-pong* en el terreno, les echó agua y cubrió cada una de ellas con una pequeña jarra. Satisfecho, desapareció de mi vista y escuché el sonido de un *scooter* con antenas yéndose a toda velocidad.

Me levanté de la banqueta, me froté el trasero y caminé hacia la jarra más cercana. La pelota ya tenía un brote como el de una cebolla, y unos tubos transparentes, delgados como lápices, se mecían lentamente. No supe si era comida o arquitectura. Quizás era una granja de antenas.

Diez minutos después, llegué a las afueras del Reino. El estacionamiento parecía un cementerio, con cada espacio vacío marcado con pintura blanca y una lápida baja y ancha. Medía como medio kilómetro de largo, dividido en secciones con nombres de personajes de caricaturas. Pasé por Rumpelstitskin, Doofus y el Elefante Duque para llegar hasta la gran estación de trenes antigua que hacía las veces de entrada, y mientras miraba el estacionamiento pensaba en lo limpio que estaba. Después de todo, sigue limpio.

Mamá nunca dejaba de hablar de eso. Era parte de lo que hacía que el Reino del Ratón Feliz fuera el Lugar más Lindo de la Tierra. Estaba tan limpio y todos sonreían, incluso cuando estaban barriendo o recogiendo la basura. Yo jugaba a tratar de encontrar a alguien infeliz, o sólo normal, pero cuando vi a un adolescente radiante como una reina de belleza mientras limpiaba un resto de vómito en el costado de la Gran Montaña Rocosa de Caramelo, supe que era un juego que no podía ganar.

—Este lugar siempre está simplemente perfecto —dijo una vez mamá mientras hacíamos fila para pagar nuestros sesenta dólares de entrada. Era quizá la tercera vez que íbamos al Reino del Ratón Feliz juntas, y probablemente la duodécima que escuchaba su discurso—. E incluso después de que miles de personas caminen por aquí hoy, incluso después del desfile invisible de vagabundos, mañana estará perfecto. Ya verás.

Y *vaya* que lo veía. Compramos un pase de dos días. Así que para probar que estaba equivocada, tallé una grosería en la pintura del suelo de la taquilla. Usé la llave de casa y fui cuidadosa para que no me viera nadie. Ya sé que era algo estúpido, pero yo era apenas una niña y estaba pasando por esa etapa. En cualquier caso, estaba segura de que nadie notaría la grosería y ahí estaría a la mañana siguiente, y entonces yo tendría razón y ella no.

Había mucha gente ese día y todos tiraban muchas cosas. Había muchos boletos y globos. Definitivamente al día siguiente estaba limpio. Tenía que darles crédito por eso. Pero no podían haber pensado en todo.

—¿Adónde vas? —preguntó mamá cuando salí corriendo hacia la taquilla—. Ya tenemos nuestro pase, no tenemos que pagar otra vez.

—Quiero ver algo —le dije. No me escuchó, pero tampoco importaba. Sólo me tomaría un segundo y luego tendría el resto del día para restregárselo.

Me abrí paso a través de hileras de personas e ignoré sus miradas enojadas y sus chasquidos de lengua, y me arrodillé frente a la taquilla.

—No es posible —susurré.

Estaba en la taquilla equivocada, era la única explicación. Corrí a la siguiente. No había nada.

Me di cuenta de que la primera era la correcta. Era la taquilla que estaba justo enfrente del letrero del Elefante Duque; me había asegurado de ello el día anterior. Fui a comprobarlo de nuevo.

—¿Qué pasa? —dijo mamá detrás de mí—. ¿Perdiste algo?

Miré atónita la pintura perfecta de la taquilla. Ni siquiera parecía que la hubieran retocado.

—Sí —dije—. Creo que sí.

Digo todo esto para explicar por qué, en medio de la noche, en el estacionamiento del Reino del Ratón Feliz, caminé hacia la taquilla vacía del Elefante Duque y me agaché. Era sólo una tontería. Sería una buena anécdota para contarle a mamá cuando la encontrara.

La palabra PEDO estaba rayada en la pintura de la base de la taquilla.

Me acerqué un poco más. Entrecerré los ojos. Recordé a las cabras en carritos que había visto antes, y pasé un dedo encima de la palabra. Sentí el hueco que mi llave había dejado dos años atrás junto con pequeñas hojuelas de pintura suelta.

—Estoy loca —asentí con la cabeza—. Probablemente desde hace un buen tiempo. Quité toda la pintura posible para que la palabra no se pudiera leer más—. Apuesto a que ni siquiera ha habido una invasión extraterrestre. Estoy loca. Probablemente estoy atada a una cama de hospital ahora mismo, babeando y emitiendo ruidos de animales.

Era un pensamiento bonito, pero en realidad no lo creía. Me levanté y entré al parque a través de un torniquete. En algún momento encontraría al resto de la raza humana, y después podría encontrar a algún empleado del Reino del Ratón Feliz para que me hablara de las interesantes taquillas en las que a veces aparecía la palabra PEDO y a veces no. No había nada más que hacer.

El interior del parque no estaba tan limpio. Había basura en los pasillos, en los edificios y en las tiendas, bolsas de plástico colgando como fruta de los árboles pelones. Vi un par de gatos callejeros y al menos un pavo real. "Broadway" era el nombre de una de las avenidas, rodeada por pequeñas tiendas que antes ofrecían Regalos de Otras Tierras. Ahora estaban fundamentalmente llenas de ratas.

Al final de Broadway debí haber encontrado el Castillo de la Reina de las Nieves, pero no fue así. Luego descubrí por qué. La mayor parte había sido desintegrada por las armas de los Buv. Era terrorífico. Como una persona sin cabeza. Había un pedazo de torre aquí, la mitad de un puente por allá, pero el resto ya no estaba. Pensé en una vieja foto de mi mamá, tomada cuando era más joven que yo, saludando desde el puente de este castillo con una de esas narices de ratón que todo el mundo compraba. Esperaba que ella nunca tuviera que verlo en ese estado.

Y me pregunté si esto tendría algo que ver con el mensaje que había visto antes:

HUMANOS
VAYAN AL REINO
REÚNANSE BAJO EL CASTILLO
BOBO

Eso era, ¿no? Había tomado una fotografía del mensaje, pero la había dejado en el auto. Supuse que aunque el castillo no estuviera ahí, podía mirar *debajo* de él. ¿Había escalera? Nunca había visto alguna. Estaba pensando en esto cuando vi lo que parecía un perro frente a una toma de agua.

—¡Eh! —dije—. Ven aquí.

Verán, lo que pasa en el Reino del Ratón Feliz, por si no lo sabían, es que algunas cosas son más pequeñas de lo normal y otras son más grandes. Se puede ver lo que parece ser una enorme cabaña bávara y, al acercarte, te das cuenta de que mide apenas tres metros de alto. Juegan en serio con tu sentido de la perspectiva. Es por eso que puedes acercarte bastante a un perro frente a una toma de agua antes de darte cuenta de que la toma es tan grande como un refrigerador y el perro tan grande como un león, y tiene forma de león y, vaya, es un león.

—Oh —dije, retrocediendo. Mi mente comenzó a andar muy rápido. Una parte de ella pensó, bueno, claro que algunos animales debieron escaparse del Parque Animal Mundo Salvaje, y otra parte trataba de recordar si en la escuela nos habían enseñado qué hacer si nos enfrentábamos a un león; pero no, claro que no lo hicieron, estaban muy ocupados enseñándonos cosas muy útiles como las capitales de los estados.

—La capital de Florida es Tallahassee —le dije al león mientras seguía retrocediendo—. La bebida oficial es el jugo de naranja.

El león gruñó y se agachó un poco. Me acechaba. La palabra perfecta para definir lo que hacía, definitivamente es "acechar". Estoy segura de que esa palabra fue inventada sólo para los leones; los demás hacen un uso equivocado de ella.

—Seguro que no tengo un buen sabor —le dije mientras me acercaba a la esquina de una tienda—. No creerías lo que he estado comiendo.

El trasero del león se meneaba impacientemente. De repente, se echó hacia atrás como si estuviera preparando sus resortes, y yo comencé a correr.

Corrí como nunca lo había hecho. Respiré tan fuerte que sentí agujas en el pecho. Serpenteé de un lado a otro, alrededor de las farolas, y dentro y fuera de los callejones, esperando que eso marcara la diferencia, esperando que los leones no fueran tan buenos cazadores si su presa se escondía detrás de una tienda de regalos. Podía escuchar sus garras chocando contra el suelo detrás de mí y el rugir de su aliento. Me di cuenta de que si estaba buscando evidencias de haber perdido la cabeza, podía estar haciéndolo mucho peor que creyendo que me estaba persiguiendo un león a través de las calles vacías del Reino del Ratón Feliz.

Pensé en lo que llevaba encima. Tenía unas galletas de queso en uno de los bolsillos de mi pantalón de camuflaje. Llevaba una cámara y un paquete de chocolate. Tenía una jeringuilla para condimentar pavo que emitía burbujas ruidosas cuando la apretabas. Tenía las llaves del auto, pero a menos que quisiera tallar la palabra PEDO en un costado del león, no me servirían de mucho.

Me lancé hacia la rama más baja de un árbol y subí a ella. Sentí un jalón, las garras del león atravesaban la correa de mi mochila.

Grité y luché contra la garra con mi puño. Al final salvé la cámara pero la correa de la mochila se rompió, así que se la dejé al león mientras yo trepaba más y más alto, rama por rama.

El león se encorvó sobre la mochila, olfateando. Se comió mi chocolate.

—Los leones no trepan a los árboles, ¿verdad? Ésos son los leopardos —dije con la respiración entrecortada. Tenía mariposas en el estómago—. O las panteras. Las panteras y los leopardos.

El león se terminó su golosina y su atención regresó a mí. Dio vueltas alrededor del árbol y luego estiró su castaño cuerpo contra el tronco con las garras bien clavadas en la corteza.

—¡Los leones no trepan a los árboles! —grité.

Miré bien su cuerpo, sus gruesas costillas casi traspasaban su piel. No soy experta en leones, pero sus ojos parecían hundidos y sus piernas delgadas. Era viejo y se moría de hambre.

—Lo siento —le dije—. Lamento que no puedas comerme.

El león se acostó en el suelo, sin quitarme la mirada de encima. No quería usar la jeringuilla para condimentar pavo. J. Lo sabría dónde encontrarme, pero también el resto de los Buv de la ciudad. Miré a mi alrededor. Estaba segura de que podía pasar de las ramas del árbol hacia el techo de la Casa Encantada.

El león lanzó un gemido.

—Esto es lo más que puedo ofrecerte —le dije y le lancé mis galletas de queso—. Vi un pavo real cerca del reloj de sol, por si te gustan esas cosas.

Olisqueó las galletas y se las comió con todo y envoltura. Trepé a una rama, luego a otra, y caí en el techo de la casa. Batallando un poco logré llegar a una ventana abierta, empujé al esqueleto que salía de ella y entré.

Estaba oscuro, por supuesto, y el aire era espeso. No había un cuarto real adentro, sólo una pasarela. Intentar mirar más allá del escenario de la Casa Encantada era un sinsentido. Pudo haber sido un pozo sin fondo. Aquí y allá se colaba un rayo de luna por una ventana y blanqueaba un poco la oscuridad.

Sólo podía seguir mi camino a lo largo de la pasarela, buscando cómo bajar. Extrañas formas me miraban desde todas partes. En la oscuridad, cada bucle y rizo de alambre era una serpiente, y cada foco colgaba del techo como un murciélago de un solo ojo. Hubiera sido aterrador si yo fuera del tipo de persona que se espanta fácilmente. Sí que estaba un poco ansiosa y sin aliento, pero es algo normal cuando acabas de correr un montón y no has comido bien.

En cualquier caso.

Encontré cómo bajar cuando casi me caí del borde. Al lado de una pared había una suerte de tubo con una escalera adentro.

Pensé que la escalera terminaría cuando llegara a la planta baja, así que no presté mucha atención hasta que me di cuenta de que había bajado durante mucho tiempo. Demasiado. Miré a mi alrededor y no vi nada. Realmente nada. No tienen idea de a qué se parece la nada porque siempre hay alguna luz colándose debajo de una puerta o por una pequeña abertura en una ventana. Esto era negro como la muerte.

Fuera de broma, se trataba de una oscuridad que no te permitía ver tu mano frente a tu rostro.

En algún momento pensé que había llegado al fondo. Busqué con el pie el siguiente escalón pero no lo hallé. Ajá, pensé, el piso debe estar justo abajo. Así que estiré un poco más mi pierna y, de pronto, la sección de la escalera en la que estaba se deslizó hacia abajo como la parte baja de una escalera de emergencia. Sentí una sacudida en el estómago y luego otra cuando la escalera chocó contra algo. Se escuchó un fuerte sonido metálico. Después encontré más escalones. Mi escalera se había encontrado con otra escalera y comencé a preguntarme si terminaría alguna vez.

Lo más sensato habría sido regresar, subir de regreso hasta encontrarme de nuevo con alguna ventana. Pero en ese momento recordé una parte del mensaje secreto:

REÚNANSE BAJO EL CASTILLO

y eso me hizo pensar: ¿A esto se referían? ¿Estoy bajo tierra?

Pensándolo bien, no parecía tan descabellado. Quizá las personas del Reino del Ratón Feliz tenían túneles subterráneos para transportarse de un lugar a otro sin molestar a los huéspedes. Quizás hasta tenían un pequeño metro aquí abajo, o algo. Algo que llevara hasta el Castillo de la Reina de las Nieves.

Así que seguí andando. El trozo de escalera que había bajado inesperadamente, ahora regresó a su sitio en cuanto lo dejé atrás. Descendí otros veinte, quizá treinta escalones antes de quedarme sin escalones. Mi pie se encontró con un suelo duro de concreto.

Levanté mis brazos y los moví lentamente, en amplios arcos, como si estuviera nadando. Comencé a tocar cosas a mi alrededor. Cosas extrañas. Algo que esperaba que fuera una manguera enroscada. Algo que esperaba que fuera una esponja. Sentí unas repisas que estaban llenas de botellas de plástico y tal vez cubetas, y un objeto que tenía el peor tacto del mundo pero que resultó ser un sándwich.

Después noté la jaula. Me rodeaba por completo. Estaba en una especie de jaula enrejada, de unos dos por tres metros, y no podía encontrar ninguna abertura. Pensé, bien, ya está. Me han atrapado. Sentí pánico durante algunos segundos antes de razonar: si los Buv querían capturar a alguien, probablemente tendrían una manera más sencilla que esperar a que viera un mensaje escrito en lenguaje codificado que lo llevara a cincuenta kilómetros de distancia hasta un parque de atracciones en donde sería perseguida por un león hasta trepar a un árbol, luego a un techo, y por unas escaleras hasta una jaula de la que podía salir trepando en cualquier momento. Así que busqué un poco más, hasta que encontré un anaquel con linternas.

El primer par que probé funcionó. Me di cuenta de que estaba en una jaula de almacenamiento, repleta fundamentalmente de artículos de limpieza. Las cubetas eran cubetas. La cosa con el tacto horrible era, de hecho, crema de cacahuate. Y había una puerta. Puse una de las linternas en mi cinturón y vacié las baterías de las demás en mis bolsillos. Tomé una botella de limpiavidrios porque me tranquilizaba tener algo con un gatillo en la mano.

Empujé la puerta. Una figura enorme colgaba del techo. Bajo la tenue luz podía entrever postigos, ventanas y tablillas. Piezas de repuesto, pensé, para la casa de arriba. A mi alrededor sólo había oscuridad, incluso con la linterna encendida. Las paredes del cuarto estaban muy lejos, o no había ninguna pared. Caminé hacia delante y pronto mi luz encontró una cosa pequeña en una esquina. Parecía un motor, o parte de una podadora de césped, pero estaba casi segura de que era un generador de energía. Con suerte tendría algo de gasolina, así que busqué la cuerda de ignición y la jalé. La cosa tosió y se estremeció un poco, y tiré de nuevo. Y otra vez. En el cuarto intento, gruñó y se puso en marcha, a mi alrededor las luces comenzaron a parpadear, y entonces pude ver.

Era la Casa Encantada. Colgando boca abajo. Del techo. Estaba en un gran cuarto, un cuarto *enorme*, un cuarto del tamaño de media cancha de fútbol, con una casa encantada completa colgando cabeza abajo en el centro.

Era perfecta en cada detalle: los postigos rotos, la antena doblada, incluso el gato negro de plástico maullando silenciosamente en la entrada. En el mismo techo había un terreno con hierba sintética y lodo falso, con lápidas y árboles enjutos colgando como estalactitas. O estalagmitas, nunca recuerdo cuáles son cuáles.

Me senté con pesadez en el suelo, anonadada. Me pregunté cómo sabría si estaba loca. ¿Se puede hacer una prueba de sangre o de orina para saberlo? Una vez me caí de la bicicleta y me quedé tirada en el suelo un buen rato. Algunas personas me rodearon y no me dejaron levantarme hasta que llegaran los paramédicos. Cuando llegaron, me preguntaron quién era el presidente, en qué estado vivía y cuánto era tres por siete. Cuando contesté todo correctamente, parecieron satisfechos, así que me preguntaron mi nombre y dije "Tipolina", entonces no me dejaron levantarme de nuevo hasta que les dije que me llamaba "Janet".

En cualquier caso, ahí sentada, decidí ponerme a prueba de nuevo. Pero ahora el presidente ya no era presidente, y yo no vivía en ningún lugar, y mi nombre seguía siendo el mismo. Podía hacer multiplicaciones, sin duda, pero de todas formas decidí recostarme un rato. Miré al techo de la casa y sentí como si estuviera volando.

En algún momento tuve que quitar mi mirada del techo y observé el cuarto cavernoso. No era rectangular. Tenía grandes inclinaciones en los extremos, como alas. Como una rampa enorme. Y por todas partes había puertas rotuladas con letreros brillantes. Una de ellas decía:

BRINCOLÍN DE FROGWORTH

CARICATUROPÍA

**MÁQUINA DEL TIEMPO
DE ABRAHAM SUPERLINCOLN**

y otra decía:

**GRAN MONTAÑA ROCOSA DE CARAMELO
ESTACIÓN LUNAR DE GALAXANDRO**

Pero sabía que no tenía tiempo para eso. Lo que quería era lo que estaba en la tercera puerta:

LA GRAMATINCREÍBLE VOCABUNTAÑA
DEL SEÑOR SCHWA
CASTILLO DE LA REINA DE LAS NIEVES

Lo segundo, no lo primero.

No quería dejar ese cuarto sin averiguar por qué la Casa Encantada, o *una* casa encantada, colgaba del techo de esa manera. Debía haber un letrero en algún lugar con una explicación. Pero tenía cosas que hacer. J. Lo comenzaría a preocuparse. Empujé la puerta lenta y cuidadosamente, y dejé atrás el misterio y el zumbido del generador.

Si había esperado que hubiera algo especial detrás de la puerta, estaba equivocada. Sólo era un pasillo oscuro y tenía que llevar la linterna delante de mí para protegerme de cualquier sorpresa. El pasillo daba una pequeña vuelta a la derecha. Vi la puerta del juego del Señor Schwa y el corredor se dobló de nuevo y vi una luz. No era la mía, ésta era suave y anaranjada y estaba al final del pasillo. Apagué la linterna y distinguí la silueta de otra puerta, unos veinte metros más adelante.

Levanté mi botella de limpiavidrios y puse el dedo sobre el gatillo mientras avanzaba. Se oían voces. Risas. De alguna manera siempre puedes saber cuándo el sonido es de una persona, y cuándo hablan en un idioma conocido, aunque no entiendas nada de lo que dicen. Me relajé un poco y puse la mano sobre la puerta y, de repente, sentí algo contra mi zapato. Era algo que jalaba un poco, como una banda elástica, y en cuanto me di cuenta de lo que estaba pasando, escuché un ruido enorme de latas y cucharas chocando en los bordes del pasillo.

No voy a escribir lo que exclamé en ese momento.

La puerta se abrió, así que yo di unos pasos atrás y vi una figura oscura acercándose a mí, y fue cuando, accidentalmente, más o menos, lancé un chorro de limpiavidrios adonde parecía que estaba la cabeza.

—¡Ay! ¡Aaayyyyy! —exclamó la figura. Encendí mi lámpara y vi que era un niño, de unos nueve o diez años—. ¡Aaaaayyyyyyyyy! —gritó, tocándose la cara. Escuché un crujido detrás de la puerta, y pronto emergieron de ahí otros chicos, seis, luego siete y finalmente, ocho. Me miraron como si nunca en sus vidas hubieran visto a una chica negra con una linterna.

—Lo siento. Fue un accidente —dije. El primer humano que veía en tres días y le lleno la cara de detergente—. Me asust... desconcertó. Ya saben, estas cosas pasan cuando andas por la vida asomándote por las puertas de esa manera.

—¿Quién diablos eres tú? —dijo el chico más alto. Parecía de mi edad, con la cara sucia y rizos rubios y andrajosos sobre la cabeza. Rápidamente me di cuenta de que le gustaban mucho las groserías. Eso no me agrada en absoluto, así que lo censuraré de ahora en adelante.

—¿Te mandaron los Buv? —agregó.

Dos de los chicos llevaban al que había rociado con detergente de regreso al cuarto. Me di cuenta de que no estaba invitada a unírmeles.

—¿Que si los Buv...? Claro que no —contesté—. ¿Por qué...?

—Probablemente es una (censurado) espía —dijo el chico rubio—. Quizá ni siquiera es una chica de verdad. Tiene una apariencia extraña.

—Oh, *yo* tengo una apariencia extraña. Claro. ¿Sabías que tienes un cacahuate pegado a la barbilla?

—¡Cállate, (censurado)! ¡No puedes hablar!

—*Además* de que hueles a helado.

El chico se lanzó hacia mí, pero fue detenido por otro más pequeño a su izquierda. Yo me eché para atrás y le apunté con mi atomizador.

—Inténtalo de nuevo y te limpiaré la cara —dije.

Hubo un momento de silencio. La mayoría de los chicos miraban a ricitos de oro como esperando órdenes. Pero fue el pequeño que lo sujetaba quien habló.

—Vamos adentro donde podemos ver mejor.

—¡No! —dijo ricitos—. ¡No se permiten niñas!

—Oh, debe ser una broma...

—No la estoy invitando a unirse —dijo el chico—. Digo que debemos ir adentro —nadie hizo nada, así que agregó—, con la luz podemos ver si es una chica o sólo un Buv disfrazado.

—Sí —dijo ricitos—. Muy bien. ¡Vamos adentro!

Entramos. Ricitos marchó detrás de mí como si fuera mi guardaespaldas. La puerta se abrió hacia un cuarto enorme, más grande que el anterior. Esta vez tenía una idea de qué esperar, así que no me tomó por sorpresa el castillo colgando de cabeza en el centro del cuarto. Éste estaba completo. Completo y perfecto, intacto. Me pude haber quedado para siempre mirando las luces danzantes que parpadeaban sobre cada ladrillo de hielo y la torre escarchada.

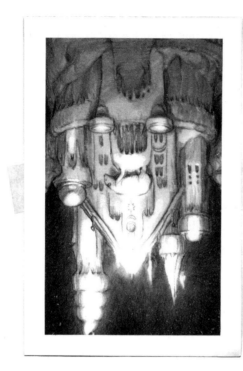

—¡Eh! ¡Nada de fotos! —gritó ricitos. Seguía detrás de mí.

Detrás de él había un círculo hecho con velas y una pequeña parrilla de campamento en la esquina del cuarto, rodeada de cajas y sillas. Los chicos tomaron sus asientos. No había uno para mí y no pensaba sentarme en el suelo, así que me quedé de pie.

—Comprueba si tiene una cremallera en la espalda —dijo Ricitos.

Dos de ellos se me acercaron, pero la expresión de mi cara los hizo retroceder.

—Vi un grafiti que me trajo hasta aquí —dije—, por eso vine. Me llamo Tipolina. Mis… mis amigos me llaman Tip.

—¡Tip! —gritó Ricitos. Se rio como un asno y el resto se le unió—. ¿Qué clase de (censurado) nombre es Tip?

—De esa clase que *tú* nunca conocerás, grandísimo...

—Yo soy Christian —dijo el chico que había sostenido a Ricitos en el pasillo. Tenía el pelo y la piel color caramelo, como si ambos estuvieran hechos del mismo material. El resto de los chicos me miraba desde sus asientos. Todos excepto al que había rociado con detergente, que se estaba echando agua en su cara enrojecida. Sus ojos parecían un par de cerezas.

Uno por uno me dijeron sus nombres. Eran Tanner, Juan, Alberto, Marcos, Jeff, Yosuan y Cole. Creo que todos tenían entre ocho y trece años. Ricitos no me dijo su nombre.

—¿Por qué estás aquí? —dijo Christian—. ¿Por qué no subiste a los cohetes, como todos los demás?

—Decidí conducir hasta acá.

—Mentirosa —dijo Ricitos.

—En cualquier caso —dije—, ¿no se suponía que los cohetes vendrían aquí? ¿Dónde están todos?

—En Arizona —dijo Christian—. Los Buv decidieron quedarse con Florida.

Arizona. No podía creerlo.

—Pero... prometieron dárnoslo. Nos lo prometieron *para siempre.*

Ricitos se rio. Me sentí un poco tonta. Ingenua.

—Eso fue antes de que descubrieran las naranjas —dijo Tanner—. Les gustan mucho.

—También hay naranjas en Arizona —añadió Yosuan.

—(Censurado) —dijo Ricitos—. En Arizona no crece nada, es puro desierto.

—Así es —dijo Yosuan tranquilamente—. Mi abuela vive allí.

Pensé en J. Lo comiendo hilo dental.

—Un momento. ¿Naranjas? ¿Los Buv de verdad comen naranjas?

—No… —dijo Yosuan, entrecerrando los ojos—. Creo que se visten con ellas.

Nos quedamos en silencio de nuevo hasta que Ricitos lo rompió con un sonido asqueroso.

—De acuerdo —dije—, me toca. ¿Quién de ustedes es BOBO?

La mayoría de ellos se rio nerviosamente, sobre todo los más pequeños.

—BOBO es un acrónimo —dijo Christian—. Quiere decir Batallón…

—¡Batallón, de *batalla*! —lo interrumpió Ricitos—. ¡No de bobos! ¡Y nada de fotos!

Le lancé una mirada asesina.

—El grafiti que *yo* vi decía "humanos".

—Eso es porque Marcos la (censurado).

Marcos se encogió de hombros.

Christian continuó como si todos siguieran escuchando.

—Batallón Organizado contra los Buvs Opresivos.

—Entonces, ¿no debería ser BOCBO?

—La verdad es que queríamos llamarnos BOBO —dijo Marcos y todos los pequeños se rieron de nuevo. Christian parecía avergonzado.

—Bueno, está bien —dije—, ¿y qué están haciendo ustedes?

—¿Haciendo? —dijo uno de ellos.

—Sí. Son la Hermandad Organizada en contra de la Opresión de los Buv, ¿no? ¿Qué están haciendo para luchar contra ellos?

Christian   RICITOS   Pandilla BOBO

—¿*Luchar* contra ellos? —dijo Marcos. Se escuchó
un sonido generalizado de incredulidad—. ¿Has visto las
pistolas que tienen?

—Estamos… no dejamos que nos atrapen —dijo
alguien—. No les permitimos decirnos adónde ir. Eso es
luchar contra ellos.

—¡Y nos estamos comiendo todo este helado y estos
hot dogs que se están echando a perder, y viviendo en
el Reino del Ratón Feliz! —dijo otro—. Nos odiarían si se
enteraran.

Los chicos asintieron con la cabeza y dijeron cosas
como:

—Sí, eso les enseñará lo que es bueno.

—No nos pueden mangonear.

Noté que sólo Christian parecía un poco desilusionado.
Me imaginé que estábamos pensando lo mismo: *Vaya
revolución.*

El murmullo se convirtió en un silencio incómodo. Un silencio tan enorme e incómodo como un castillo colgando del techo.

—Está bien —dije—. ¿Por qué hay edificios boca abajo en este lugar?

—¡Ja! (Censurado.) Todos saben por qué.

Christian miró a Ricitos.

—*Tú* no lo sabías hace tres semanas.

—¿Tres semanas? ¿Tanto tiempo llevan aquí?

—Algunos de nosotros —dijo Christian—. Otros menos, algunos más. Alberto y yo llevamos cinco meses aquí. Cinco meses. Desde la invasión.

—Nuestros padres trabajaban aquí —dijo Alberto—, así que... así que sabíamos de este lugar... y...

Y, de repente, Alberto rompió a llorar. Apretó la cara y muy pronto el cuarto se llenó de fuertes sollozos.

—Ah, (censurado). Ya empezó. Eres un (censurado), Alberto.

No sabía lo que había hecho. Miré a Christian para que me ayudara, pero él continuó la historia.

—Nuestros padres trabajaban aquí. El padre de Alberto y mi madre. Hay dos edificios de cada uno; al menos de todos los grandes. Durante el día limpian el que está abajo, pintan lo que sea necesario, le hacen arreglos y ese tipo de cosas. Luego, por la noche, ¡*flllip!*

—¿*Flip?* —fruncí el ceño—. ¿Qué...? Estás bromeando. ¿Quieres decir que le dan la vuelta a todos los edificios?

—Sí. El limpio sube, el sucio baja para que lo limpien.

—Oh.

Alberto moqueaba y se limpió la cara con su mano. Me sentí mal por él. Era uno de los más pequeños.

—Vinimos aquí a escondernos cuando los extraterrestres llegaron —dijo Christian— porque nuestros padres ya no estaban.

—¿Ya no estaban?

—Desaparecieron en Nochebuena.

Alberto empezó a llorar de nuevo. No podía creer lo que estaba escuchando.

—¿En Nochebuena? —repetí.

Creo que Christian pensó que me estaba burlando de él.

—Piensa lo que quieras, pero sí, desaparecieron un día antes de la invasión. Creo que sabían demasiado y los Buv los mataron.

—No, no —tartamudeé—. Les creo. A mi madre también se la llevaron.

—(Censurado), eres una mentirosa. ¿Por qué mientes tanto? —dijo Ricitos.

—¿Se la llevaron? —dijo Christian—. ¿La abdujeron?

—Sí. No la mataron. ¿Antes de eso sus padres dijeron algo sobre una abducción? ¿Algunas semanas antes de ese momento?

—No —dijo Alberto, con cara triste.

—Sí —dijo Christian—. Es decir, mi madre me contó un sueño que tuvo sobre unos extraterrestres que se la llevaban para coser fundas de almohadas.

Ricitos se rio.

—No creo que haya sido un sueño —dijo Christian—. Los extraterrestres que describía eran igual a los Buv.

—No fue un sueño —dije sonriendo, contenta de tener buenas noticias—. Sucedió realmente. A tu padre también —agregué mirando a Alberto—. Estoy segura. Probablemente no se lo dijo a nadie, o no lo recordaba.

Fueron secuestrados para enseñarles nuestra lengua a los Buv. Mi madre sabía dos idiomas, creo que por eso la escogieron. Somos italianas.

Me miraron de la misma forma que me miran todos cuando digo eso.

—Mi madre es blanca —agregué.

Alberto tenía mejor aspecto.

—¡Mi padre habla portugués! Yo también, un poquito.

—Mi madre hablaba... habla español —dijo Christian—. ¿Crees que estén bien?

—Sé de buena fuente que están bien y con todos los demás.

—¿Sí? —dijo Ricitos—. ¿Qué buena fuente? ¿Cómo es que una niña tonta sabe todo esto?

Tragué saliva.

—¿Qué importa? Lo importante...

—Lo importante es que lo escuchaste de un Buv. Porque eres una (censurado) espía.

Tuve la sensación de que decirle a Ricitos que tenía razón y que estaba equivocado al mismo tiempo no me iba a ayudar nada.

—Por última vez, ¡no soy una espía! He estado en la superficie durante cinco meses. Y he estado viajando. Te enteras de cosas —como las que te dice un Buv fugitivo, por ejemplo.

Alberto comenzó a moquear de nuevo.

—Puede ser que mi padre esté bien —dijo—. ¡Pero ahora está en Arizona! ¡Ni siquiera sé dónde queda eso!

Comenzó a llorar otra vez, y con eso bastó. Era tan contagioso y repentino como un bostezo. Hice lo último que quería hacer frente a la Hermandad Organizada contra la Opresión Buv. Mi cara se calentó y las lágrimas salieron como si estuviera enferma. Tenía el corazón roto desde hacía cinco meses y no pude contenerlo ni un segundo más.

—Mírala —dijo Ricitos—. Me lo imaginaba.

Le di la espalda al círculo de velas. Le di la espalda al castillo invertido y me concentré en la esquina oscura del cuarto, tratando de forzarme a dejar de llorar. Intentaba ignorar todo lo que me recordara el estado en el que me encontraba, figurativa y geográficamente hablando, así que casi no lo escuché.

Uno de los chicos dijo:

—¿Qué tiene en la espalda?

—Una cremallera —dijo Ricitos.

Me enderecé con el aliento entrecortado e intenté ver de lo que hablaban. No pude.

—No… no es… —dijo alguien—. Eso es… eso no es…

Algunos de los chicos se acercaron.

—¡Sí! —gritó Ricitos—. ¡Es una *abeja*!

—¿Una abeja? —susurré.

Ahora todos estaban hablando, rápido y fuerte.

—Bueno, está bien —dije, secándome los ojos—. Quítenmela. No soy alérgica ni nada.

Christian estaba frente a mí y lo pude ver todo en su rostro antes de que dijera una palabra.

—No es de esa clase de abejas.

"Oh", pensé. Una Abeja. Me imaginé su cuerpo plateado agarrado a mi suéter, listo para reventar y quemar mi piel.

—¡Eso lo prueba! ¡Es una (censurado) espía! ¿Por qué otra razón tendría una de esas abejas con ella?

Avanzaban hacia mí. Christian se puso en medio.

—No... esperen —dijo, y pude sentir la incertidumbre en su voz—. Eso no... prueba nada necesariamente. Quizá... quizá le pusieron la Abeja para obligarla a bajar...

—¡Lo juro! ¡No tengo idea de por qué está esa cosa en mi espalda! No estoy haciendo nada para los Buv. Ni siquiera he visto a uno de ellos durante días —dije.

Así que éste era, probablemente, el peor momento para que J. Lo atravesara corriendo la habitación gritando mi nombre.

—¡Tipolina! ¡Tipolina! —dijo, apareciendo súbitamente desde las sombras—. ¡Tipolina! ¡Correr debemos! ¡Debemos...! Oh, hola, chicos humanos.

Los miembros del BOBO se dispersaron como palomas aleteando y haciendo caer las velas y las cajas. Alberto comenzó a llorar de nuevo. Sólo Christian y Ricitos se quedaron donde estaban.

—(Censurado) —susurró Ricitos.

—¡J. Lo! ¿Qué haces aquí? ¿Por qué hay una Abeja en mi espalda?

—¡Lo ves! —dijo Ricitos—. ¡Se conocen! ¡Tenía razón!

—No —respondí—, estás equivocado. No es lo que parece...

—¡Chicos BOBO! ¡Atrápenlos! —gritó Ricitos, pero no había nadie, sólo Christian.

—¿Qué significa esto? —preguntó.

—J. Lo... este Buv —dije— es bueno. Los Buv lo odian. Es como... un Buv criminal.

No estoy segura de que ésa fuera la mejor elección de palabras. Uno tenía que estar allí.

—¿Se está escondiendo de los otros Buv? —preguntó Christian.

—¡Sí! —dijo J. Lo—. ¡Sí! ¡Y ellos venir! Encontraron nuestro auto y yo manejar como una superestrella, ¡pero ellos venir pronto!

—¿Entonces qué? —preguntó Ricitos—. Hay que atarlo y dejarlo aquí. Los Buv lo encontrarán y se irán.

—No te (censurado) —dije enojada, luego me calmé—. Sólo déjennos ir —dije, mirando a Christian—. Yo me encargaré de que no los encuentren.

—¿Nos? ¿*Nos*? —dijo Ricitos. Su cara estaba roja como un grano a punto de reventar—. ¿Prefieres irte con un (censurado) Buv que quedarte con los de tu especie?

—Bueno, dicho así, no es que me hayas hecho sentir *muuuuy* bienvenida.

—¡Eres una traidora! ¡Secuestró a tu madre y aun así eres una traidora!

J. Lo se escondió detrás de mí. Creí escuchar ruido encima de nosotros. Voces. Y no eran en absoluto humanas.

Agarré el brazo de J. Lo. No pensé nada al respecto en ese momento. Después me di cuenta de que había sido la primera vez que lo tocaba. O que, al menos, lo tocaba sin querer hacerle daño.

—Vamos —dije, y lo arrastré en dirección a la puerta.

Ricitos se deshacía en una larga lista de insultos.

—No —dijo J. Lo—. No poder regresar allá. La patrulla detrás de mí.

—Si nos vamos por otro lado nos seguirán hasta aquí y encontrarán a los chicos —dije—. ¿Dónde está el auto?

—Ocultación detrás de muchas dentro de tostadoras.

—La atracción del pingüino —dijo Christian, que de repente se había puesto a nuestro lado—. Puedo enseñarles una forma de llegar rápidamente arriba. Síganme.

Sonreí y él me respondió con una media sonrisa. Subimos por una escalera de emergencia, lentamente. J. Lo no era muy bueno con las escaleras.

—Tengo una Abeja en la espalda —le dije.

—¿Una qué-dices?

Y entonces supo a qué me refería.

—Oh, sí. Una zumbadora. Un *drone* de caza. Yo poner ello ahí.

—¿Qué? ¿Quieres matarme?

—¿Matar...? Oh, no, no seas ridiculosa. No es de explotar, sólo me dice dónde estás.

—Como un dispositivo de seguimiento —susurró Christian.

—Sí, como esa cosa de seguición.

Estaba enojada y avergonzada al mismo tiempo. J. Lo no había confiado en mí, pero yo tampoco me había ganado su confianza. Me quedé callada mientras subíamos por la escalera, que nos llevó a un pasillo.

—Tomen la segunda a la izquierda —dijo Christian—, después a la derecha. Suban por la primera escalera que encuentren.

—¿Por qué no vienen con nosotros? —pregunté—. Tú y Alberto. Busquen a sus padres.

Christian me miró. No pude imaginar en qué estaba pensando. Se mordió el labio. Miraba hacia mí y hacia atrás.

—No —dijo, y sacudió su cabeza —No. No puedo. La Hermandad...

Creo que lo comprendía. Si Christian se iba, en menos de una semana Ricitos tendría a todos los chicos dándole uvas y masajes en los pies.

—Pero… —dijo—, tal vez podamos ayudarlos un poco. Y si se encuentran a Marta González en Arizona… díganle que Christian está bien. Díganle que Alberto está bien, ella conoce a su padre.

Prometí que lo haría y nos dimos la vuelta sin darle siquiera las gracias.

Avancé por los pasillos, prácticamente arrastrando a J. Lo. Resultó que los Buv no eran muy buenos corredores, a pesar de todas esas piernas. Al dar la vuelta en el segundo pasillo escuché voces, así que apagué la lámpara. No importó.

—¡Nos han visto! —dijo J. Lo.

Había un largo pasillo y una patrulla Buv al final. En medio estaba la escalera.

—Corre rápido —dije y corrimos, acercándonos al mismo tiempo más y más al Buv. Había cuatro de ellos y también vieron la escalera. Nuestra única ventaja era que no se podían mover más rápido que J. Lo.

—No puedo… creer… —dije sofocada, jalándolo de la muñeca— que hayamos… sido conquistados por ustedes.

—¡Alto! —dijo uno de los Buv. Después gritó algo en buviano que, supongo, también significaba "alto". Debieron saber que estábamos desarmados porque no sacaron sus pistolas. Así que probablemente los tomó por sorpresa que los rociara con detergente cuando nos topamos en la escalera.

—¡Ahhh! —gritaron, cubriéndose los ojos—. ¡Muaah-ahh-ahh-ahh!

Se detuvieron en seco, bloqueando el pasillo, y sus camaradas se tropezaron con ellos mientras yo empujaba a J. Lo por la escalera. Lo seguí, con un Buv a mis espaldas.

Traté de rociarlo también, pero abrió su enorme boca de basurero y el detergente se fue a su garganta. Se lo tragó como si fuera jugo de naranja.

—¡No los alimentes! —dijo J. Lo—. ¿Por qué alimentarlos tú?

Estábamos en la cima de la escalera, y salimos por una escotilla al aire libre de una mañana azulada. El Buv rozó mis tobillos y yo agradecí que tuviera esos pequeños brazos de rana. Aun así, me agarró unos instantes.

Entonces recordé la jeringuilla para condimentar pavo. La saqué de mi bolsillo, apunté y apreté. Un cono ensordecedor de burbujas enormes y pegajosas salió como si fuera un ruidoso champán. Era tan escandaloso como el motor de un avión. Todos los Buv cayeron de la escalera, y J. Lo y yo salimos disparados por la escotilla como verdaderas balas de cañón. Aterrizamos bruscamente a unos metros.

—Eso… para eso no es —dijo J. Lo.

—¿Qué?

—¿Qué?

—¿Dónde está el auto?

—¿Qué?

Nos levantamos y miramos a nuestro alrededor. Christian nos había dejado bastante cerca de la atracción del pingüino. Esperaba que el auto siguiera allí. Esperaba que Pig siguiera allí.

Corrimos hacia un gran aro de tostadoras con pingüinos saliendo de sus ranuras. Los pingüinos se sentaban en una de las ranuras del tostador y uno se sentaba en la otra, y el aro entero giraba mientras la palanca del tostador te subía y bajaba. Siempre había odiado ese juego.

Estábamos cerca de allí cuando una estatua del Ratón Feliz por la que pasábamos de repente se quedó sin cabeza y sin brazos, y me di cuenta de que los Buv nos disparaban.

—¡Abajo! —grité—. ¡Escóndete!

Empujé a J. Lo al suelo detrás de la barra de un bar, y me pregunté si comenzarían a reducirlo todo a pedacitos.

—¿Qué están haciendo? ¿Qué están haciendo? —susurré.

J. Lo se asomó.

—Vienen lento. Tratan de rodear. Quizás están creyendo que tener otra cosa para dispararles.

Deseé que fuera así. El auto estaba tan cerca. Podía verlo entre dos cabezas de pingüinos.

—Hay buenas noticias y no tan buenas noticias —susurró J. Lo.

—¿Cuáles son las buenas?

—Creo que me quieren vivo.

—¿Y las malas?

—Creo que a ti no.

—Tal vez... —susurré—. Tal vez, si nos quedamos muy cerca el uno del otro, no puedan dispararnos —y después pensé: "¿Por qué estoy susurrando? Saben dónde estamos".

—¡Eh! —grité—. ¡Ehhhhhh!

J. Lo me miró como si por fin me hubiera vuelto loca.

—¿Qué? —susurró—. ¿Qué hac...?

Di mi mejor grito de película de terror. Los dos nos asomamos por un costado de la barra.

—¿Por qué hacer eso? ¿Para qué?

—Leones —dije—. No pueden subirse a los árboles, pero tienen un oído perfecto.

—Ah —dijo J. Lo, asintiendo con la cabeza—. Hum. ¿Es un viejo dicho humano?

Y entonces lo vimos. Un Buv salió disparado de un callejón con un león medio muerto de hambre detrás de él.

—¡Ahhh! ¡Gran gato! —dijo J. Lo.

—Chis. Hora de callarse —le ordené.

El Buv disparaba salvajemente a sus espaldas, haciendo desaparecer techos y postes de luz pero sin rozar siquiera al león. Corrieron detrás de una barra de bar y otros tres Buv huyeron, llorando como becerros.

J. Lo y yo nos escabullimos hacia la atracción de los pingüinos. Ahí estaba el auto, de una sola pieza, y Pig pegada a la ventana.

—Espero que no le pase nada —dije mientras nos echábamos en los asientos delanteros. Veía cómo el león atrapaba a un Buv mientras los otros corrían para ayudarlo.

—Los otros patrulleros Buv lo ayudarán con el león —dijo J. Lo.

Yo me refería *al* león, pero decidí no decir nada.

El auto se deslizó y lo llevé a través del estacionamiento, dando una gran vuelta en el aire para regresar a la entrada.

—Lo logramos —dije—. Nos hemos escapado.

J. Lo miraba por la ventana trasera.

—No —dijo—. Todavía no.

Miré por el espejo. Había cinco naves detrás de nosotros. Conduje el auto por avenidas de caricatura y las naves nos siguieron —pasamos por la lancha de pedales de Hannibull Lee, a través de los árboles de cigarrillo de la Gran Montaña Rocosa de Caramelo, y directo hacia el castillo en ruinas de la Reina de las Nieves, que propulsó a Velicioso por los aires como si fuera una enorme rampa. Después se escuchó un rechinido, como si el mundo entero se estuviera aclarando la garganta, y las ruinas se removieron bajo tierra mientras el castillo bueno se ponía en su lugar. Tres de las patrullas Buv se dispersaron y las otras dos se estrellaron contra el castillo como bolas de *pinball*; una se hizo pedacitos y la otra cayó encima de un carrusel.

—¡Ja! —grité mientras dejábamos atrás el parque—. ¡Gracias BOBO!

—Tres aún persiguen —dijo J. Lo.

Éstas eran pequeñas, quizá del tamaño de un autobús de ciudad, si los autobuses tuvieran forma de hamburguesas. Por lo demás, cada una era distinta. Una tenía una barba de mangueras, como las naves grandes, y una escotilla con burbujas en el techo. Otra tenía colmillos y chichones por todas partes. La tercera tenía una especie de guardafangos con grandes luces y una manguera larga en la parte trasera, como una cola. Y todas nos estaban ganando terreno.

—Son más rápidas que nosotros —dije mientras aceleraba hacia la autopista—. ¡Muy bueno tu auto flotante, J. Lo!

—Aprieta el botón —dijo.

—¿Qué? ¿Qué botón?

Las naves Buv son de cierto cuidado

figs. 7c–e

136

Las pequeñas naves Buv estaban muy cerca. Algo parecido a una enorme garra de plástico se desplegaba debajo de la que estaba al frente.

—El botón. El botón con la serpiente.

—No hay ningún botón con una serpiente.

—Preocupar —dijo J. Lo—. Yo hacer.

Presionó el encendedor y Velicioso se disparó como una bala. Yo me quedé aplastada contra mi asiento y Pig rodó chillando hacia atrás. Si no me equivoco, una llamarada de color rosa salía del escape.

—¿Qué es esto? —grité, sin poder mover mucho el rostro—. ¿Por qué no me lo dijiste antes?

—Es para emergencias. No ser juguete. Estábamos ganando una buena distancia a las patrullas Buv.

—¡No dije que fuera un juguete!

—El botón puede darnos treinta segundos de mucha velocidad —dijo J. Lo— o volarnos en pedazos.

Lo miré.

—¿Qué?

Justo entonces el auto hizo un sonido explosivo una, dos veces. Un espeso humo azul salió del escape como las plumas de la cola de un ave.

—¡Ahhh! ¡Estúpido Buv!

—No. Está bien. Sólo nos quedamos sin supergasolina.

Era verdad. El auto desaceleraba gradualmente. A través de una neblina gruesa aún podía ver la patrulla detrás de nosotros.

—Tal vez pueda perderlos con todo este humo —dije, y tomé la siguiente salida. Giré y me metí debajo del paso elevado. Pero no sirvió de nada. Dos de las tres patrullas aparecieron de nuevo detrás de nosotros.

Volamos por las calles de la ciudad y aquí, al menos, teníamos algo de ventaja. Los vehículos Buv eran más grandes y difíciles de maniobrar en calles estrechas. Podía mantenerlos a distancia, pero no quitármelos de encima. Ya había pasado mucho tiempo desde que habíamos clonado gasolina.

—Esto va mal —dije—. Si no estuvieras conmigo en el auto ya me habrían disparado.

—¡No! ¡Va bien! —dijo J. Lo brincando en el asiento mientras miraba a las patrullas—. ¡Están retrocediendo!

Con una mirada en el espejo lo comprobé. Pero había algo más, algo que brillaba en el cielo entre nosotros.

—¿Qué es eso? —pregunté—. Es como un relámpago.

Los dos lo averiguamos al mismo tiempo.

—¡Zumbadoras! —dijo J. Lo.

—¡Abejas! —dije yo. Y probablemente también eran de las que explotaban. Avanzaban rápidamente; la masa de puntos brillantes estaba muy cerca de nosotros.

—¿Qué hacemos? ¿Hay algo… hay algo en tu caja de herramientas?

J. Lo estaba lívido.

—Nada —dijo.

Las Abejas estaban tan cerca que eran lo único que se veía en el espejo. Seguramente una ya estaba plantada en el techo.

—Espera —dije—, ¡aspirina!

—¿Una qué-dices?

—¡Aspirina! —dije de nuevo, con la mano extendida.

—¿Doler tu cabeza, o…?

—¡Oh! Quiero decir… una de ésas… ¡olvídalo! ¡Toma el volante!

Yo ya estaba en el asiento trasero, con el auto coleteando salvajemente, antes de que J. Lo hiciera lo que le pedí. Brincó al asiento del conductor mientras yo hurgaba en la caja de herramientas. Encontré una de esas cositas blancas en el fondo de ella.

—¿Para qué tú...?

—Mantenlo firme —dije y bajé una de las ventanillas traseras. El viento me pegó con fuerza cuando saqué la mitad de mi cuerpo del auto, con el rostro hacia atrás. Era más fuerte de lo que imaginaba y me aferré a los marcos de la puerta para sostenerme mejor mientras el enjambre de Abejas me miraba con sus miles de ojos diminutos. Tres de ellas ya estaban prendidas del auto, avanzando, buscando qué destruir. La masa restante no estaba lejos, pero me di cuenta de que debía esperar al momento adecuado. Debía esperar a tenerlas a todas en el punto de mira.

—¿Qué hacer? —dijo J. Lo con la voz un poco quebrada.

—¡Mantenlo firme!

Y llegó el momento. Había dos, tres docenas en el auto, con un grupo de cien más a punto de aterrizar, y lancé la aspirina. En el instante en que la dejé caer, me di cuenta de que había cometido un error: no había manera de lanzar algo tan pequeño a tal velocidad, y esperar que diera en el lugar preciso. Estaba apuntando al techo del auto, en el centro del enjambre, pero la pastilla se dispersó violentamente en el aire, y cuando pensé que se había perdido por completo, impactó en una sola Abeja con un pequeño *clic*.

Una gruesa bola de espuma explotó desde esa Abeja, y expandió su órbita hasta que cada una de ellas quedó atrapada. Zumbaron y revolotearon mientras sus pequeños cuerpos calientes se contorsionaban como anchoas vivas en una cucharada del peor helado del mundo. Después paró el revoloteo y golpeé la pelota con el puño. El frío me lastimó la mano, pero la espuma se despegó del techo del auto y rodó hacia la calle. Me metí de nuevo en el auto.

—¡Ja, ja! —dijo J. Lo—. ¡Humano listo!

Me sentía bien, aunque mareada, y pasé de nuevo al asiento delantero.

—¿Cómo vamos? —pregunté.

—No muy bien. Se nos acaba la ciudad.

Tenía razón. Los caminos se hacían más anchos y los edificios más pequeños. Las naves Buv podrían recuperar el terreno perdido pronto. Miré hacia atrás, hacia el sol naciente, y vi que sus siluetas se hacían más grandes. Me rompí la cabeza pensando en un nuevo plan, pero se me habían terminado los trucos.

—Tipolina —dijo J. Lo, pero no le estaba prestando atención. Miraba con incredulidad cómo los Buv parecían detenerse abruptamente. Parecía que daban la vuelta y se alejaban.

—Tipolina…

—¡Se están yendo! —grité—. ¡Se han dado por vencidos!

Noté que Velicioso disminuía la velocidad, así que miré a J. Lo, y luego hacia donde él miraba.

Habíamos pasado todos los edificios y rascacielos, y esto era la única cosa visible: una inmensa esfera planetaria de color púrpura suspendida en el aire, como un grano en la nariz del cielo. Tan sólo con mirarla uno tenía la sensación de haber perdido la partida.

—Eso —dije—, ¿es uno de ustedes? —no parecía una pecera, parecía una luna púrpura.

—No —respondió J. Lo—. No de nosotros.

Velicioso se había detenido por completo y J. Lo bajó del auto. Lo seguí al costado del camino. Pig ronroneó y se frotó contra nosotros, pero yo apenas estaba prestándole atención. Me senté en el césped, hipnotizada por esa cosa.

—¿Deberíamos… deberíamos irnos? —dije—. ¿Está cerca?

J. Lo sacudió su cabeza.

—No está cerca. Ser muy grande y muy lejos.

Su superficie parecía moverse. Parecía temblar y retorcerse. Pero pensé que podía ser un efecto del aire. Un espejismo.

—Creo que tienes que hablarme sobre esa cosa —le dije.

—Es una nave Gorg —dijo J. Lo—. Son los Gorg. Vienen a hacer Smekópolis suya. Los Buv pelearán, pero los Buv perderán. Y… sí… son todas mi culpa.

Su piel estaba pálida, azulada.

—¿Tiene algo que ver con la granja de antenas?

J. Lo asintió.

—Les envié una señal. No quería, fue accidente. Pero les envié señal cuando probaba las antenas.

—Debió ser una señal fuerte.

—Sí, sí. Muy fuerte. Demasiado fuerte. No apuntada correctamente. Cuando vi adónde fue, a qué parte del cielo, saber que los Gorg la podrían atrapar, pero esperaba que no atrapar.

—¿Qué decía la señal? —pregunté.

—No importar. Los Gorg hubieran venido sin importar. Hubieran venido en cuanto se enteraran de que había un buen mundo para tomar.

El viento silbaba. Tenía que controlarme para no temblar, a pesar de que hacía tanto calor que parecía un sauna.

—Es tan grande.

—¡Bah! —suspiró J. Lo—. Es de las más pequeñas.

—Pero, en serio, ¿qué mensaje enviaste? Ya no había señales de radio ni de televisión transmitiendo nada.

—No. Fue una pequeña canción. La canté para probar si las antenas la podían enviar a mi nave.

—¿Qué canción?

—Una canción para niños.

—¿Cómo es?

—No rimar en idioma humano.

—No importa.

J. Lo pensó durante un momento.

—Es así… *Los Gorg son tontos, tontos como el jabón, sus esposas son más grandes de lo que deberían ser.*

—Oh, oh —dije, mirando hacia la enorme pelota púrpura.

—Lo más gracioso —dijo J. Lo— es que los Gorg ni siquiera tienen esposas.

—Debiste contarme esto antes. Dijiste que los Buv te estaban buscando porque habías cometido un error. Esto es un maldito gran error, disculpa mi lenguaje.

—Oh —dijo J. Lo—. Oh, sí, supongo que debí contarte *todo*, como tú contarme todo sobre humanos escondidos debajo del parque de los Ratones Mágicos, ¿no?

—Eso es distinto. Esos humanos... ¡Pensé que había personas tramando un complot contra los Buv! No lo hubieras comprendido. Nunca habrías estado de acuerdo.

El sol estaba más alto e iluminaba la gran nave como una lámpara de calor sobre una albóndiga.

—Quiero decir... ¿qué pasa con ustedes? ¿No es suficiente que se hayan apropiado del mundo entero, de mi mamá y todo lo demás? ¿También tenían que invitar al Planeta Púrpura y... a la Gente Púrpura?

—Gorg —me corrigió J. Lo—, y sus pieles son más verdosas...

—¡No importa! —dije levantándome—. Verde o púrpura. Aun así es el color incorrecto de piel, y no son bienvenidos.

Respiré profundamente y pensé.

—Bueno, no debía haber dicho eso —dije—, pero aun así...

—Los Gorg se habrían enterado del planeta de todas formas. Habrían visto la televisión humana...

—Pero no lo habían hecho, así que pensaste "Hum... quizá llame a mis amigos Gorg, puede que quieran venir a mi fiesta de Vamos a Arruinarlo Todo".

—¡No son mis amigos! —gritó J. Lo. Su cara se puso color de rosa—. ¡No digas eso! ¡Los Gorg no son amigos de nadie! ¡DE NADIE!

—Está bien, está bien...

—¡Son monstruos!

—Está bien —dije.

Me senté de nuevo en el césped y nos quedamos en silencio durante un rato. Estaba un poco mareada, ligeramente agitada, y tuve lo que podría llamarse una visión. O puede que no, eso depende de ustedes. Pero pude ver a los Buv y a los humanos y a J. Lo y a mí y a mamá y a todos al mismo tiempo, y había líneas conectándonos, como una constelación. Lo vi durante un segundo, como si fuera un secreto.

—Pienso que estamos todos en el mismo auto ahora —dijo J. Lo—. No debemos tener más secreciones.

—Secretos.

—Secretos. Sí.

Inspiré y asentí con la cabeza.

—Y... —dijo J. Lo—, y tal vez sí hubiera estado de acuerdo con eso.

Me giré.

—¿Con qué?

J. Lo miró a sus pequeños pies.

—Con tus humanos conspirantes escondidos. Pienso que tal vez los Buv no debimos venir a Smekópolis... a Tierralandia.

Mantuve la boca cerrada y escuché.

—Antes de venir, el Capitán Smek y los Altos Buv nos dijeron que los humanos nos necesitaban. Que los humanos eran como animales, y que podíamos hacerlos mejor.

Enseñarlos. Nos dijeron que los humanos eran asquerosos y retrasados. Es... es lo que pensábamos.

—¿Y qué piensas ahora?

J. Lo parecía estar a punto de hablar, pero no salió nada. Abrió su boca y la cerró, y la abrió una vez más. Cruzó las manos y las piernas.

—Pienso que lo siento mucho, Tipolina —dijo.

Y yo respondí:

—Llámame Tip.

Así que, en fin. Todos saben lo que pasó después, o al menos creen que lo saben. Saben lo que pasó con los Gorg. En cuanto a lo que el Smekdía significa para mí, es esto: cada año, cuando llega el Smekdía, la Navidad, recuerdo ese día en Florida y en lo que J. Lo me dijo, y la decisión que tomé. Cómo no había nada cuando sucedió. No cayó un relámpago. Tampoco pensé: muy bien, me iré al Infierno, disculpen mi lenguaje. Sólo pensé en ayudar a un amigo.

Casi todos piensan en el Smekdía como el día en que llegaron los Buv, y como el día en que se fueron, un año después. Pero cuanto más tiempo pasa, menos me importa eso. Los Buv no eran nada especial. Sólo personas. Eran demasiado listos y demasiado estúpidos para ser cualquier otra cosa.

FIN

6 de septiembre

Señorita Tipolina Tucci

Escuela Secundaria Daniel Landry

Estimada Señorita Tucci:

Es un gran placer informarle que su redacción fue seleccionada entre más de 15 000 trabajos para ser incluida en la Cápsula Nacional del Tiempo. Su historia y punto de vista únicos hicieron que su composición destacara y fuera la favorita de muchos de los jueces. Además de eso, escribió cerca de diez veces más que sus compañeros, y nos parece un gran mérito. Adjunto encontrará su bono de ahorros, válido por dos mil dólares al cumplir la mayoría de edad, y veinte puntos de vales Taco intercambiables por un taco gratis en cualquiera de los Wall Street Taco participantes.

Esperamos que esta experiencia la inspire para seguir escribiendo. ¡Podría convertirse en una autora algún día! Muchos periódicos nacionales reproducirán fragmentos de su obra y no nos sorprendería que a alguien le diera curiosidad de leer el resto de su historia. ¿Se logró reunir con su madre? ¿Qué pasó con J. Lo? ¿Qué opina de la derrota de los Gorg a manos del heroico Daniel Landry? ¿Cuál es la moraleja de su historia?

Sé que algún día compraré su biografía.

Una vez más: ¡Felicidades!

Bev Doogan

Presidenta

Tipolina Tucci

Escuela Secundaria Daniel Landry

2° curso

EL VERDADERO SIGNIFICADO DEL SMEKDÍA

TERCERA PARTE: El ataque de los clones

La persona del comité de la cápsula del tiempo tenía razón, más o menos. No es que esté tan "inspirada" para seguir escribiendo como... obligada. Mi cerebro no deja de narrarme el resto de la historia y espero que al escribirla toda, pueda superarla.

Pero no se la mostraré a nadie. Tengo mis razones. Quizá dejaré dicho que nadie debe leer este diario hasta que la cápsula del tiempo sea desenterrada y yo ya no esté, y no tenga que hablar al respecto.

Sin ánimo de ofenderles.

Estoy segura de que ustedes son unas excelentes personas.

En cualquier caso.

***

Dejamos Orlando bajo una nube. Ni siquiera revisé el atlas; sólo conduje hacia el otro lado del sol naciente, rápido, decidida a poner distancia entre nosotros y los Buv en caso de que decidieran perseguirnos de nuevo. Nos deslizamos por las calles y carreteras, siguiendo cualquier letrero que dijera "oeste", como Lewis y Clark hacia una enorme frontera que se había vuelto de nuevo salvaje y desconocida.

Pasamos una bandada de flamencos que volaban bajo sobre la tierra mojada como sombrillas llevadas por el viento. Apenas me percaté entonces. Cuando pienso en esas aves ahora, me doy cuenta de que era la primera vez en mi vida que veía flamencos volando. No les quedaba bien; parecían travestis voladores. Pero en ese momento sólo eran otra parte de este nuevo y fantasmal país, con sus ciudades vacías y un ojo enorme en las nubes, mirándolo todo.

J. Lo seguía pálido, acurrucado en su asiento, mirando a algún punto en la distancia. Pig era felizmente ignorante al hecho de que el mundo se había terminado por segunda vez en seis meses. Se frotaba una y otra vez contra J. Lo y contra mí, tratando de obtener una reacción, hasta que se cansó y se fue a dormir a la parte trasera.

No podía conducir mucho tiempo más. No había dormido nada. Pensé que tal vez J. Lo estaría más alerta, y ya no tenía nada en contra de dejarle a él, pero cuando me asomé, lo vi recostado, llenando la ventanilla con su aliento y los ojos cerrados. Llegué hasta una pequeña ciudad llamada No-sé-qué, y encontré una chatarrería cerca de la carretera. Parecía el lugar adecuado para nosotros tres. Estacioné a Velicioso entre dos enormes montañas de ciudad desechada, y me acurruqué junto a Pig.

Con cuidado abrí la ventana para que entrara el aire. Pensé que apestaría, como cualquier vertedero, pero olía a monedas. Olía probablemente igual que la casa de la moneda de Estados Unidos, cuando aún hacía dinero.

Cuando los centavos aún eran centavos y no medallitas inútiles de cobre, como premios para un concurso de dobles de Abraham Lincoln. Cuando los billetes de un dólar no eran sólo fotografías tamaño cartera de George Washington. Fue entonces que el mal tiempo metafórico fue remplazado por uno real y las nubes se partieron y comenzó a llover. Creo que es el tipo de lluvia que sólo cae en Florida, esa lluvia que te hace querer juntar animales en pares, por si acaso. Miré por la ventana y no vi nada. La tormenta hacía que el mundo pareciera la señal de un canal de televisión por cable al cual no estás suscrito, estático y con algunos instantes de algo que te parece conocido.

Pig estaba despierta, inquieta por el golpeteo constante contra las ventanillas. Se sentó en mi regazo y amasó la piel de mi pierna con sus garras. Miramos la tormenta, miramos el viento empujar la lluvia en sábanas hinchadas, como los fantasmas de los viejos océanos.

Lo siento, siempre me pongo así cuando pienso en aquel día. Por si sirve de algo, en ese momento me quedé dormida. Más tarde, cuando me desperté, casi morimos en una inundación, así que eso sí debe parecerles emocionante.

***

No soñé nada. Sólo cerré mis ojos y cuando los abrí, un segundo después, era de noche.

Por un momento me pregunté si estaría enferma.

Mi estómago iba y venía como si estuviera en un barco.

Y cuando me preparaba para averiguar qué pasaba, la mitad de una lavadora chocó contra el auto.

Había caído por la montaña de basura y colisionó con una de las defensas lo suficientemente fuerte como para doblarla como una silla barata. Velicioso se sacudió y casi se vuelca. Había agua filtrándose por el techo y por todo nuestro alrededor. Al menos dos metros a la redonda. Flotábamos en un río nuevo, entre bancos y colinas de metal suelto. Observé, sin aliento, cómo piezas de metal alzaban el vuelo y comenzaban a circularnos como murciélagos gigantes.

—¡Dios mío! —grité—. ¡Dios mío! ¡He estacionado en un vertedero de metal durante un huracán! ¡J. Lo!

J. Lo se estaba desamodorrando lentamente, arrastrándose desde el asiento delantero.

—Miaaa… —murmuró—. ¿Qué pasar?

Pig estaba frenética. Corría por el interior del auto, esquivando los charcos de agua en el suelo, que ya estaban por todas partes.

—¡Huracán! —grité—. ¡Gran tormenta! ¡Todo está inundado y nosotros estamos flotando! ¡Y goteando! Y no lo entiendo, ¡ayer estaba tan despejado!

—Son los Gorg —dijo J. Lo, mirando por la ventana—. Sus naves, son muy grandes. Hacen que esto suceda adonde van.

En mi opinión lo decía demasiado tranquilamente. Traté de impresionarlo con la seriedad del asunto.

—Estamos *flotando* —dije—. El agua está entrando en el auto, hay metales voladores por todas partes, ¡y acaba de chocar contra nosotros una lavadora!

Casi me alegré cuando un relámpago nos iluminó y un pedazo de basura chocó contra el techo, como si eso probara lo que estaba diciendo.

—Sí —afirmó J. Lo—. Sellé incorrectamente el piso del auto. Lo siento.

—Bueno, eso no importa tanto como los pedazos de metal y las partes flotantes.

—Debemos irnos.

—¿Irnos? —dije—. ¿Dejar el auto?

Pig jadeaba. Se había quedado enganchada a la correa de mi cámara y parecía que iba a convertirse en confeti en cualquier momento.

—No —dijo J. Lo—. Irnos del vertedero, en el auto.

Me le quedé mirando.

—Tú conduces —dijo—. Yo sacaré el agua.

¿Conducir? Pensé. ¿Podemos conducir?

Me senté en el asiento del piloto y tomé los controles. De repente olvidé cómo hacer cualquier cosa. Me pareció que sería un pésimo momento para incendiar el techo accidentalmente.

J. Lo estaba hurgando en su caja de herramientas. Pig se aferró como un gorrión nervioso al borde del asiento del copiloto, con la cámara colgándole de las patas traseras. Expulsó un largo y rasposo miau que duró hasta que se le acabó el aliento, después inhaló y lo repitió de nuevo.

Poco a poco, las telarañas de mi cabeza se desvanecieron y me concentré en el auto. Comencé a llevarlo adelante, como si estuviéramos sobre tierra seca, como si estuviéramos sobre asfalto sólido que continuaba así durante muchos kilómetros y en todas direcciones. Y noté que Velicioso se movía. Pig lo notó también y comenzó a maullar en pequeñas, agudas explosiones, como la alarma contra incendios de la escuela.

—Nos movemos —dije—. El auto está nadando.

No era del todo correcto. Cuando empezamos, había burbujas alrededor de Velicioso, y cuando nos elevamos un poco —no sobre el nivel del agua, sino apenas por encima de la superficie— comenzamos a avanzar a ras del agua, no tan rápido como lo habríamos hecho sobre tierra, pero lo suficiente. Dejamos atrás el vertedero y pasamos sobre lo que parecía ser la carretera. Había un puente y apenas logramos pasar por debajo de él, como si atravesáramos un pequeño puente sobre un canal. Me recordó a algunas fotos de Venecia que había visto antes.

—¡Ja! Debería cantar algo en italiano —dije.

—Sí, por favor —contestó J. Lo mientras examinaba un objeto que había encontrado en la caja. Eran dos pequeños tubos conectados por un conjunto de pequeñas gaitas. Esperaba que fuera lo que estaba buscando. El agua llegaba hasta el pedal del acelerador.

—¿Qué? ¿En serio? ¿Cantar algo?

J. Lo sopló la gaita. No hizo ningún ruido, pero parecía satisfecho.

—Sí, por favor a cantar. Conozco muy poca música humana.

Así que canté la primera canción italiana que se me ocurrió, que resultó ser "Volare". Creo que en este punto sobra aclarar que soy una estrella de rock y que me salió fantástica.

J. Lo bajó una de las ventanillas. El viento y la lluvia golpearon dentro del auto como pequeños espíritus enojados, pero lo ignoró y sacó uno de los tubos por un costado. El extremo del otro tubo se hundía en el agua que había dentro del auto. Después J. Lo sopló en cada una de las pipas de la gaita y la bolsa comenzó a inflarse y desinflarse, una y otra vez por sí sola, bombeando como un corazón de plástico en sus manos. El agua entró a los tubos y salió por la ventana, y casi inmediatamente pude ver el charco disminuir debajo de mis pies.

—¡Pequeño y listo Buv! —grité con alegría. Creo que a J. Lo le agradó.

Después, sucedió algo. No sé por qué lo hizo Pig. Creo que estaba asustada por el agua y el viento, aunque había mucho más afuera que adentro. Pero un centenar de generaciones de extraña biología gatuna se metió en ella y brincó desde el asiento hacia la ventana. Arrastró la cámara detrás de ella y la golpeó contra el vidrio, en donde casi se queda atascada. J. Lo intentó sostenerla, pero se soltó y Pig y una vieja Polaroid cayeron en la inundación.

Inhalé con fuerza, pero antes de que pudiera gritar, J. Lo se había lanzado por la ventana detrás de ella.

De repente estaba dentro del auto, sola e incapaz de hacer nada. La lluvia golpeaba el techo como un redoble. No sabía cómo actuar. Nada de nada. Entonces, J. Lo emergió del agua como un salmón en un documental de naturaleza, y lanzó a Pig por la ventana. Estaba bien.

J. Lo se quedó agarrado con los dedos de la ventanilla un momento. Después dijo simplemente: "Cámara", y se lanzó de nuevo al agua.

Me di cuenta de a qué se refería. La cámara se había liberado de las patas de Pig y aún estaba en el agua.

—¡No! —grité demasiado tarde—. ¡Olvida la cámara!

La única respuesta que obtuve fue un estornudo de Pig. Parecía un cepillo para el cabello mojado y miserable.

La ventana seguía abierta.

—No vas a brincar de nuevo —dije—, ¿verdad?

—Miiiaaauuuu —respondió Pig.

La envolví en una toalla, lo que la hizo retorcerse y gruñir, pero al final cedió a eso y a cualquier otra humillación que tuviera preparada. Pude haberla vestido como un marinero si así lo hubiera querido.

Pero en todo lo que podía pensar era que J. Lo llevaba mucho tiempo en el agua. ¿No era así? ¿Treinta segundos? ¿Un minuto? Comencé a contar en voz baja: un cocodrilo, dos cocodrilos. Cuando llegué a sesenta cocodrilos me rendí ante el pánico.

—Está bien… está bien… —suspiré, mirando a mi alrededor, observando la caudalosa corriente—. Piensa. Piensa, piensa, piensa, piensa. ¡Necesito una cuerda!

Desparramé la caja de herramientas de J. Lo por todo el auto, buscando algún tipo de cuerda, o algo que pudiera ser utilizado como una cuerda. Debí haber prestado más atención a cualquier cosa que pareciera un sacapuntas hecho de gelatina de limón que, al aplastarlo, escupiera un hilo super fuerte con olor a *ginger ale*. Lo digo porque J. Lo tenía algo así. Me lo dijo después. Pero en ese momento estaba muy ocupada buscando una cuerda de verdad, y muy distraída para darme cuenta de que J. Lo había vuelto a la superficie y miraba por encima de mi hombro.

—Si buscar la plastidona esponjosa rosada —dijo, de repente—, está pegada en la guantera. Tendrás que usar la marrón.

Brinqué y agarré la caja, pero se volcó y todo su contenido se desparramó. Miré a J. Lo como si fuera un fantasma. El hecho de que un extraterrestre sea al menos tan extraño como un fantasma, no se me ocurrió hasta después.

—¿Qué?

—Tendrás que usar la marrón.

—Marrón. ¿La marrón qué?

—Plastidona esponjosa —dijo—. La rosa está pegada en la guantera.

Estaba ahí colgado, con los brazos cruzados sobre la ventanilla como si no estuviera cubierto hasta la cintura por agua agitada y en medio de un huracán. Me costaba trabajo tragar. Estaba segura de que se había ahogado.

—¿Por qué? —pregunté—. ¿Por qué la rosa está pegada en la guantera?

—Estaba haciendo un ruido.

—¿La plastilina?

—La guantera —dijo J. Lo mientras subía de nuevo al auto.

—Sólo para que podamos dejar esto atrás —dije—, la plastidona esponjosa es...

—Algo que aplastas en lugares para que dejen de hacer ruido.

—Claro.

—Supose que la estabas buscando. Es lo único que falta de mi caja de herramientas.

Simplemente me dejé caer y lo abracé. No lo pensé. Apreté mis brazos a su alrededor y lo abracé. Su cuerpo respondió mejor de lo que esperaba, como la masa, a excepción de una cajita dura que me presionaba la cintura. Había traído la cámara consigo.

J. Lo me dio unas palmaditas en la cabeza.

—Si es por la plastidona, aún puedes usar la marrón. Es igual de buena, pero no es rosa...

—Cállate —dije y me eché hacia atrás para mirarlo. Después me fui al asiento delantero para que no me viera

llorar—. Tenemos que llegar a tierra elevada —dije—.
Cierra la ventana.

Encontré un edificio medio construido un kilómetro más
adelante. Era un esqueleto de vigas y pisos sin terminar,
y logré llevar a Velicioso por las aberturas hasta que
estuvimos algunos pisos sobre el agua. Ahí esperamos a
que se calmara la tormenta. Lo cual tardó dos días, y J. Lo
y yo pudimos contarnos muchas cosas sobre los humanos y
los Buv. Él no entendía, por ejemplo, el concepto de familia.
Comencé a comprender por qué la abducción de mamá
nunca le pareció gran cosa.

—Así que… el humanopapá y la humanomamá hacen al
bebé ellos solos —dijo J. Lo lentamente—. Yyyy… después
de que lo hacen, ¿se lo quedan?

—Sí.

—Como una mascota.

—No.

—¿No? —J. Lo frunció el ceño, y abrió y cerró las
manos.

—No. No como una mascota. Como un bebé. Es
su bebé —dije—, así que lo quieren y lo cuidan. Por lo
general, la mamá y el papá juntos.

—¿Por lo general? —repitió—. ¿Pero no con Tip?

Era curioso escuchar a alguien preguntar esto como si
fuera cualquier cosa. No me molestaba hablar de mi papá,
pero la gente siempre pensaba que sí.

—No, conmigo no —dije—. Mi mamá me crió, por
supuesto, pero nunca conocí a mi papá, y él tampoco a mí.

—Ah, sí —dijo J. Lo—. Así es con los Buv. Nadie conoce
a sus hijos y nadie conoce a sus padres.

—¿Nadie?

J. Lo se explicó. Al parecer, de aquellos siete géneros Buv que había mencionado antes, casi todos tenían algo que ver a la hora de hacer un bebé Buv. Cuando una hembra tenía un huevo para poner, simplemente lo hacía y se marchaba. Había lugares especiales para hacerlo por todas las ciudades. Y si un chico, o chicochico, o lo que sea, veía que había un huevo que necesitaba atención, hacía lo necesario y se marchaba. Los huevos listos para convertirse en Buv eran recolectados por aquellos encargados a ese propósito. Algunos tenían el trabajo de alimentarlos y criarlos, y otros Buv los educaban. Lo más cercano a una familia que tenían los Buv eran las unidades de trabajo que se les asignaban de adultos.

—Bueno, eso es algo que nosotros hacemos mejor que ustedes —añadí—. Vivir en familia es mejor.

J. Lo meneó su cabeza tanto como un extraterrestre sin cuello podía hacerlo.

—Las familias significar que tener que cuidar de alguien más que de otros —dijo—. Pero todas las personas son buenas. Todas tener un trabajo que hacer.

No supe cómo contestar a eso.

—He visto familias humanas —agregó—. Algunos, las personas, se quedan en la familia que no gustarles.

—¿Sí? ¿Y eso qué significa?

J. Lo se encogió.

—¿Dije algo malo? Querer decir sólo que algunos humanos no viven bien con sus compañeros de familia. Los hermanos y hermanas, especiablemente.

—Ah. Sí. Algunas familias… no se llevan bien, como deberían —dije—. Algunas personas incluso odian a sus familias. Pero al mismo tiempo las aman. A pesar de todo las aman. Ustedes los Buv... ustedes...

—¿Qué?

No sabía cómo preguntar lo que estaba a punto de preguntar, así que lo hice directamente.

—¿Tienen amor?

—¡Maaa-aa-aa-aa-aa! —J. Lo se rio—. Claro que Buv amor. ¡Buv amor *todo*!

No tenía muchas ganas de discutir sobre eso, pero estaba segura de que si amabas todo, *en realidad* no amabas nada.

Cambié de tema y le pregunté sobre otras cosas Buv. J. Lo me explicó que todos los Buv podían respirar un poco bajo el agua; lo suficiente para aguantar media hora o más. Se quedó sorprendido cuando le dije que la mayoría de los humanos sólo podían aguantar unos treinta segundos.

Le reclamé que no me hubiera dicho esto antes y que me había engañado para abrazarlo, pero después lo perdoné. Estaba enardecidamente agradecido.

Podría intentar contarles todo lo que me dijo, pero dudo que pueda recordarlo todo. Además, sería mejor dejar que él mismo se los contara.

J. Lo hizo esto cuando nos fuimos de Florida. Estaba seguro de que su gente tendría que abandonar la Tierra ahora que los Gorg habían llegado, y quería que los humanos comprendiéramos quiénes eran los Buv. No podía escribir, por supuesto, pero sabía dibujar muy bien. Al parecer, los cómics eran una forma de arte muy elevada en el mundo Buv, no sólo unas historietas sobre hombres mal vestidos golpeándose los unos a los otros.

UNA HISTORIA GRÁFICA DE LA RAZA BUV

CON DIBUJOS de *J. LO*

Escrito y editado por Tipolina Tucci

Hace millones de años. 3:15...

Dios creó la vida.

El Dios del mundo Buv no es una persona, o un fantasma, o un animal. Nuestro Dios es el mar. Cubre la mayoría del planeta, creándolo y dándole forma.

Algunos Buv no creen que el agua sea Dios.

Creen que el agua es agua.

Hace 100 000 años.

Los primitivos CaverniBuv vivían en agujeros en el suelo marino.

Hace 8 000 años. Los Buv dejaron sus cavernas, inventaron la agricultura y formaron clanes. Los diferentes clanes comenzaron a pelear entre ellos.

Así estén peleando o trabajando, los Buv cooperan para que todo salga bien.

Hace 7 900 años. Se inventaron las herramientas.

Hace 7 800–6 000 años. Se inventaron muchas otras cosas, como:

La rueda

La tubaharpa espinada

La tubaharpa espinada menos peligrosa

El quitaespinas para la tubaharpa

Hace 5 000 años. El primer Buv se aventuró a pisar la tierra por una apuesta.

Por correr hasta la playa,

tocar el árbol más cercano,

y correr de regreso,

ganó cinco dólares y murió de asfixia.

No hay correspondencia humana para ello, pero la palabra Buv tiene esta apariencia:

Se pronuncia como el sonido de un bebé que llora montado en un pato que habla con la boca llena.

El sonido de un Bebé que Llora Montado en un Pato que Habla con la Boca Llena se convierte en una inspiración para la raza Buv.

Hace 4 990 años. Toca el Árbol se convirtió en el deporte Buv más popular, incluso más popular que Cuestiona con Fuerza al Superintendente o Pezgajoso.

Hace 4 980 años. Los Buv que juegan a Toca el Árbol parecen menos propensos a morir de asfixia que antes.

Hace 4 970 años...

Ver el cuadro anterior.

Hace 4 700 años... Se forman grandes escuelas de aprendizaje. Los Buv estudian ciencia, crean gran arte, la industria crece diseminando su tinta de pulpo por las aguas.

Hace 3 000 años. Todos los clanes se unen bajo los Altos Buv. Los Altos Buv son nuestros líderes y sacerdotes del mar. Consagran Toca el Árbol como un acto sagrado al que sólo los Altos Buv pueden jugar.

En cualquier caso, muchos Buv continúan jugando a escondidas.

Hace 2 000 años. Los Altos Buv cierran muchas escuelas porque

El Dinero se Necesita en Otra Parte.

A los Buv se les pide no preocuparse por aprender cosas sin importancia. A los Buv se les dice que deben aprender sólo una cosa útil que puedan hacer una y otra y otra y otra vez para darle significado a sus vidas. Los Altos Buv elaboran pruebas para averiguar a cuáles Buv se les debe enseñar más y a cuáles no se les debe enseñar nada porque

El Dinero se Necesita en Otra Parte.

Hace 1150 años. Algunos Buv a los que les enseñaron muchas cosas anuncian que la industria está contaminando las aguas del mundo Buv.

Estos científicos predicen que pronto los océanos no podrán albergar vida, a menos que cambien las cosas.

Hace 1149 años. Los Altos Buv declaran que esas advertencias sobre contaminación no pueden **ser probadas,** así que nada debe cambiar. Los científicos que declararon eso son declarados **malos-malos** por llamar sucio a nuestro Dios. A estos Buv se les nombra como **los Olvidados** y son exiliados a la superficie para siempre. Algunos mueren de asfixia. La mayoría no.

Hace 1003 años.

Dios muere de asfixia.

Hace 1002 años. Muchos Buv están muy enfermos. Las aguas no pueden albergar más vida. Los Altos Buv declaran que nuestro Gran Destino es vivir en tierra. Todos los Buv juegan una partida de Toca el Árbol de la que no se puede regresar.

Algunos mueren de asfixia. La mayoría no.

Hace 1001 años. La vida en la superficie es difícil. Los Buv no saben cómo vivir.

Los Olvidados encuentran en apuros a los Buv y les enseñan cómo desenvolverse en tierra firme.

Los Olvidados ya son diferentes.

Su piel es de un gris más oscuro y su idioma ha cambiado.

Han construido un mundo propio.

Hace 1000.8 años. Se les pide a los Olvidados que se vayan porque **se necesita a los Olvidados en Otra Parte.**

Hace 500 años. La sociedad Buv ha alcanzado un **asombroso pináculo de grandeza**. La mayor parte del mar vive de nuevo, pero los Buv se quedan en tierra.

Viven en ciudades majestuosas y usan a los **kuvish oreja larga** como ganado.

Si antes los Buv hacían cosas, ahora son las cosas las que hacen cosas.

Los Buv tienen carreras fabulosas registrando las cosas que hacen, o han hecho, las cosas para ellos.

47% de los Buv son estadistas.

No estadistas
Otros
Estadistas

El 18% trabaja para determinar de qué color deben ser las cosas.

Hace 400 años. El arte es remplazado por el entretenimiento.

Hace 350 años. El entretenimiento es remplazado por Hablar Sobre el Entretenimiento.

Hace 325 años. Hablar se lleva a cabo entre grandes distancias, por teléfono o computadora. La comunicación cara a cara se lleva a cabo, en su mayoría, a través camisetas.

de LOS EQUIPOS de PEZGAJOSO, YO APOYO al GRAN BIGFIELD KUVISH

HÁBLALE A LA MANO

(cont. del frente) Y ÉSTA ES LA PARTE DE ATRÁS

Mi camiseta es la más GRANDE

NO.

Hace 300 años.
Los científicos
Buv intentan
mandar al primer
kuvish al espacio.
El kuvish, llamado
Melocotones, se
suelta en la cabina
y cae encima
de un botón rojo
etiquetado con
la palabra **NO.**

La cápsula explota
antes de dejar
la atmósfera.

Hace 296 años.
Segundo intento.
Un kuvish amarrado
llamado Piscinas
llega al espacio.

En el espacio no hay aire.
Piscinas muere
de asfixia.

Hace 294 años.
Tercer intento.

Un kuvish amarrado llamado Jamones,
con tanques y máscaras de oxígeno,
entra al espacio e impacta
contra una cápsula
de un planeta
vecino que va
en la dirección
opuesta.

Hace 293 años.
Los científicos dejan
de ponerles nombre a los kuvish.

Hace 292 años.
Un kuvish anónimo
va al espacio, da dos vueltas
al mundo de los Buv y entra
correctamente al océano.
El kuvish es recuperado de la
cápsula, vivo pero enojado.
Le dan una buena comida
y un desfile, durante el cual
muere por causas naturales.

Hace 285-106 años. El primer Buv que llega a la Luna recupera un frisbee que cayó allí hace mucho.

Los Buv viajan a muchos planetas nuevos y hacen muchos nuevos amigos. Los Mahpocknaph'ns, en su planeta desértico, les enseñan tecnologías que llevarán a los Buv a desarrollar la clonación por teletransporte.

Hace 105 años. Los Buv conocen a una nueva raza que no quiere ser su amiga.

Se les conoce como los Tomadores.

Hace 22 años. Los Tomadores toman el mundo Buv. Los Buv deben explorar la galaxia.

Hace 6 meses.
Los Buv llegan a la Tierra. Más tarde, un Buv llamado J. Lo le hace una hilarante llamada accidental a los Tomadores, por la cual se siente Muy Arrepentido. Un poco después, tal vez se vayan los Buv. Los Humanos conseguirán entonces apasionantes trabajos como taburetes para los Tomadores.

FIN

***

Al final de la segunda noche ya estábamos intentando aprender el idioma del otro. J. Lo ya hablaba el mío bastante bien, por supuesto, pero también quería aprender a leer y escribir. Incluso dijo algo relacionado con que *tenía* que aprender a leer y escribir el idioma humano. Me preguntaba a qué se refería. Parecía como si estuviera pensando en quedarse en la Tierra aun cuando los Buv se hubieran marchado. Sabía que tenía miedo de enfrentar a su gente, pero aun así esperaba que se lo tragara y regresara con ellos en algún momento.

En cuanto a mí, no había manera de que pudiera aprender a hablar Buv. Según J. Lo, no tenía la anatomía para hacerlo. Le dije que sólo nos hacía falta una oveja y un poco de envoltura de burbujas, pero J. Lo no tenía ni idea de qué estaba hablando.

Él pensaba que quizá podría *entender* buvish algún día y que tal vez podría aprender a leer y escribir. A mí me llamaba especialmente la atención eso de escribir con burbujas en el aire. Era bonito, una vez que te acostumbrabas a ello.

—De acuerdo... —dije, sosteniendo con firmeza la jeringuilla para condimentar pavo—, si pongo una pequeña burbuja aquí...

—No. No —dijo J. Lo, y alcancé a ver que escondía una sonrisa detrás de su rostro, lo cual debe haber sido un gesto humano que aprendió, porque las sonrisas buv miden casi un metro de ancho y sus manos son del tamaño de wantán chinos.

—Esta burbuja deber traspaparse.

—Traslaparse.

—Sí. Tras-la-parse —dijo—. La burbuja pequeña deber estar encima de la burbuja grande.

Intenté de nuevo, pero apreté demasiado fuerte.

—¡Muy grande! Muy grande —dijo J. Lo, y ahora su mano de wantán trataba de contener una carcajada, que resonó como si estuviera tocando una trompeta.

—Vamos —dije—, no puede ser *tan* gracioso. Estoy esforzándome de verdad.

—Sí... sí. Lo siento —dijo, dando brincos—. Es sólo que no escribiste "Tipolina" sino una grosería para decir "codo".

—¿Los Buv tienen una grosería para decir "codo"?

—Sí.

—Son una raza muy adelantada.

—¿Ves? Lo dije.

—En cualquier caso —respondí, y dejé la jeringuilla—. TÚ no tienes autoridad para reírte, eso es todo. No se me da peor el buvish que a ti el inglés.

—Sal del auto —exclamó J. Lo—. Yo ser una superestrella del inglés.

—No, no. No hay comparación. "Tipolina" en buvish escrito tiene diecisiete burbujas distintas, y todas deben estar en el lugar adecuado y ser del tamaño adecuado. "J. Lo" en inglés escrito sólo tiene tres letras, y aun así lo deletreaste: "M-carita feliz-gato".

Un relámpago cayó de nuevo. Ya sonaba a mucho ruido y pocas nueces. La llovizna era tan ligera que estábamos sentados en el techo del auto. Bajé y miré abajo del edificio, hacia la inundación que había debajo de nosotros. Me hizo pensar en alguien más que se hubiera encontrado en un lugar elevado después de que parara la lluvia.

—Te lo *dije* —dijo J. Lo—. *No* era una "carita feliz". Era un "cinco".

—Sabes —dije—, hay una historia en la Biblia sobre una inundación. Dios le dice a este tipo llamado Noé que construya un barco lo suficientemente grande para su familia y para una pareja de cada animal de la Tierra. Después, llueve durante cuarenta días y cuarenta noches.

—Hum. Eso ser muy interesante —dijo J. Lo—. Los Buv tenemos una historia de religión sobre una niña que guarda a todos los animales en un frasco con agua para cuando llegue un año *sin* lluvia.

—¿Y pasan bien el año?

—No. Se le olvida hacerles agujeros al frasco y se mueren de asfixia.

—Oh.

Pronto estaría lo suficientemente seco como para partir. El agua había bajado, dejando una marca como de bañera en cada edificio de la ciudad. Las nubes se comenzaban a partir y agujas de luz solar se colaban entre ellas. De nuevo se podía ver perfectamente la gran nave púrpura de los Gorg.

Me imaginaba cómo habría sido para Noé, pensando que la lluvia había cesado y lo peor había pasado, y sin embargo aún tenía una familia y cerca de un millón de animales que bajar de una montaña. Además, debía encontrar un lugar para vivir, y construir un techo, y comenzar todo el mundo de nuevo.

—Cuando era niña —dije, sentándome—, las paredes de mi cuarto estaban empapeladas con imágenes de la historia de Noé.

—¿Imágenes de cuarenta días de lluvia?

—Bueno, no —respondí. Ahora que pensaba en ello, ese papel tapiz no tenía ninguna imagen de la lluvia. ¿No se supone que la lluvia era la parte más importante de la historia?—. No, tenía imágenes del arca de Noé. Su barco. Elefantitos y cebras adorables y ese tipo de cosas. Es una historia muy popular entre los niños, supongo que por los animales.

—Personas chiquitas como los animales —J. Lo, asintió y cruzó las manos—. Así es también con los Buv.

—¿Sabes qué me parece muy extraño? Es extraño que el arca sea una historia tan popular para los niños. Quiero decir… Es una historia sobre la muerte. ¿Y las personas que no eran de la familia de Noé? Muertos. ¿Los animales que no formaban parte de las parejas elegidas? Muertos. Todos mueren en la inundación. Miles de millones de criaturas. Es la peor tragedia de todos los tiempos —terminé con mi voz hecha un nudo en mi pecho. Había hablado muy rápido sin respirar, y tuve que tragar un poco de aire antes de seguir hablando—. ¿Qué *demonios* —agregué—, disculpa mi lenguaje, hacía eso en mi pared?

J. Lo me comprendía lo suficiente como para no decir nada. Miré hacia el oeste en silencio y vi miles de kilómetros de tierras baldías entre nosotros y Arizona, con tan sólo un terrible nuevo dios púrpura que lo vigilaba todo.

La mano de J. Lo estaba de repente en mi hombro, y dijo:

—Arcoíris.

Miré hacia arriba. Primero a él y después al cielo, hacia donde apuntaba.

—Doble arcoíris —dijo—. Éstos ser de buena suerte. He extrañado los arcoíris. En el mundo Buv los tenemos todos los tiempos.

Era un arcoíris perfecto, deslumbrante, que se alargaba por todo el horizonte occidental como una puerta. Era tan hermoso que parecía falso. Encima de ése había otro, uno más débil, exhalé y pensé: "Claro. *Claro* que hay un arcoíris. Ya era hora". Nos sentamos y lo miramos durante diez minutos. Miré hasta que no pude aguantar estar sentada un segundo más.

Me paré de un salto.

—Deberíamos irnos, ¿no crees? ¿No te parece que es seguro partir ahora?

J. Lo me miraba de una manera rara. Quizá se preguntaba por qué sonreía.

—Sí. Estoy pensando que sí. Es seguro. Es seguro partir ahora. Tenemos una enorme distancia que recorrer, después de todo —dije, dirigiéndome al auto—. Nos llevará por lo menos un par de días llegar a Arizona. Y una vez allí, tendremos que ayudar a todos a deshacerse de los Gorg. O los Tomadores. Como sea que quieras llamarles.

—Des... ¿deshacerse?

—Lo haremos —dije, mirando a J. Lo directo a los ojos—. Creo que lo haremos. Pero yo... nosotros... sabes... necesitaremos de tu ayuda, tal vez.

—Sí, muy bien.

El sol ya estaba pegando fuerte, y las aves comenzaban a probar su vuelo. Una brisa fresca que olía a monedas me acarició la cara. Regresamos al auto y lo llevé por la construcción, aterrizando una y otra vez en gruesas capas de lo que fuera que hacía flotar a Velicioso. Cada vez que descendíamos un piso más abajo, mi estómago saltaba como si tuviera un conejo dentro de él. Al menos una vez no pude resistir reírme. Y cuando llegamos a la superficie de la enorme piscina que era Florida, di la vuelta al oeste y aceleré hacia un día hermoso que me parecía, cada vez más, una promesa.

***

8 cosas que siempre quisiste saber sobre los Gorg pero te daba miedo preguntarles a los Gorg porque los Gorg podrían darte un puñetazo en la cara:

¿ESTABAS QUE LO SABÍAS?

1 Muchos piensan que "Gorg" es el nombre de una raza, o de una especie. ¡Es un error común! Son conocidos en toda la galaxia como **los Tomadores**...

... pero el verdadero nombre de su raza es **Nimrog**.

NIMROG

Y cada miembro de la raza se llama **Gorg**.

¡HOLA, ME LLAMO **GORG!**

Espero que esto lo aclare todo

2 ¿CÓMO SON DE GRANDES?

Los **Gorg** miden cerca de dos metros y medio, y pesan un kilobuv. En el sistema de medición Gorg, miden un gorg de alto y pesan aproximadamente un gorg.

3

Los Gorg huelen como un racimo de lilas...

con un poco de canela...

enterrado bajo un montón de comida putrefacta para perro.

4

Las lenguas primitivas de los Nimrog estaban basadas en golpes. Gran parte de este idioma ha sido redescubierto y estudiado. A la derecha y abajo se encuentra la conjugación en Nimrog Antiguo del verbo "golpear".

"YO GOLPEO"

"TÚ GOLPEAS"

"NOSOTROS GOLPEAMOS"

"ÉL, ELLA, ELLO GOLPEA"

Con el desarrollo de la cultura Nimrog se formaron nuevas lenguas con empujones y bofetadas suaves.

5 Durante mucho tiempo, los Nimrog sólo fueron un peligro para otros Nimrog. Pelearon los unos contra los otros en una guerra civil de trescientos años que se cree comenzó por un lugar de estacionamiento.

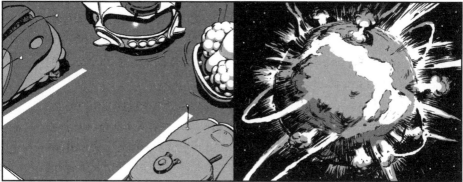

6 Cuando los Nimrog comenzaron a llegar a otros mundos, usualmente lo hacían para tomar, algunas veces para intercambiar. Cuando sus guerras terminaron, los Nimrog, ahora todos Gorg, se decidieron a patrullar otros planetas. Atacaban planetas que decidían que tenían malos gobiernos, para liberar a la gente que vivía ahí. Pero muchos se dieron cuenta de que sólo invadían planetas famosos por sus buenos restaurantes.

¿DÓNDE VIVIRÁN LOS GORG?

■ GORG
□ AGUA

¿ESTABAS QUE LO SABÍAS?

Si tomaras a cada Gorg de la galaxia y los pusieras uno encima del otro, los Gorg te matarían.

7 Todos los Gorg son zurdos.

8 A todos los Gorg les gustan los musicales.

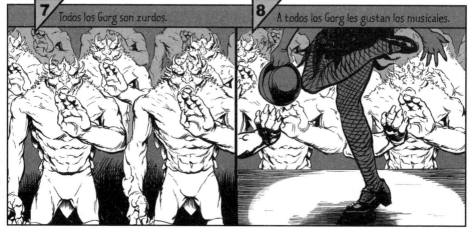

—Lo siento, pero *todavía* se tuerce un poco a la izquierda —dije mientras conducía a Velicioso a través de un punto en medio de la nada, en Texas. J. Lo había hecho una nueva defensa con el costado de un basurero verde, pero no estaba bien ajustada.

—Sí. Ya saber qué estar mal. Estaciona para arreglar… ¡AHHH! —dijo repentinamente—. ¡Diecisiete! Apuntaba con la mano a otro armadillo. No se hartaba de ellos.

—¿Qué te pasa con esas cosas? —pregunté.

—Ah. Se parecen a algo que tenemos en el mundo Buv.

—¿Esas cosas kuvish que mencionaste?

—No —dijo J. Lo—. El kuvish oreja larga es más alto. Con nariz corta. Y pelo largo y rizado.

—¿Entonces hay un kuvish de orejas cortas?

—Humsí… —dijo J. Lo—. Pero técnicamente no ser kuvish. Más como una calabaza cantante.

Teníamos este tipo de conversaciones todo el tiempo, en las que, en algún momento, me rendía.

Me salí del camino y bajé por una rampa que terminaba justo a un costado de un estacionamiento de un MicrocosMart. Conduje hacia la entrada de la tienda, que estaba cerrada con una gran puerta de seguridad. Resultaba interesante, porque pensé que podría haber cosas adentro.

—Veinte minutos —dijo J. Lo mientras abría su caja de herramientas. Esto podía significar cualquier cosa. O J. Lo era una de esas personas sin noción del tiempo, o en realidad no sabía cuánto media cada minuto. Me agaché para echar un vistazo al candado de la puerta.

Era como un seguro de bicicleta. Necesitaba una llave cilíndrica y no podía ser forzado con un pasador de pelo.

Volteé hacia J. Lo y grité:

—Pásame esa cosa morada.

—¿Cuál?

—Hum, diantres. Ya sabes, la cosa morada. Con las cositas.

J. Lo buscó en su caja y me lanzó lo que quería.

—Gracias.

—No hay de qué.

Metí el extremo angosto de la cosa morada en el candado y presioné una de las cositas. Un líquido negro llenó el agujero. Después de un par de segundos se había endurecido, giré la nueva llave y abrí la puerta.

—Voy a entrar —dije.

J. Lo no alzó la cabeza.

—Averigua si hay crema de afeitar —dijo.

—¿De qué sabor?

—Frescor de Montaña.

Entré a la tienda y comprobé que tenía razón: aún había mucha mercancía en los estantes. Pude haber llenado el auto con todo tipo de cosas. Pero sólo llené una canasta con las que realmente necesitábamos: comida, agua, un cepillo de dientes para J. Lo para que dejara de usar el mío, uno nuevo para mí, y demás.

Esta vez, veinte minutos equivalieron a algo como un minuto y medio porque me encontré a J. Lo en el pasillo de papelería con los brazos llenos de basura que no necesitábamos.

—¿Qué es todo esto? —dije—. ¿Eso es un palo de hockey? ¿Para qué necesitamos un palo de hockey?

—No sé —dijo J. Lo—. Me *gusta*.

179

—Es porque eres un chico —dije—. Los chicos siempre quieren llevar palos. Es como una enfermedad. ¿Y esto otro?

Me refería a un pliego de papel, plumas, lápices y un sacapuntas brillante con forma de cabeza de rana.

—Es para dibujar. No dibujar en mucho tiempo.

Sabía que esto era importante para él.

—Bien. Pero todo aquello no.

—Tú tener cosas.

—Tengo cosas que necesitamos —afirmé—. Mira, sé que antes agarraba cualquier cosa, pero ahora es distinto.

—¿Por qué?

—Eso fue antes de decidir que nos íbamos a deshacer de los Gorg… antes de saber que la gente regresaría a sus casas, esperando que sus cosas siguieran ahí. Ahora es como robar. Sólo podemos tomar lo necesario.

—Ohhh —dijo J. Lo—. Necesitamos esto —sostenía una gorra de béisbol con un ventilador de baterías colgando de la visera.

—Eso ni siquiera te cabe en la cabeza.

J. Lo frunció el ceño.

—¿Va en la cabeza?

—Vamos —dije—. Debemos irnos.

—Pero necesitar el ventilador para el calor de Arizona. Tu auto no tener aire de condiciones.

—No tiene *aire acondicionado* —dije— porque te bebiste todo el Freón.

J. Lo dejó la gorra.

—Deberíamos irnos.

Salimos, encandilados por el sol, y cerré la puerta de seguridad.

—¿Sabes? —dije mientras regresábamos a Velicioso—, simplemente podrías clonar más Freón.

Salimos por la rampa a la carretera.

—Nah —dijo J. Lo moviendo el brazo—, nunca me sale tan rico. ¡АHHH! ¡Dieciocho!

—Es el mismo de antes.

—Oh.

Era de noche cuando decidimos cambiar la ruta. Conducíamos hacia la puesta de sol. En verdad puedes hacer eso en el Oeste. Las puestas de sol son distintas aquí que en Pensilvania. El sol se aferra con un poco más de fuerza al día, y debe ser arrastrado con un grito, con una especie de belleza enojada que hace que el cielo se extinga en rosados y anaranjados y violetas. Es como de fantasía. Puedes observar el día volverse una flama a través de la ventanilla de un auto como si lo estuvieras viendo en televisión, con gruesos rastros de nubes como serpentinas, y una luz esplendorosa, y no puedes evitar pensar que quizá sea un poco demasiado, ¿no? Bueno, no hay que exagerar. Pero la siguiente noche sucede de nuevo, más brillante.

Esa noche el sol se puso, peleando como siempre, y J. Lo comenzó a bostezar forzadamente, y yo lo ignoraba porque El Viaje se Estaba Volviendo Muy Largo. Texas parecía ser todo lo que jamás había existido y lo que existiría por siempre, y yo estaba nerviosa. He leído sobre buzos que enloquecen sólo al pensar en toda el agua que tienen encima de ellos, debajo de ellos y a su alrededor; se sabe de algunos que han perdido la cabeza de repente, se han quitado el tanque de oxígeno y han pataleado con desesperación hacia la superficie. Me estaba sucediendo algo similar, tuve que luchar contra la urgencia de detener el auto, saltar por la puerta y echarme a correr.

Vaya, ¿a quién se le ocurrió que un estado de ese tamaño era una buena idea? Es simplemente arrogante.

Quería llegar lo más lejos posible antes de que tuviéramos que parar a descansar. El auto se detuvo repentinamente y pensé que el sol se estaba poniendo de nuevo, pues una pelota brillante comenzó a emerger hacia nosotros y hacia el horizonte, *rápidamente*. Después llegó otra y vi que tenía una cola de mangueras. Naves Buv. De las grandes, como enormes peceras de luz. Había una tercera y una cuarta, avanzando hacia los Gorg. Era difícil distinguirlas porque a esa hora de la noche la nave Gorg sólo se veía como un gran disco de oscuridad que tapaba las estrellas.

Miré a J. Lo. Estaba alerta, sin más bostezos falsos ni ojos cansados.

Miré atrás hacia el horizonte.

—Probablemente les están disparando —dijo.

—¿Te refieres a los Gorg? ¿Ellos están disparando?

—Los Buv —contestó—. Probablemente disparan a los Gorg. No podremos verlo.

Supe a qué se refería. Las pistolas Buv no emitían ninguna luz, y la nave Gorg estaba demasiado oscurecida como para saber si le hacían daño. Pero después alcancé a ver un rayo de luz en el gran círculo de oscuridad.

—¡Ja! Helo ahí —dije—. ¡Le dieron! Se vio el...

—No —dijo J. Lo.

Después, una nave Buv, apenas visible en la distancia, explotó como un foco. Explotó demasiado cerca de otra nave y ésa comenzó a sangrar luz mientras se hundía lentamente, como una burbuja de jabón hacia la tierra. Desde ahí no se podían escuchar los disparos de los Gorg, pero la destrucción de cada nave Buv era sonora como fuegos artificiales dentro del cráneo. De repente, las armas Buv, que siempre me habían parecido tan siniestras, resultaban ser máquinas de matar inofensivas.

—J. Lo... yo...

Salió otro rayo de los Gorg, y dos segundos después cayó otra nave. La cuarta dio la vuelta rápidamente hacia nosotros, pero no sirvió de nada. Un rayo más y la pecera luminosa se llenó de fuego que consumió cada una de sus mangueras como cigarrillos.

Me había detenido sin querer.

—Me gustaría seguir manejando —dijo J. Lo.

Antes de que pudiera contestar, un rayo más apareció en la oscuridad.

—Qué raro —dije—. Dispararon de nuevo, pero no hay...

La explosión se sintió fuerte en el suelo, a unos veinte metros de Velicioso, y levantó una nube de polvo y hierba que nos llovió encima mientras rodábamos por el impacto.

Pig gritó y brincó por la cabina. Un momento después estábamos de nuevo en pie, con una ventana rota y sin una defensa. La nueva, por supuesto.

—¡AAAAAAAAAAAHHHHHHHHHHHHHHHHHHHHHHHHHH! —gritó J. Lo. ¡ManejaManejaManejaManejaManeja!

Me salí del camino y entré en el desierto. Velicioso comenzó a avanzar lentamente, demasiado lentamente, pero una explosión de los Gorg nos dio un impulso.

—No... no nos están disparando a *nosotros*, ¿verdad? —pregunté. No podía creerlo.

—Oh, no —dijo J. Lo—, sólo nos están gastando una bromita... ¡SÍ, SÍ NOS ESTÁN DISPARANDO!

Los Gorg corroboraron lo dicho por J. Lo al destruir una pequeña montaña a nuestra izquierda. Logré esquivar la explosión y aceleré.

—Pero... ¿desde ahí? Nos están disparando desde, no sé, ¿México?

Una tienda de autoservicio delante de nosotros se volvió una nube en forma de hongo hecha de llamas y revistas viejas. J. Lo señaló hacia ella impacientemente.

—¡Bien! ¡Bien! —grité—. ¡Nos están disparando! Pensé que tal vez era una coincidencia.

—Oh, sí. Siempre tener que tener la razón. Si *Tipolina* dice que es una coincidencia...

Una explosión más puso a Velicioso a dar giros sobre la parte trasera y me ahorró el resto de la perorata de J. Lo.

—¿Supergasolina? —dije, mareada.

—¡No hay más! Ni siquiera para clonar.

—¿Qué hago?

—¡Sólo sigue manejando! Pronto nos perderán —se escuchó una explosión más, a lo lejos—. Somos tremendamente afortunados de ser pequeños y difíciles de alcanzar. Seguramente los Gorg nos vieron porque los Buv volaron muy cerca de nosotros.

Las explosiones se detuvieron. Pero yo seguí conduciendo hacia el desierto, arreando una manada de coyotes asustados delante de mí. Miré hacia atrás para controlar a Pig, que se limpiaba con despecho en el suelo. Después miré a J. Lo.

—Lo siento —dije. Era tan tonto decir eso.

—Sí —dijo J. Lo—. No deberíamos intentar pelear así. Nunca ha funcionado.

—No pudimos ver la nave Gorg. Quizá los Buv le hicieron algún daño.

J. Lo no contestó.

—Ya se nos ocurrirá algo nuevo —dije—. Tal vez tu gente y mi gente hallarán una nueva manera en conjunto.

J. Lo sonrió un poco, rápidamente, y después miró hacia el frente de nuevo.

—Tener que conducir más al norte. Tenemos que poner más distancia entre nosotros y los Nimrog.

—Claro —dije—. ¿Qué?

—Tenemos que manejar más…

—¿Ahora hay Nimrogs también? —pregunté—. ¿Ésos quiénes son?

J. Lo jugueteó con la radio para echar su asiento hacia atrás.

—Todos los Gorg son Nimrogs. Todos los Nimrogs son ahora Gorg, también, pero no siempre ser así.

—Ni siquiera me puedo imaginar de qué estamos hablando.

—Hablamos de la raza Nimrog. Tip dice que se va a deshacer de ellos.

—Sí —suspiré. De repente sentí como si hubiera prometido levantar un caballo sobre mi cabeza—. Pero... ¿qué es Gorg?... ¿es como un apodo?

—No. Gorg es su nombre real. Tipolina es el nombre real de Tip —dijo, y después hizo un ruido como de cantante tirolés ahogándose—. "YOOOhooodraaaEEHó" es el nombre real de J. Lo. Tomadores es su apodo. Tienen otros apodos; siempre les son puestos. Algunos los llaman pedoos, disculpa mi lenguaje.

Traté de mantener la calma.

—Así que todos los Nimrog... todos... ¿se llaman Gorg?

—Sí.

—¿Todos?

—Todos, sí.

—¿Cuántos... son? —pregunté.

—¿Cuántos Nimrogs?

—Cuántos Gorg.

—Son la misma cosa.

—¿Por qué preguntar entonces?

—Hay muchos, muchos Nimrogs. Tantos como ellos quieran. Siempre pueden hacer más.

—Juro que voy a estrellarme contra un coyote si no comienzas a decir algo que tenga sentido.

—Ah —dijo J. Lo—. Hum. Ahhh... hace mucho tiempo, antes de que Tip naciera... ¿Cuántos años tienes?

—Once y medio.

J. Lo resolló y se sentó derecho.

—¡Once! ¿Tan sólo tienes once años? Cuando yo tenía once años apenas salía de mis trajes inflables de entrenamiento.

—Volvamos a los Nimrog —le apremié.

—Sí. Los Nimrog tuvieron una vez muchos nombres. Como los Buv. Como los humanos. Pero los Nimrog son tan horribles que no se pueden llevar bien ni siquiera entre ellos. Se pelean por tierras, por ideas. Cuando todas las tierras son de un grupo de Nimrogs que piensan igual, encuentran razones para pelear de nuevo. Los diestros pelean con los zurdos. Luego los zurdos a los que no les gustan los musicales pelean con los zurdos a los que les gustan. Y asís. Un día sólo quedan dos Nimrogs, llamados Aarfux y Gorg. Un día, Aarfux cae en la vieja broma de "tu agujeta está desatada", y luego sólo queda Gorg.

—Gorg —repetí—. Sólo había un Nimrog llamado Gorg.

—Entonces sí. Antes había otros muchos Nimrogs llamados Gorg. Gorg era un nombre popular, como Petra.

Ardía en ganas de decirle que Petra no es ni un nombre popular ni de niño, pero sentía que por fin llegábamos a algún lado.

—Pero entonces… los Gorg… los Nimrog siempre… —me perdí—. ¿Cómo hizo Gorg otros Gorgs?

—Se clonó. Con máquinas de teleclonación. Como con la que hago gasolina.

—Pero dijiste que eso era imposible.

—Imposible para los Buv —suspiró J. Lo—. Los Nimrog encontraron la manera. Tomaron los teleclonadores Buv y los modificaron.

—¿Cómo consiguieron teleclonadores Buv?

—Se… los dimos.

—¡J. Lo!

—Lo sé, lo sé.

J. Lo explicó que fue una buena estrategia en su momento. Muchas de las guerras de los primeros Nimrog ocurrieron por recursos como el combustible. Era común que los Nimrog que estaban perdiendo destruyeran su comida y combustible para que no cayeran en manos enemigas. Los Nimrog se deshicieron de todo lo bueno en su planeta de esta manera. Así que distintos grupos comenzaron a atacar otros planetas, robando lo que podían. Los Buv pensaron que las máquinas de teleclonación podían detener todo eso; si los Nimrog podían clonar lo que necesitaban, no tendrían que salir de su casa. Así que los Nimrog tomaron las máquinas y prometieron quedarse en su vecindario. Funcionó un tiempo, pero de alguna manera comenzaron a clonar y teletransportar cosas complicadas. Nadie sabe cómo lo hicieron.

"Al principio sólo clonaron y teletransportaron cosas muertas, como comida. Ningún Nimrog quería ser el primero en probar. Pero cuando Gorg se quedó solo en el planeta, no tenía nada que perder —dijo J. Lo—. Gorg se volvió el peor enemigo posible. Había sobrevivido a todos los otros Nimrog. Era el más rudo y fuerte. No contraía enfermedades y ni siquiera se cansaba. Y sólo tenía que instalar una máquina de teleclonación en un planeta y pronto habría cien Gorg, o un millón. Podían tener Gorg por todas partes. Podían cubrir sus naves con ellos.

—Espera —dije—, me he perdido.

—¿Sí?

—¿Cubrir sus naves...? —dije, y se me hizo un nudo en la garganta. Recordé cómo parecía que la superficie de la gran pelota Gorg se movía. Su piel parecía reptar, pensé, justo como la mía ahora—. Quieres decir que...

—Sí —dijo J. Lo—. La piel de la nave está hecha de Gorgs. Gorgs mezclados, como con una licuadora. Ni siquiera es tan dura —no es dura como los plásticos o metales de los Buv—, pero se cura. Pueden hacer y hacer más piel para remplazar la vieja...

J. Lo dejó de hablar cuando vio la expresión en mi rostro. Quería escapar del auto y echar a correr, ahora más que nunca, pero aún habría todo un océano negro de estrellas alrededor, acercándose más y más.

—¡Esto es lo más asqueroso del mundo! —le grité a la despejada mañana desértica.

Me había dormido pensando en una nave cubierta de piel y me había despertado pensando en una nave cubierta de piel. En medio había soñado que era capturada por los Gorg, y todos se parecían a Ricitos, del Reino del Ratón Feliz. Exigían saber cómo flotaba Velicioso. Así que yo abría el capó, y el motor se había convertido en tripas y órganos que palpitaban y gruñían de hambre. He tenido mejores noches.

—¡Lo más asqueroso! —dije de nuevo—. Míralo. Míralo ahí atrás. Está más cerca que ayer, ¿no es así?

J. Lo, que manejaba, miró por el espejo retrovisor.

—Sí, creer que más cerca.

Nos habíamos hecho camino a través del desierto hacia otra carretera ancha. Era de seis carriles, con un muro de división tan grande que podía albergar su propia tienda de regalos. Pasamos edificios con forma de caja y anuncios espectaculares de cadenas de restaurantes. A un costado de un centro comercial muy antiguo, que supongo era o un centro comercial que vendía antigüedades o un centro comercial muy viejo, había una cita pintada con aerosol:

Así es como termina el mundo,
así es como termina el mundo,
así es como termina el mundo,
no con una explosión, sino con un lamento.

T. S. Eliot

Me hizo sentir rara.

—¿Qué sucederá cuando los Gorg se acerquen más?
—pregunté—. ¿Qué van a hacer?

J. Lo suspiró.

—Cuando lleguen a Smekóp… a Tierralandia, se llevarán a los más jóvenes y fuertes como esclavos, y a los menos jóvenes y fuertes como muebles.

"Después a la nave Gorg le crecerá una boca

y devorará el mundo y a la gente que quede,

y teletransportará enormes pedazos de tierra al mundo Gorg, como si se estuviera comiendo una manzana."

Miré de nuevo a la nave Gorg. Definitivamente estaba más cerca. Pero parecía que los Buv le habían hecho algo de daño; tenía cicatrices largas y rojas, y pedazos de algo que parecía papel higiénico pegado con sangre sobre la superficie. También podía ver a lo lejos decenas de naves Buv navegando por el aire como calamares brillantes.

—Los Buv intentarán contenerlos ahí todo lo que sea posible. Tal vez semanas, tal vez meses.

—En la siguiente a la derecha —dije.

—Sí.

Salimos del pueblo hacia la gran nada de nuevo. Ni siquiera estaba segura de en qué estado nos encontrábamos, hasta que pasamos un letrero que decía: ROSWELL 25 KM.

—Hum. Qué chistoso —dije.

—¿Gracioso extraño, o gracioso ja, ja?

—Un poco ambos. Ese letrero dice que vamos a pasar por Roswell.

—¿Sí? —dijo J. Lo mirando el camino—. ¿Una ciudad?

—Supongo. Pero es famosa por ser el lugar donde, supuestamente, se estrelló un OVNI hace... como sesenta años o algo así.

—¿Qué es un OVNI?

Era una locura que no lo supiera.

—Quiere decir "Objeto Volador No Identificado" —dije—. Un platillo volador. Una nave extraterrestre.

J. Lo frenó de golpe. Me caí del asiento y me pegué con el tablero en la frente.

—¡Ayyy!

—Cinturones —dijo J. Lo.

—¿Por qué hiciste eso?

—¡Tenemos que parar en Roswell! ¡Tener que ver OVNI!

Hice una mueca.

—Sí... sólo que... no creo que haya sucedido en realidad.

—¡Tú decir! ¡Tip dijo que hubo un aterrizaje!

—No. No, es… no hay pruebas. Sólo es algo que la gente dice, pero no hay pruebas. Como pasa con el Yeti o Nessie.

—¿Yeti? ¿Nessie?

Suspiré. Luego le hablé sobre el Yeti y sus fotos borrosas. Y le conté acerca del Monstruo del Lago Ness en Escocia, y también sobre sus fotos borrosas. Luego tuve que explicarle dónde estaba Escocia, y él me pregunto qué era un *loch*[3] y como no lo sabía, me inventé algo.

Al final, se sentó muy quieto y movió la cabeza.

—Así que no Yeti y no Nessie.

—Probablemente no —dije. J. Lo sonaba triste. Era un poco triste, si lo pensabas bien. Era triste admitir que no existiera algo tan misterioso y genial. Y después recordé, por octingentésima vez, que estaba hablando con un extraterrestre. Intentaba explicarle a un extraterrestre que no existía tal cosa como los monstruos.

—Si algo así de grande viviera en un lago en Escocia —dije—, creo que ya lo habríamos encontrado.

—Sí, tendría que ser algo muy grande para ser un monstruo lochniss.

—Sí.

—Más grande que la ballena serpiente.

—Sí —dije—. Espera, ¿más grande que qué?

—La ballena serpiente —dijo— que vive en las aguas cerca de Escocia. No me sé el nombre correcto.

—Bueno —dije—, supongo que yo tampoco. No sé mucho sobre Escocia.

---

[3] *Loch* es lago en gaélico.

J. Lo comenzó a manejar de nuevo.

—Una de las naves Buv —dijo— estaba recolectando animales interesantes de Tierralandia, para un zoológico. Los Buv tenían elefantes, y el armadillo, y muchos bichos y peces. Muchas otras cosas. Digamos —lo enunció con una sonrisa—, como tu arca de Noé.

—Sí, algo así. ¿Y esta ballena serpiente era uno de los peces?

—Sí. Disculpa por no saber el nombre real. Sólo recuerdo que fue capturada cerca de tu Escocia. Muy bonita. Veinte metros de largo, contando el cuello.

Miré hacia el camino durante un momento, masticando eso de *veinte metros de largo, contando el cuello*.

—¿La puedes dibujar? —pregunté.

J. Lo detuvo el auto y yo saqué su papel y sus lápices. Y dibujó esta serpiente ballena:

La miré durante muchísimo tiempo. La miré tanto que debí haber herido sus sentimientos.

—No… no es muy bueno —dijo—. Dibujé las aletas muy pequeñas.

—No —recalqué—. Está muy bien. Estoy segura de que es idéntica.

Quizá sí hubo un OVNI, pensé. Hace mucho tiempo.

—¿Los Buv podrían haber visitado la Tierra hace tanto tiempo? —pregunté.

—Lo dudar. Tierralandia no está en un buen vecindario. Quizases fueron los Habadú. ¿Quieres oír un chiste sobre los Habadú? Un Buv, un KoshzPoshz y un Habadú entran en un mahambaday. Y el Buv dice… no. Espera, estoy olvidando que el KoshzPoshz tenía un purp. Así que el Buv… no, el KoshzPoshz dice…

En realidad no lo estaba escuchando. Estaba pensando en la locura del OVNI. Parecía ridículo, ahora que habíamos sido invadidos dos veces, pensar en todos los visitantes extraterrestres ultrasecretos que supuestamente habían llegado durante todos esos años. Eran puros círculos en plantíos y misterio, cuando la verdad resultaba tan obvia como una enorme bola púrpura que podías ver a cinco estados de distancia.

—… entonces el Habadú dice: "Ése no es tu purp, ¡es mi pump!". J. Lo se rio.

—Ajá —dije.

—No te gustan los chistes raciales, ¿eh? Mira, está bien que yo contarlo, una decimosexta parte de mi sangre es Habadú…

—¿Sabes? No quiero que te hagas muchas esperanzas de ver una nave espacial. Estaba pensando en esas historias de OVNI, y todas concuerdan en que el ejército o la NASA o alguien los escondió en algún lugar llamado Área 51. No sé dónde queda eso.

—¿N'aaasa?

—Sí. NASA.

—En Buvish, "n'aaasa" significa "suave y beis".

—Aquí no significa eso. Es un nombre —le expliqué— que significa algo más.

—El nombre... ¿algo más?

Pensé por un momento.

—Es un nombre hecho con otras palabras y... significa esas palabras —dije—. UFO también. O TV... o J. Lo.

—Qué.

—¿Qué de qué?

—Dijiste mi nombre —dijo J. Lo—, pero después no dijiste nada más...

—No —dije—, no me refería a eso. Decía que J. Lo es como NASA.

—No.

—¿No qué?

—A los J. Los no gustan NASA —dijo—, ni siquiera conocer NASA.

—Está bien. No. Tiempo muerto. Me refiero a que NASA significa algo más, como J. Lo significa "Jennifer López".

—¿Lo es?

—Sí.

J. Lo frunció el ceño.

—Supongo que está bien si me preguntara...

—NASA —dije— significa "Asociación Americana Espacial... Nacional". O "Aire Nacional y Espacial... algo". No lo recuerdo.

—Yo significo Jennifer LOH-pez —suspiró J. Lo.

—O "Nunca Aterrizar Sobre Aliens" —dije—. Quizá significa eso.

—Ahhh —J. Lo asintió—. Querer decir que NASA son unas siglas.

Lo miré por un momento. Luego fruncí el ceño y pateé el tablero.

—Sí.

—Y es un especie de... ¿club del espacio?

—Sí, era propiedad del gobierno. Construían satélites y transbordadores espaciales y cosas.

—¿Y este club suave y beis del espacio escondió las naves?

—Tal vez. Nadie lo sabe. El gobierno afirma que nada de eso es cierto. Hay personas —había personas— por ahí que afirmaban ver OVNIS sin cesar, pero el gobierno decía que eran globos termostáticos. Los OVNIS, quiero decir.

—¡Ellos esconder algo! —gritó J. Lo.

—Dios —dije—. Como quieras.

***

J. Lo conducía aún cuando chocamos contra una señal de tráfico y derrapamos hacia uno de los costados. Yo estaba buscando la comida de Pig en la parte de atrás, pero cuando Velicioso se echó hacia adelante, giré para vislumbrar la luz verde que se reflejaba desde la señal, la cual se había ensartado en el capó del auto con algo de aspecto muy importante, al tiempo que partimos el alambre de púas, espantamos al antílope, pasamos junto

al muy acertado letrero de DIRECCIÓN EQUIVOCADA y salimos
disparados hacia un cobertizo de fibra de vidrio.

—¡Frena! —grité.

—¡No funcionar! —dijo J. Lo, presionando una y otra
vez el pedal—. ¡El letrero rompió en ellos! ¡ALARMA!
—su inglés se volvía muy malo cuando se estresaba.
Esquivó el cobertizo y con su mano libre golpeó una
y otra vez el tablero como si algo bueno fuera a salir
de ahí.

—¡Actívate! —le gritó al tablero—. ¡Funciona!

No estaba mirando el camino, o, mejor dicho, la granja
de alpacas, así que me estiré para quitar su mano de la
radio y tomarlo yo. Lo dirigí entre los animales hacia lo que
parecía ser una pista de *motocross* casera. Nos lanzamos
por hondonadas, y brincamos sobre rampas y colinas lo
suficientemente altas para mantener a Pig en el aire durante
todo el camino y asegurarme de morderme la lengua al
menos dos veces.

—¿Qué inddendas haceddd? —pregunté con la lengua
dolorida, mientras J. Lo seguía golpeando el tablero.

—¡Sí, por favor! —contestó J. Lo—. ¡Dales de comer
mientras conduzco!

—No… ¿que qué inddendas túúú haceddd?

—Ah. ¡Intento hacer! ¡Seguridad! ¡Funcionar! —dijo,
golpeando después de cada palabra—. ¡Funcionar!
¡Funcionar! ¡Funcionar!

Pasamos la pista de obstáculos y nos dirigimos
hacia lo que supe después que era un arroyo, aunque
a mí me parecía una gran zanja. Pero con o sin frenos,
comenzábamos a perder velocidad y yo suspiré cuando por
fin nos detuvimos justo en el borde del arroyo.

—Sí —dijo J. Lo—. Bien. Pero aún me estoy preguntando...

Se escuchó un ruido como *pufff* y un paracaídas salió disparado de la parte trasera de Velicioso.

—Ajá. Pero eso sin explicar qué pasó con el...

Dieciocho enormes bolas rosadas salieron de Velicioso en todas direcciones, rebotaron y cayeron al arroyo.

J. Lo sonrió cuando la nube de polvo se asentó y las pelotas comenzaron a desinflarse. Miré al letrero que aún colgaba del capó: BIENVENIDO A ROSWELL.

—¡Ja! Bueno —dije—. La próxima vez que alguien afirme que ningún extraterrestre se ha estrellado aquí, ya sé qué decirle.

—¡No fue mi culpa! —dijo J. Lo—. ¡Había un niño humano en una bicicleta!

—¿Un niño hum...? ¿Un chico?

—¡En una bicicleta! ¡Bicicleando! Lo esquivé para no darle y terminé dándole al letrero verde.

—¿Estás seguro? Tal vez estabas... cómo se dice... alucinando.

—Estoy asegurado.

—Mira, J. Lo, cuando estábamos en Florida yo creí haber visto un montón de cabras en pequeños autos. Estaba cansada...

Después, a la lejos, escuché un grito. Creo que decía "Deprisa", pero era definitivamente la voz de un chico. Los ojos de J. Lo y los míos se encontraron.

—Dios mío —dije—, tenemos que irnos.

—Pero... Velicioso no se puede mover hasta que las almohadillas de seguridad se desinflen. Y no tenemos frenos.

Había más voces, un grupo de personas, una masa con muchas cabezas y piernas venía hacia nosotros.

—¡Vamos! —suspiré—. ¡Escóndete en esos árboles!

J. Lo balbuceó algo en buvish y miró hacia todas partes, tomó una sábana del asiento trasero, forzó una de las puertas, se hizo camino entre las pelotas siseantes y corrió, envuelto como un fantasma hinchado, con Pig detrás de sí.

Yo dudé. ¿Debería irme o quedarme? Las voces estaban cerca, casi encima de nosotros. De repente me puse a patear las pelotas y a forzar una puerta también. Corrí hacia el escondite de J. Lo, pero a la mitad recordé la caja de herramientas. Si el extraño auto no lo delataba, la caja seguro que lo haría. Así que corrí de regreso, agarré la caja y atravesé los arbustos y las piedras hasta el pequeño bosquecillo en donde había visto desaparecer a J. Lo y a Pig.

Atravesé las ramas y las ortigas hasta que encontré a J. Lo hecho una bolita, apretando la sábana contra su cara como una viejecilla temblorosa. Pig estaba sentada debajo, entre algunas de sus patas.

—No sabía qué hacer —susurré—. ¿Debería hablar con ellos? ¿Explicarles la…?

—¡Chis! —dijo J. Lo.

Un grupo de personas arrastraba los pies alrededor del arroyo. Rodearon a Velicioso pero guardaron su distancia, como si fuera un perro extraño. Las almohadillas de seguridad ya estaban planas como lenguas rosadas y, con un ¡fiiuuu! se metieron de nuevo en el auto.

Todos brincaron —los niños, las mujeres, los hombres— y dieron un paso atrás. Ahora Velicioso se quedó en silencio, tan inocente como cualquier otro auto flotando por encima del suelo.

—¿Hola? —gritó uno de los hombres.

—¡Shhh! —dijo otro.

—¿Qué?

—¿Y si el conductor no es humano? ¿Y si es un auto extraterrestre?

—Kat, es un Chevy.

—¿Y qué?

—Está *flotando*.

—¡Silencio, los dos!

Conté dos hombres, dos mujeres, dos niños pequeños y una bebé. Los chicos se asomaban a Velicioso tratando de agarrar nuestra comida.

—Intentó chocar contra mí —dijo uno de los chicos—. Pero yo... yo di un salto con la bicicleta y caí encima del auto, y el auto me esquivó y se estrelló. *¡CRASH!*

—En primer lugar, no deberías andar con tu bicicleta tan lejos —dijo la mujer llamada Kat, y el niño frunció el ceño.

—¡Yo quiero el espray antimosquitos! —dijo el otro niño.

—No-oo.

—¡Sí-íí!

—¡Yo lo pedí primero!

—¡Claro que no!

J. Lo se me acercó.

—Pero *yo* lo pedí primero —me dijo—. Me oíste decirlo desde Misisipi.

—Shhh —dije yo.

Los adultos se abanicaban mientras trataban de entender con qué estaban lidiando. Era una cuestión de tiempo antes de que nos encontraran. Miré la sábana de J. Lo y recordé que tenía su caja de herramientas.

—¿Hay algo aquí que nos sirva para cortar la tela?

J. Lo hurgó en la caja y sacó algo parecido a un bolígrafo.

—Aprieta aquí y trazar el corte —dijo.

—Bien. Ponte el casco.

—¿Qué?

—Ponte el casco. Tengo una idea.

—No querer el casco. Hace calor.

—Por favor.

J. Lo dijo una palabra en buvish que no entendí. Algo como "meelda", con un golpeteo en medio. El bol transparente se cerró de golpe alrededor de su cabeza. Tenía una pequeña rendija circular al frente. Le puse toda la sábana encima.

—Ajá —susurró J. Lo—. Bien. Con la sábana así, no podemos ver a los hombres. Entonces mi pregunta es: ¿ellos no podrán vernos?

Mientras hablaba, corté la parte de tela que caía en la tierra. Después corté un pequeño círculo en donde pensé que estaría su ojo.

—Oh. Hola —dijo.

Alineé el agujero con su ojo y corté otro más.

—Ajá —dijo J. Lo, antes de hacer otro sonido Buv. El vidrio del casco se volvió azul oscuro—. ¿Mejor?

—Sí. Muy bien. Ahora, sígueme.

Salí de entre los árboles, atrevida, como si no pasara nada.

Los niños seguían observando el auto. Algunos de los adultos se habían agrupado para decidir qué hacer. Otros buscaban en los arbustos. Ninguno estaba mirando hacia nosotros. Me aclaré la garganta.

—¡Hola! —dije.

—¡Ahhh! —gritó el hombre más cercano a mí y cayó sobre el trasero de sus bermudas.

—¿De dónde saliste? —preguntó.

—Pensilvania —contesté.

Todos se quedaron boquiabiertos. Una mujer rechoncha con una playera que decía: "No me culpen. Yo voté por Spock", avanzó hacia mí.

—Vaya, pues hola. Yo soy Vicki. Vicki Ligera —dijo, extendiendo su mano—. No es necesario que me llames señora Ligera, puedes llamarme Vicki.

—Yo soy Ti... Tina —dije. No tenía ganas de dar explicaciones sobre mi nombre—. Éste es mi hermano pequeño, JayJay.

J. Lo se había estado escondiendo detrás de mí, pero en ese momento sacó su manita cubierta por la sábana para saludar a Vicki Ligera. Lo empujé hacia atrás.

—¡Eh!, chico, todavía falta mucho para Halloween —dijo Kat.

—Sí... —dije—, pero cuando los extraterrestres llegaron se espantó mucho y se puso su disfraz de fantasma y ahora no quiere quitárselo. Mi mamá dice que está condicionado.

—Sí —dijo J. Lo—. Estoy en condición.

Quería abofetearnos a ambos.

—Además, habla con una voz chistosa —agregué—. Es parte de su condicionamiento.

—No es chistosa —dijo J. Lo, pero lo pateé con mi talón.

Vicki nos miró con lástima. Es horrible que la gente te mire así, pero era lo que quería. Kat no parecía tan empática.

—Yo se lo quitaré —dijo y avanzó hacia nosotros.

—¡No! —dijo J. Lo.

—¡No! —dije—. No lo hagas. Si alguien lo intenta comienza a gritar y a... mojarse encima y cosas así.

Eso paralizó a Kat. Ella retrocedió.

—Bueno, habla como un Buv.

Vicki chasqueó la lengua.

—Eso es algo terrible... No es cierto, JayJay. No hablas para nada como un Buv.

—Habla *exactamente igual* que un Buv.

—Cállate, Kat.

Vicki Ligera lanzó una mirada con la que expresaba que el caso quedaba cerrado, y Kat se echó para atrás, pero sin dejar de mirar a J. Lo. Me puse entre ellos, casualmente.

—¿Dónde están sus padres? —preguntó uno de los hombres.

—Sólo estoy yo... nosotros, y mamá —dije—. Esperamos que esté en Arizona. Vamos hacia allá.

—Pero...

—Nos separaron los extraterrestres —continué—. Pensé que podía llegar a Arizona por mi cuenta.

—Eso es demasiado para dos niños tan pequeños solos —dijo Vicki Ligera.

No soy aficionada a la palabra "niño". Tampoco conozco a ningún niño que le guste. Pero de alguna manera todos nos volvemos adultos y la usamos. Cuando alguien la utiliza para describir a otro adulto es un insulto, pero aun así, la utilizan para describirnos a nosotros. Como si no nos diéramos cuenta. La mayoría de los adultos sólo habla de "niños" cuando intentan hacernos ver preciosos e indefensos.

—Es demasiado para *cualquiera* —dije—. Pero... por fortuna, conocimos a un Buv en Pensilvania que... que no

Las Ligeras

era tan malo y estúpido como el resto. Arregló nuestro auto para que el viaje fuera más fácil. Hubiéramos tardado mucho más sin él.

Nadie dijo nada durante varios segundos. El crujido de las hojas sonaba como un aplauso lejano.

—Bueno —dijo Vicki—, uno de los muchachos conducirá su auto de regreso y luego veremos qué cenamos.

—¿Por qué… por qué no dejamos el auto aquí? —propuse. No podía mencionar lo de los frenos; tendríamos que solucionar ese problema nosotros mismos y hacerlo sin dejar que estas personas se dieran cuenta de cuán hábil era mi hermanito con las máquinas Buv.

—Tiene un letrero saliéndole del capó —dijo uno de los hombres. Trató de sacarlo pero echó su mano hacia atrás con un grito y un chorro de chispas azules.

—Sí, lo tiene así siempre —dije—. ¿Nos vamos?

Vicki Ligera tenía una bebé llamada Andrómeda. Vivían prácticamente solas. Digo "prácticamente" porque todo el mundo iba y venía del departamento de Vicki como si fuera el único lugar en todo Roswell que tuviera baño.

Vicki estaba ocupada en la cocina mientras Andrómeda estaba sentada en su silla alta golpeando su charola con una cuchara. J. Lo y yo nos movíamos de un lado a otro, sin saber dónde colocarnos.

—Dijiste que no era malo ni estúpido —susurró J. Lo.

—Ya lo sé. Cállate.

—Te caigo *bien.*

—Cálla-*te.*

Vi a Vicki mirándonos.

—Así que... ¿todos decidieron quedarse en Roswell? —pregunté.

—Es mi hogar —contestó Vicki—. Siempre he vivido aquí. Y es un lugar muy importante, ¿sabes? Es el entronque de dos alineamientos muy importantes. Por eso se estrellan tantas naves espaciales aquí.

J. Lo y yo nos miramos.

—Y las otras personas... —dije—. ¿Son familia tuya?

—Oh, no. No. Son personas que se quedaron aquí atoradas cuando los Buv cerraron los caminos. Estaban en la ciudad para asistir al gran festival de OVNIS que celebramos cada verano.

Kat y uno de los hombres entraron al departamento y dijeron que iban a usar el baño porque "David" había "apestado el del museo". J. Lo fue a buscar una mejor visión de Andrómeda. Pensé en lo que había dicho Vicki.

—Así que... ¿Cuándo fue el festival de OVNIS?

—El mes pasado, como siempre. Justo antes de que los Buv anunciaran el Día de la Mudanza.

—¿Y todavía iban a celebrar el festival de OVNIS? Digo, los Buv ya llevaban aquí cinco meses.

—¡Ja! —dijo el hombre—. Eres rápida, chica.

No supe a qué se refería.

—¿Qué mejor momento para el festival que después de la invasión? —preguntó Vicki—. ¡Se trata de una reunión de las mejores mentes sobre el fenómeno paranormal de todo el mundo! Sabemos más de los Buv que nadie.

—Como los aterrizajes Buv del 47 y del 63 —dijo Kat cuando salía del baño—, y los miles de avistamientos, y cómo los Buv quieren preñarnos a todas las mujeres para salvar a su raza moribunda.

El hombre roncó. Le pregunté a J. Lo, en voz baja:

—¿Es verdad?

Agitó su cabeza rápidamente.

—No olvides el aterrizaje del 85 —dijo Vicki—, eso fue lo que nos alertó sobre el vínculo entre los extraterrestres y los Agartanos. Los Agartanos son una raza antigua de seres humanos que ahora viven bajo tierra, Tina.

Había olvidado que mi nombre era Tina, así que Kat habló antes que yo.

—No me "olvidé" del aterrizaje del 85 —dijo—. Ya sabes qué opino sobre eso. La evidencia apunta hacia un dirigible del gobierno capaz de manipular el pensamiento, no a…

—La *evidencia* —dijo Vicki—, para cualquiera con ojos, es que las entradas y salidas de energía del centro hueco de la Tierra…

—¡Eh, eh! Sé a lo que te refieres, pero estás olvidando…

Así siguieron un buen rato. Andrómeda gritó y comenzó a golpear la cabeza redonda de fantasma de J. Lo con su cuchara. El hombre se arrodilló a mi lado.

—¿Crees en esas cosas, niña?

Me dio la impresión de que él no.

—No lo sé —dije—. Ahora creo en los extraterrestres.

—¿Quién no?

Kat nos vio hablando.

—No envenenes su mente joven, Trey —dijo—. ¿Quieren pruebas de la conspiración extraterrestre? ¿Has intentado mirar al sur recientemente?

—Nunca dije que no hubiera extraterrestres —se defendió Trey—. Sólo digo que no nos han estado visitando, abduciendo y preñando desde 1947. ¡Y aún lo digo! Si afirmaras que los elefantes han estado visitando Roswell desde hace sesenta y cinco años, y al día siguiente llegara el circo, eso no probaría nada, ¿o sí?

Vicki se acercó mientras los otros dos se gritaban.

—Tina, ¿podrías ir al museo que hay al otro lado de la calle y decirles a todos que la cena está lista?

—Claro —dije—. Vamos, JayJay.

—Bueno —le dije a J. Lo mientras cruzábamos la calle—, si me vas a embarazar, deberíamos casarnos antes.

—Esa señora es loca —dijo J. Lo—. Ya sabes que los humanos y los Buv hacen bebés diferente. Para el caso podría preñar al auto.

Nos acercábamos al Museo Internacional de ovnis. Parecía un cine antiguo.

—Hablando de Velicioso —dije—, ¿qué vamos a hacer al respecto? Nos tenemos que escapar para arreglarlo.

—Me temo que el problema es más grande que eso.

El letrero se clavó en el Distribuidor Ajustable Snark.

—¿Es importante?

—¿Tu corazón es importante? ¿Estarías bien sólo con tres hígados?

—Pero tú puedes arreglarlo.

—No lo sé. Era parte de mi *scooter*. Si no puedo arreglarlo, ya no hay otro.

Tendríamos que regresar por Pig y las herramientas de J. Lo, pero también podíamos dejar el auto si fuera necesario. Podíamos pedir otro prestado; Roswell estaba lleno de autos. Justo en ese momento vi una camioneta pasando junto a una hamburguesería con forma de platillo volador al final de una hilera de postes de luz con ojos de extraterrestre pintados sobre ellos.

Lo importante era llegar a Arizona. Pero la verdad es que quería hacerlo en MI auto, Velicioso. No tomaríamos prestado *otro*, pensé mientras abríamos la puerta del museo. Eso sería robar.

Entramos al vestíbulo y todos nuestros sentidos se encendieron de golpe: bolsas para dormir arrugadas y deshilachadas, como pieles de serpiente, por todo el suelo; bolsas vacías de chicharrones y papas, un platillo volador a escala, olor a chocolate y pies, una maqueta del lugar del accidente de 1947 etiquetada como Foo Fighter, un insoportable aroma a huevos en el aire, pedazos de envolturas de plástico y papel, un extraterrestre de plástico muerto sobre una camilla siendo observado por un maniquí humano con ropa quirúrgica, un libro titulado *La vida, el universo y todo lo demás*[4], y suficiente ropa interior como

---

[4] Este título hace referencia a un libro de Douglas Adams perteneciente a la serie *Guía del autoestopista galáctico* (en España) o *Guía del viajero intergaláctico* (en Latinoamérica).

para treinta personas. Vaya, en realidad era demasiada ropa interior, como si estos tipos utilizaran un par y luego lo desecharan y abrieran un paquete nuevo.

—Me pregunto dónde estará todo el mundo —dije. J. Lo tenía su cara presionada contra la vitrina que mostraba la autopsia extraterrestre.

—¿Qué es esto? —preguntó.

—Es un extraterrestre muerto falso. El doctor falso lo va a abrir.

—No muy amigable.

—¿Reconoces al extraterrestre? ¿Es un tipo de persona real?

—No. No se parece a ninguna raza que yo conozca. Parece un poco a M'Plaah. Son unos pulpos que dan leche.

—Claro, justo lo que iba a decir. ¿DÓNDE está todo el mundo? ¿HOLA?

—¿Hola? —se escuchó suavemente.

—¿Dónde estás?

—En el techo... las escaleras están al lado de los baños —dijo alguien.

Encontramos los baños, etiquetados con letreros que decían ALIENS y DAMALIENS.

—Al fin —le dije a J. Lo—, un baño en el cual tienes permitido entrar.

—No tener que ir.

Abrimos una puerta que decía SÓLO PERSONAL, y subimos las escaleras hasta el techo. Un hombre con la barba más descuidada del mundo y los dos niños estaban ahí con unos diez telescopios de distintas formas y tamaños. El hombre se inclinó sobre un telescopio dirigido hacia el sur mientras los niños corrían a su alrededor.

—¿Qué es todo esto? —pregunté, a lo que uno de los niños contestó: "¡Buv!". Ambos se rieron y gritaron "buv" un par de veces más.

—¡Eh! —dijo el hombre—. ¡Los nuevos chicos! ¡Vengan a ver esto!

Tenía una cara gruesa, suave, que llegaba directamente hasta un cuello grueso y suave. Una barba y bigote delgados como un lápiz trazaba una línea entre ellos, como una frontera imaginaria en un mapa. Debía haber una separación de mandíbula para separar la cabeza del cuello, pero no era así; esa línea era lo mejor que pudo haber hecho.

—¿Ver qué? —dije—. ¿La gran pelota púrpura? Ya la hemos visto.

—No así de cerca —dijo el hombre—. Mira.

Sabía qué iba a ver y no quería hacerlo. Pero J. Lo y yo caminamos hacia él de todas formas y eché un vistazo en el ocular.

—¿No es raro? —dijo Barbas—. ¿No parece como si estuviera vivo?

Con el telescopio podías ver la textura de la piel Gorg; sus poros, manchas, costras y pecas.

—Sí —dije—, casi vivo.

—Me toca —dijo J. Lo—, estás acaparando.

Pero no le di el telescopio a J. Lo porque vi algo extraño en una esquina. Un punto en la piel de la nave se estaba expandiendo.

—¿Qué es eso? —pregunté—. Donde la piel burbujea.

—No sé de qué hablas —dijo Barbas—. Déjame ver.

—Es mi turno. Yo soy el siguiente.

—¿Cómo lo muevo? —pregunté mientras lo empujaba con la mano.

—No, así no se hace —dijo Barbas, y claro que tenía razón. El ocular se desplazó muy, muy a la derecha.

—Llévalo de vuelta, rápido —dije.

—Eres una mandona —exclamó uno de los niños.

—Espera —dijo Barbas, mirando a un cuaderno—. ¿Dónde estaba? Ascensión derecha 17 horas, 29 minutos, 16.4 segundos... declinación negativa 40, 47 y un segundo. La perspectiva se desenfocó, y después pude ver la parte expandida de nuevo. Tenía un punto blanquecino en el centro, como un grano.

—Muévelo hacia arriba y un poco a la derecha —le dije. Se enfocó justo a tiempo. El globo gordo se estremecía y de repente creció el doble y escupió la parte blanca como cuando un grano se revienta.

—¡Guau! —grité y me quité del telescopio. Miré al cielo buscando la parte blanca.

J. Lo trató de acercarse a la mirilla, pero Barbas le ganó.

—Lo veo —dijo Barbas —. La burbuja se está desinflando. Tiene un agujero en el centro.

Después vi dos figuras brillantes sobre las montañas y tomé a J. Lo por el hombro.

—¡Mira!

En la distancia, dos naves Buv se apresuraban una hacia la otra desde distintas direcciones. Cuando se encontraron, sus mangueras se entrelazaron. Lo que fuera que estuvieran haciendo no duró mucho; la nave Gorg disparó, falló, disparó de nuevo y reventó una de las naves Buv como un globo de cristal. La otra nave trató de escapar y fue derribada con otro disparo.

Todos nos quedamos callados un momento, incluso los niños. Pero no por mucho tiempo.

—¡Increíble! —dijo el más gritón.

—¡Increíble! —dijo el otro gritón—. La nave grande hizo BBBBBUUUMMMMM, y la nave pequeña, una de las naves pequeñas...

—Hizo SSSHHH.

—¡Yo lo estoy contando! ¡Papá!

J. Lo parecía abatido. Uno pensaría que es algo que no se percibe cuando alguien está bajo un disfraz de fantasma, pero sí se percibe.

—No es la primera vez que vemos a la pelota destruir naves Buv —dijo Barbas—. Lo ha hecho un par de veces más.

Tampoco era la primera vez que J. Lo y yo lo veíamos, pero parecía una gran coincidencia que hubiera ocurrido justo después de que algo saliera de la luna Gorg. Y las naves Buv no estaban cargando contra la nave Gorg, sino una contra otra. O contra algo más que fuera demasiado pequeño para poder verlo...

—Ricki dijo que era hora de cenar —anunció J. Lo.

—Vicki —susurré.

—Bicki.

—Esta reunión de los BOBO está...

—Me toca decirlo a mí...

—... oficialmente cerrada.

—¡Papá!

—Un minuto, chico —dijo Barbas.

—Esperen —dije—. ¿BOBO?

—Así se llama nuestro club —dijo el chico número dos.

—¿Son de Florida o algo así?

—No —dijo Barbas—. ¿Por qué?

—Por nada.

Los dos niños gritaron:

—Quiere decir…

—Buena…

—¡Cállate!

—Buena Observación por telescopio… ¡de los Buvs Opresivos!

—¡Tarado!

Bajamos las escaleras.

—No sé por qué pregunto —dije—, pero ¿no debería ser algo así como BOTBO entonces?

—BOBO suena mejor —dijeron.

Chicos. De verdad…

La cena estuvo sensacional. No bromeo. No sabes lo que un buen guisado puede provocar en ti hasta que pasas dos semanas comiendo de lo que, en honor a una de esas exposiciones de OVNIS, llamaré los Cuatro Grupos Fú[5].

—¿Un poco más? —preguntó Vicki.

—Sí. Está increíble.

—Parece que tu hermano no opina lo mismo.

—No te preocupes por JayJay. Es uno de esos chicos que no come casi nada. A veces pensamos que funciona con energía solar —dije, a sabiendas de que J. Lo se había comido todos los jabones decorativos del baño de Vicki cuando fuimos a lavarnos las manos.

—Pues eso espero —dijo Barbas—, porque podrían estar aquí un buen tiempo.

Bajé mi tenedor.

—¿A qué te refieres?

---

[5] Sal, burbujeo en forma de animal y de color azul.

—Bueno, su auto parece estar en muy mal estado. Y además, no podríamos dejarlos irse por su cuenta.

Tragué con fuerza y sentí un trozo grande del guisado atorarse en mi garganta.

—Hemos llegado hasta aquí por nuestros propios medios. Estaré bien. Estaremos bien.

—Dios mío —dijo Vicki—, cuánta labia. Debes haber sido una lata para tu mamá.

El guisado terminó de bajar, pero me quemó la nariz y me hizo lagrimar un poco. Pensé en mamá.

—Está bien. Y... ¿si alguien nos llevara el resto del camino? ¿Para qué esperar?

Vicki y un par más de ellos se rieron.

—Ninguno de nosotros tiene auto, Tina —dijo Barbas.

—Tomemos uno prestado. El pueblo está lleno de ellos.

Ahora se carcajearon abiertamente.

—¿Y cómo vamos a arrancar ese auto misterioso? —preguntó Vicki.

—Ya lo hemos intentado —dijo Kat—. Te sorprendería la cantidad de personas que se llevó sus llaves cuando evacuaron Roswell. Pero nos puedes ayudar a buscar. En algún momento encontraremos unas llaves que sirvan para *algo*.

—Podemos encenderlo con los cables —dije—. ¿No se cruzan un poco y funciona?

Hubo miradas en blanco en toda la mesa. Barbas tosió.

—Tina, somos investigadores de lo paranormal...

—Lo cual significa que no saben hacer nada de utilidad —dijo Trey.

—Lo cual significa... que no sabemos hacer nada de eso que hacen en los programas policíacos. ¿Por qué no nos enseñas a arrancar un auto, Trey? Hazlo por nosotros.

Escuché cómo discutían con la cabeza entre mis manos. Ya se me había olvidado que pequeñeces como unas llaves olvidadas podían causar problemas. J. Lo probablemente tendría un perfume que pudiera arrancar un auto, o algún tipo de sombrero inicia-autos, o algo.

Hablando de J. Lo, apenas me di cuenta cuando dijo:

—Camioneta.

—¿Qué? —murmuré.

—La camioneta azul —dijo—. De antes.

—¡Ah, sí! Antes vimos una camioneta turquesa en la calle. ¿Quién de ustedes era?

Hubo un silencio. Sólo Trey sonreía, lo cual ya sabía que no significaba nada bueno. No digo que yo creyera lo que estas personas decían sobre la Gran Conspiración Extraterrestre, pero pensé que Trey podría estar en desacuerdo sin ser por ello un pesado.

—¿Se lo van a decir? —preguntó Trey—. Yo se lo puedo decir si no…

—Viste al Jefe Oso Gritón —dijo Barbas—. Es un… es un viejo pepenador excéntrico que vive por aquí. Es como una leyenda del pueblo.

—¡Ja! Sí, la leyenda del Indio Loco —dijo Vicki—. Después nos miró a J. Lo y a mí y agregó—: Con todo respeto.

—¿Por qué? —pregunté—. No somos indios. Ni estamos locos.

—Yo soy una dieciseisava parte Habadú —dijo J. Lo.

—Cuéntales lo mejor —dijo Troy—. Cuéntales que el Jefe Oso Gritón es el tipo que encontró la nave espacial cuando se estrelló en 1947. Cuéntales que la tiene en su sótano.

Barbas suspiró.

—El Jefe… asegura que tiene la nave. Estaba aquí en Roswell en aquel entonces; era miembro de la fuerza aérea o algo así durante la segunda Guerra Mundial.

—No había fuerza aérea en la segunda Guerra Mundial —dijo Trey—. La fuerza aérea fue fundada en 1947, y lo expulsaron de la milicia ¡por creer en OVNIS!

—¿Y alguno de ustedes la ha visto? —pregunté—. ¿La nave?

—Todos nosotros —dijo Kat—. Es como un rito de iniciación. Si vienes a Roswell, en algún momento terminas en el sótano de Oso Gritón mirando esa porquería.

—Quiero ver la nave —dijo J. Lo.

—No te molestes, chico.

—Nosotros reconoceríamos la nave del 47 si la viéramos —dijo Vicki, y todos excepto Trey asintieron con la cabeza—. La comunidad OVNI sabe bien cómo es esa nave. Lo hemos sabido desde hace años.

—Décadas.

Si alguien dijo algo después, fue ahogado por unas explosiones fuertes y secas, como fuegos artificiales que parecieron voltear por completo la noche. Corrimos a la ventana para ver cómo los Gorg y los Buv peleaban de nuevo; quizá lo hacían por algún pequeño objeto blanco en el cielo púrpura.

Esa noche le dije a Vicki que planeábamos dormir en el museo de OVNIS.

—Ya sabes, todos los otros chicos están ahí.

Aunque en ese momento yo hubiera preferido descansar al lado de monos aulladores con diarrea que con los dos chicos de Barbas.

—Pensé que podían quedarse aquí, en la sala —dijo Vicki tristemente mientras sostenía unas almohadas en las manos.

—¿Tal vez mañana? Vamos, JayJay —dije, buscando la mano de J. Lo debajo de la sábana y sacándolo del departamento.

—No me siento muy bien —dijo J. Lo mientras bajábamos las escaleras—. Creo que esos jaboncitos no eran de los que se comen.

—Tienes más comida en el auto. Tenemos que apresurarnos, en caso de que se asome por la ventana.

Caminamos hacia el museo hasta el último momento posible. Después miré a la ventana de Vicki y nos escabullimos por un callejón, y salimos de nuevo a la avenida principal, a unas calles de ahí.

—Quiero visitar al osito gritón —dijo J. Lo—. Suena amable. También quiero ver la nave.

—Yo también —dije—. En cuanto arreglemos a Velicioso. ¿Sabes? Hace un par de semanas habría dicho que las naves espaciales no se parecen a albóndigas gigantes. Hace un año no hubiera pensado que están hechas de vidrio y mangueras. Quizá la nave del Jefe no tenga el aspecto que la gente espera. Quizá tú reconozcas de dónde vino.

—¡Las gentes no creen que sea auténtica!

—Sí, bueno, son buenas personas, pero un Lhasa apso podría darles un lengüetazo en los labios y aun así creerían que se trataba del Abominable Hombre de las Nieves.

—Sí, eso lo entiendo.

Nos acercamos al arroyo. Estaba sin aliento, pero me sentía bien de estar haciendo algo productivo después de pasar todo el día sentada. Mientras nos acercábamos podía ver a Pig maullando silenciosamente a través de la ventana del copiloto. La dejé salir y le rasqué detrás de la oreja.

—Disculpa, Pig. Pasaremos aquí el resto de la noche.

J. Lo se deshizo de su disfraz de fantasma y se puso a trabajar de inmediato. Se echó algo de líquido sobre las manos que rápidamente se convirtió en un par de guantes, y me hizo un par a mí también. Juntos quitamos el letrero del capó.

—Hum —dijo J. Lo.

—¿Qué?

—Nadas. ¡A trabajar! Pásame la tuerca de bota aborregada.

—¿Puedes describirla?

—Rosa. Peluche. Partes dobladas.

—Hay como tres cosas así.

—Debe estar temblando un poquito.

—Ajá. Toma.

Transcurrieron dos horas y tengo que admitir que no era buena para nada, salvo para pasarle herramientas a J. Lo que me hubiera descrito muy bien de antemano.

Había estado jugando un rato con Pig y comenzaba a quedarme dormida cuando me di cuenta de que J. Lo estaba ahí parado, mirándome.

—¿Qué pasa? —pregunté.

—No puedo arreglarlo. Velicioso necesita un nuevo Snark. Un nuevo zumbadero bipaa'cular no nos caería mal tampoco.

Asentí.

—Ahí está, entonces. Tenemos que robar un auto. No es culpa nuestra. Quizá podamos hacerle el puente a una patrulla de policía; ya sabes, algo que no le pertenezca sólo a una sola persona.

J. Lo guardó sus herramientas.

—En cualquier caso —proseguí—. Deberíamos hacerlo e irnos pronto. Creo que Vicki quiere adoptarnos. Y no me gusta esa manera tan sospechosa con la que te mira Kat.

—¿Kat es la que tener los lentes y el pelo negro?

—No. Kat es una mujer.

—Hum.

Hubo un sonido que, al principio, pensé que era un trueno, pero después se repitió, con una fuerza ensordecedora, y la noche se encendió de naranja sobre las colinas del norte.

—Eso estuvo cerca —dije.

Unas naves Buv nos pasaron por encima e iluminaron los árboles como una linterna sobre una telaraña. Me agaché sin pensarlo y las vi dirigirse hacia el cielo ruidoso e incendiado.

—Vámonos —dije—. Quiero ver qué sucede.

—Yo ya sé qué suceder —dijo J. Lo.

—Dímelo.

J. Lo Explica Qué Suceder

—Así que las naves Buv siempre disparan hacia la cabina —dije.

—Y las destruyen antes de llegar al suelo —dijo J. Lo—. O poco después. Y la nave Gorg destruye las naves Buv. Todo es muy eficiente. Excepto que a veces los Gorg tienen éxito en poner un teleclonador, y ahí se acaba todo. Los Gorg salen hacia los planetas como hormigas hacia un chicle. Con su enojamiento y sus pistolas fuerzan a los Buv a evacuar; después la nave Gorg comerse planeta.

—Bueno —dije, subiéndome a Velicioso—, vamos a echar un vistazo. Quizá podamos aprender algo.

—No es seguro.

—¿Por los Gorg?

—Por el distribuidor hidráulico Snark defectuoso.

—No necesitamos frenos si soy cuidadosa —dije—. Tampoco va a haber mucho tráfico. Ven.

—No se trata sólo los frenos.

—Trae a Pig —dije—. Vamos.

—¡Podemos *explorar*! —dijo J. Lo con miedo en los ojos.

Lo miré un momento, tratando de leer su rostro.

—Claro —dije—. Sólo miraremos un poco.

Pasó un segundo, después J. Lo y Pig se subieron. J. Lo se puso el cinturón y se agarró a él con fuerza.

—Me pegaré a ti —suspiró.

***

Mientras manejábamos, el cielo se volvía más y más brillante, y olía a cabello quemado. Las explosiones de la guerra galáctica eran ensordecedoras. Arriba de nosotros, una nave Buv brillante pero dañada se balanceaba por el aire, volando bajo mientras la nave Gorg dibujaba líneas kilométricas de fuego en el cielo.

—Velicioso está un poco raro —dije. El auto se desviaba a los lados como si hubiera hielo en el pavimento, teniendo en cuenta que era verano y que no estábamos sobre pavimento, y que en ese caso, hubiéramos flotado encima de él.

—Sí —dijo J. Lo entre dientes—. Ése es el peligro de explorar.

—Supongo —confirmé. Pensé que de repente estaba siendo demasiado filosófica.

Subimos por una colina y miramos hacia abajo, a un agujero ancho en donde alguna vez hubo una mina. En el suelo estaban los restos de una nave Buv y, muy cerca, la cabina de teleclonación Gorg. La escena alrededor de la cabina era, francamente, asquerosa. Tan pronto como los Gorg salían de la cabina, la nave Buv les disparaba y los hacía pedazos. Era la primera vez que veía a los Gorg, pero no me pude hacer una imagen clara de ellos. Tenían la cabina pegada a una montaña y un montón de ellos se aferraban a ella para intentar protegerla del arma Buv. En la oscuridad y con esa repugnante luz oscilante, parecían un nudo de cuerpos, y partes de cuerpos, y ya estoy comenzando a pensar en ello más de lo que me gustaría. Mientras tanto, desde algún lugar de México, los enormes y fieros disparos Gorg trataban de darle a la brillante nave Buv, que se protegía debajo de la barranca y giraba de una manera que debió haber mareado a un par de docenas de pilotos Buv.

—¿Qué es ese gas fosforescente? —le pregunté—. Eso que está dentro de las naves Buv.

—Es el cerebro —dijo J. Lo—. La computadora principal.

—¿La computadora está hecha de gas?

—Son pequeñas moléculas. Las computadoras humanas son interruptores eléctricos; encendido, apagado; encendido, apagado. Muchos interruptores. Con ellos les dicen a las computadoras qué hacer. Las computadoras Buv son iguales, pero de gas eléctrico. Cada molécula es un interruptor. Miles de millones de interruptores. Miles de miles de millones.

Repentinamente, la nave Gorg bajó su punto de mira y comenzó a hacer enormes agujeros en el suelo, abriendo una línea de fuego hacia los Buv. Velicioso, que de por sí ya temblaba mucho, se tambaleó con las olas de energía, piedras y tierra. Pig lanzó un profundo gemido, como el de un motor que se enciende lentamente.

—Hum, creo que es mejor que nos movamos —dije, y bajé la colina hacia una distancia más segura.

Una hilera de Gorgs apareció de repente en las orillas del pozo como luciérnagas enormes, con sus propulsores verdes en las espaldas. Les dispararon a los Buv, y la nave Gorg también les disparó, pero los Buv se lanzaron hacia la cabina.

—Chicos Buvs valientes —dijo J. Lo—. Y chicas y chicochicas y chicachicos y chicochicos y chicochicochicas y chicochicochicos. Van a perder pronto, pero harán un último intento.

En ese momento la nave Buv salió disparada del desfiladero, seguida de disparos y diez o doce Gorgs con propulsores persiguiéndolos a toda velocidad.

Casi estaba todo en completo silencio, salvo por el estrépito del auto.

—Me pregunto —dijo J. Lo—. ¿Lo logramos? ¿Los Buv robaron la cabina de teleclonación?

—¿Robar? —pregunté—. ¿No destruir?

—Deberíamos ir a ver. ¡Rápido! ¡No habrá mucho tiempo!

Llevé a Velicioso hacia adelante, hacia la barranca, pero el estremecimiento y golpeteo del motor empeoró.

—La más grande esperanza de los Buv ha sido capturar algún día una teleclonadora Gorg —dijo J. Lo—. De esta forma los Buv podrían descubrir cómo hicieron para teleclonar personas y cosas complicadas. Entonces los Buv podrían tener sus propios ejércitos infinitos.

—¿Por qué crees que lo lograron esta vez?

—No lo creo, en realidad, pero no escuché ningún ruido. Cuando los Gorg se dan cuenta de que no pueden poner su cabina, la exploran en millones de pedazos.

—¿La *explotan*? —pregunté.

—Ah, sí. *Explotar*. Siempre me pasa lo mismo.

Nos acercamos a la barranca.

—Espera un momento. ¿Has querido decir "explotar" cada vez que has dicho "explorar"?

—¡Mira! —dijo J. Lo—. ¡En el agujero!

—¿Velicioso podría *explotar*?

—En cualquier momento, sí. ¡Pero mira!

A pesar de todo, miré hacia donde J. Lo apuntaba. Primero vi el montón de partes de Gorg por todos sitios. Pero después me di cuenta de lo que no estaba ahí: la cabina.

—Los Buv tienen la cabina —dije.

—No —dijo J. Lo—. ¡Ahí arriba!

La camioneta color turquesa subía la colina al otro lado de la mina. Y en la parte trasera de la camioneta estaba la cabina.

—Eh. ¡Eh! —grité—. Él no tiene que llevarse eso, ¡nos lo tenemos que llevar *nosotros*!

—No creo que pueda escuchar…

Pisé el acelerador hasta el fondo y manejé alrededor del pozo.

—J. Lo, ¿vamos a explotar?

—Tal vez. El distribuidor hidráulico Snark es muy inestable. Pero Tip dijo que quería manejar de todas formas.

—Bueno, yo tenía la loca idea de que íbamos a *explorar*, no a *explotar* —dije. Luego miré el rostro de J. Lo.

—Viniste conmigo, aunque pensabas que el auto podría explotar.

Una luz apareció en el noreste. Los Gorg habían derrumbado la segunda nave Buv. J. Lo presionó su cara contra la ventana.

—Ya salió de la barranca —dije—. El Jefe Oso Gritón. Apuesto a que Velicioso puede alcanzarlo si no explotamos antes. ¿Qué estás buscando?

—Vienen de regreso. Los Gorg. Veo a siete.

—Oh, no. ¿Qué… qué podemos hacer?

J. Lo tenía una expresión muy ilusionada en el rostro. Como si necesitara pedirme dinero prestado.

—Los Buv nunca han capturado una cabina de teleclonación Gorg. Es la cosa más importante —dijo—. La cosa más importante es no devolverla.

Suspiré y cerré los ojos y moví la cabeza de un lado a otro. Mi mente daba vueltas rápidamente, buscando una buena idea.

—Muuuy bien. Vamos allá.

Giré la perilla de dirección hasta el final del dial a.m. y espoleé a Velicioso hacia los Gorg que se acercaban.

Sus estelas dibujaban símbolos extraterrestres en el aire mientras se acercaban más y más. Me gustaba pensar que eran tan pequeños como parecían y que se estrellarían contra nuestro parabrisas como la peste que eran. Pero seguían acercándose y creciendo. Nos vieron y descendieron un poco más, y entonces pude verlos bien. Menos mal que no lo hice antes o no me hubiera permitido acercarme tanto a uno de ellos, mucho menos a siete. Cuando estaban a unos treinta metros, nos apuntaron con rifles del tamaño de postes de luz.

—¿Qué vas a hacer? —preguntó J. Lo.

—Se nos están atravesando —dije—. Voy a tocarles el claxon.

Machaqué mi mano contra el claxon tan fuerte como pude. Justo como lo había hecho dos semanas atrás en Pensilvania, el capó se abrió y escupió fuego hacia el cielo. Los Gorg se diseminaron y yo di una vuelta abrupta a la derecha y pisé el acelerador.

—No creo que nos hayamos deshecho de ninguno de ellos —grité mientras nuestro parabrisas era golpeado por el capó abierto y yo tenía que conducir con la cabeza fuera de la ventana.

—No, pero necesitarán algunos segundos para que sus ojos se reajusten. Y por eso no vieron la camioneta con la cabina. Nos están siguiendo.

Miré al centro del capó. Se podía ver el distribuidor hidráulico Snark ahí, chillando y escupiendo fuegos artificiales azules contra la ventana.

—En cualquier momento se va a salir —dije. Podía sentirlo zumbar a través del volante y hasta mi asiento.

—Sí. Ve hacia el arroyo.

—¿Estás seguro? —pregunté, mis ojos iban y venían entre el Gorg que tenía en el espejo retrovisor y el desierto oscuro que quedaba frente a nosotros—. Estaba pensando... Tengo una idea.

Seguí hacia la carretera y miré el espejo justo a tiempo para quedar deslumbrada por la luz de los rifles Gorg. Dejaron unas marcas en el suelo a nuestro alrededor y cortaron nuestras antenas, y yo zigzagueé a Velicioso entre postes y bardas.

—J. Lo, creo que deberíamos...

—Al arroyo, por favor —dijo mientras rebuscaba en su caja de herramientas. Sacó lo que parecía un sacapuntas hecho de gelatina de limón que, al abrirlo, expulsaba un hilo superfuerte que olía a jengibre—. Confía en mí.

Volví por el camino del día anterior, por el camino lleno de obstáculos que deshizo toda la caja de herramientas de J. Lo pero nos volvía un blanco difícil. El fuego Gorg deshacía las dunas y llenaba la noche con tierra pulverizada. Mientras tanto, yo me debatía entre hacer caso al plan de J. Lo o hacer lo que yo pensaba que era lo mejor. Me enfurecía que me pusiera en esa situación; ambos sabíamos que yo era la más inteligente.

—Casi hasta el arroyo —dijo. Había amarrado un extremo del superhilo en su torso y el otro al asiento del copiloto—. Gira.

Los Gorg estaban alcanzándonos. Eran más rápidos y más ágiles. Les encantaría que nos metiéramos al arroyo, con todas sus rocas y ramas y troncos. Además, apenas podía ver.

—Espero que los humanos y los Buv vayan al mismo cielo —dije, mientras derrapábamos por la pendiente—. Quizá tenga un par de cosas que decirte sobre este plan tuyo.

Activé un colchón extra de aire debajo del auto y me metí dentro del viento veloz y los insectos. Apenas esquivamos las rocas y árboles caídos, y golpeábamos contra ramas que salían de la nada y daban latigazos a los costados, al capó o a mi cara. Los Gorg estaban también en la zanja, abriendo un camino rojo y ardiente a través de los arbustos.

—¿Qué estás haciendo? —le grité a J. Lo, aunque era bastante obvio que estaba saliendo por la ventana hacia el parabrisas. Gritó algo que se perdió contra el rugir del viento.

Justo en ese momento, un disparo Gorg se acercó demasiado al auto y J. Lo perdió su agarre. Cayó hacia un lado de Velicioso hasta que el hilo que lo sostenía se tensó.

—¡Vaya! —lo escuché decir.

Ya era demasiado difícil navegar por el oleaje con un pequeño ejército de muertes voladoras siguiéndote sin preocuparse de que J. Lo se estrellara contra algún tronco. Estaba comenzando a sacarnos del arroyo cuando su cara apareció en la ventanilla.

—¡No! —dijo—. ¡Un otro minuto más!

Trepó hasta el parabrisas de nuevo. Después subió de espaldas al techo del auto y alcanzó el distribuidor Snark, que, para mi sorpresa, ahora era de un color rosa brillante.

Los Gorg se acercaron. J. Lo miró al distribuidor por encima de su hombro y luego de nuevo a los Gorg.

—¿Qué —grité— DEMONIOS estás...?

J. Lo arrancó el Snark de su lugar y lo lanzó detrás del auto, dejando una estela de relámpagos azules. Lo vi enredarse en un nudo de ramas espinosas frente a la manada de Gorgs, y después ¡Blam! ¡Bum!, y la cabina del auto se iluminó con un destello azul y blanco, y el impacto que ocasionó, hizo brincar a Velicioso una y otra vez sobre sus almohadas de seguridad gordas y rosadas.

Nos detuvimos.

—Miauuuuu —dijo Pig.

—Sí, yo también —le respondí—. ¿J. Lo?

Podía ver una de sus manos moverse.

—Estoy bien.

Estaba bien, encajado firmemente entre dos cojines en el capó.

—Fue un buen plan, J. Lo.

—Estoy un poco orgulloso —dijo entre el chirrido de las almohadas que se desinflaban.

Velicioso ya no funcionaba después de que perdiéramos el distribuidor ajustable Snark, pero aún flotaba, así que no fue tan difícil empujarlo una vez que las almohadas de seguridad desaparecieron de nuevo. Lo alejamos del arroyo tanto como pudimos, en caso de que algún Gorg se asomara por ahí. Empujamos por el borde de la ciudad hasta las cinco o seis de la mañana, cuando el aire estaba despertándose y abriendo sus grandes ojos azules. Los pájaros cantaban y me sentía extrañamente contenta, considerando que estábamos hablando sobre todas las cosas que ya no existían, ahora que los Gorg y los Buv habían llegado. Escondimos a Velicioso en un autolavado, entre los cepillos giratorios gigantes y la máquina para hacer pasta gigante.

—Antes había un montón de canales de televisión, cientos quizá. Ahora sólo existe el Sistema de Transmisión de Emergencia.

—Hum.

—Y no habrá Serie Mundial este año. Quizá ni siquiera haya equipos de béisbol, porque no hay estados. En realidad, tampoco hay países.

—Hum —dijo J. Lo—. No saber si estos países fueron buena idea para empiezar.

Frunció el ceño.

—¿Dónde estamos? —preguntó, mirando el atlas—. ¿Es Delaware?

—Quizá tengas razón —respondí—. Sobre los países, quiero decir.

—Sí. Y estoy pensando que si el béisbol se jugaba antes, aún se jugará.

—Tal vez.

—Y las televisiones regresarán. Tierralandia nunca tuvo mucho, para empiezar.

—¿Bromeas? Había tantos canales que tenían uno exclusivamente para caricaturas viejas. Y como cinco para las nuevas. Y un canal de videos musicales que ni siquiera ponía videos musicales.

—Puf. En el mundo Buv hubo cinco millones de canales antes de la Purga.

—¿La qué?

—La Purga.

—Purga.

—Sí. En la Purga, todos los canales fueron eliminados para prevenir la muerte de la sociedad.

—Sí. La gente siempre está hablando de cómo la televisión va a arruinar la Tierra también.

—Está probado. Digamos que, cuando se inventó la televisión, sólo había cuatro canales. Tres o cuatro. Llamémoslos A, G, puntoycoma y Puntas.

—¿Por qué no los llamamos A, B, C... y ABC?

—Como sea. Ahora pensemos en esos cuatro canales como tazas con huevo. La taza A tiene el huevo de noticias, y el huevo de deportes, y el huevo de programas de variedades. La B tiene el huevo de noticias, y caricaturas, y el huevo de comedias. Y así. Más tazas se añadieron porque las gentes quieren más popiones.

—Ajá.

—Pronto se dan cuenta de que entre las tazas hay espacio para tacitas. A éstas no les cabe mucho. Quizás hay una con el huevo de noticias todo el tiempo. Tal vez una con sólo cosas graciosas. Tal vez las cosas graciosas sean tus favoritas, así que te gusta esa taza.

"Después, tacitas aún más pequeñas se hacen para estar entre las tacitas, y otras aún más chiquitas para estar entre ésas. Entre más tazas, más espacios en blanco. Todo tipo de programas son inventados. Programas como *Cazadores de almohadas* y *¿Qué te puedes meter a la boca?* o *La semana en balanceo*, o *¡Cuidado con los animales bebé!*, *Pompas de celebridades*, *Hombre en la mesa*... muchos programas.

—¿Y cuál era el problema? —pregunté.

230

—¡Se salió de control! —dijo J. Lo—. Los programas debían ser grabados mientras se veían otros programas. No había tiempo suficiente para ver todo lo que un Buv quería ver, así que algunos tuvieron que renunciar a sus trabajos, o contratar a alguien para verlos por ellos.

—Hum...

—Científicos de la televisión teorizaron sobre un punto en el futuro en donde todos y cada uno de los Buv tendría su propio programa, y este programa sólo mostraría programas de él viendo programas. Así que los Altos Buv decretaron: no más televisión de la que digan los Altos Buv. Y a los Altos Buv les gustan sólo prácticamente programas de cocina.

—Ajá. Estoy muy cansada, J. Lo.

—Sí. Yo también.

Me acurruqué a un lado de Pig en la parte trasera de Velicioso.

Desperté por la mañana y encontré una nota de J. Lo diciendo que se había adelantado a casa de Vicki a comer jabón. De hecho, sólo decía: JLO(BIKIJBON), pero me pareció bastante buena. Le di de comer a Pig y caminé de regreso al pueblo.

Entré al departamento de Vicki, preparada para explicar de inmediato en dónde habíamos pasado la noche. Pero ahí no había nadie. Ni siquiera J. Lo. Bajé las escaleras y eché un vistazo a la calle caliente. Trey apareció en una esquina.

—¡Oye! Grace, ¿verdad? —preguntó—. Te hemos estado buscando.

—Perdón —contesté—. Nos dimos cuenta de que teníamos que darle de comer al gato y estábamos tan

231

cansados que nos quedamos dormidos en el auto. ¿Has visto a J. Lo?

—¿A la actriz?

—A JayJay, quise decir.

—Hoy no.

Suspiré y me cubrí los ojos del sol caliente de julio que lo volvía todo plano y descolorido.

—Tal vez fue abducido por los extraterrestres —se rio Trey. No pensé que fuera una buena broma, considerando las circunstancias, pero no le di importancia.

—No crees en ninguna de esas cosas en las que ellos creen —dije, refiriéndome a los otros roswellianos—, ¿verdad?

—No hay razón para creerlas. Hay explicaciones perfectamente racionales para todo.

—¿Como los globos aerostáticos?

—Globos científicos —dijo—. Claro. ¿Sabes que la NASA tiene instalaciones de globos a un par de horas de aquí? Mandan al cielo continuamente unos globos plateados enormes. Los he visto despegar. Pero los locos de los OVNIS nunca te dicen nada de eso.

Recordé algo más que quizá tampoco me dirían.

—¿Sabes dónde vive el Jefe Oso Gritón? —pregunté.

—Vas a ver el platillo volador, ¿eh?

—Sólo para entretenerme.

Me dijo cómo llegar al camino adecuado, y cómo seguirlo por las afueras del pueblo hasta el gran vertedero que rodeaba la casa del Jefe.

—Ve —dijo Trey—, velo por ti misma, es lo que siempre digo. No creas en la palabra de estos payasos para nada. No eres como ellos, puedo verlo. Eres como una joven yo.

—Sí —le respondí—, me estoy esforzando en eso.

—¿Qué?

—Gracias. Si ves a JayJay, mándalo de regreso con Vicki, ¿de acuerdo? Oh, espera… mira.

Casi digo "ahí está", pero me detuve cuando me di cuenta de que no estaba viendo a un Buv vestido de fantasma; estaba viendo a un Buv.

—¡Vaya! —dijo Trey.

Este Buv ni siquiera usaba el color de uniforme correcto. Era blanco con verde y vivos rosados. Él, eso, miraba para un lado y para otro. Nos vio, pero apenas nos prestó atención. Después vimos más Buv siguiéndolo, vestidos de todos los colores. Muchos estaban armados, especialmente los de verde, y Trey dio un paso atrás hacia la ventana de una tienda. Yo me acerqué al grupo.

—¿Qué sucede? —pregunté—. ¿Qué hacen aquí?

—¿Por qué estar *tú* aquí? —gritó uno de los Buv de verde, y levantó su arma. Pero el de blanco le dijo algo en buvish y guardó el arma.

—Deberías estar en la Reserva Humana —dijo el Buv de blanco.

—Lo sé. Es lo que intento hacer. ¿Qué sucede?

En ese momento vi que eran más de cien Buv, todos moviéndose rápidamente por Roswell a pie. Ninguno parecía contento.

—Los Gorg, establecieron un... retén al sur —dijo el Buv. Después me miró por primera vez—. Los Gorg son los que acaban de llegar en la gran nave redonda.

—Lo sé. Quiero decir, escuché algo sobre eso.

—Algunos de nosotros estaban peleando contra los Gorg. Algunos de nosotros estábamos viviendo en Nuevo Sméksico. Estamos huyendo de los Gorg. Ustedes deberían hacerlo, también.

—¿Vienen hacia acá?

—Quizá lo hagan. Y ellos no les mostrarán a los humanos el mismo respeto que los Buv.

—¿Respeto? —gritó Trey—. ¿Respeto?

—Chis —le dije a Trey, agitando una mano frente a él.

—Oigan —dijo el Buv, poniéndose a mi lado—, ustedes no tienen gatos, ¿verdad?

Mi corazón se aceleró.

—¿Qué? —dije—. No. Por... ¿Por qué?

El Buv se encogió de hombros.

—Los Gorg adoran a los gatos. Quieren a todos los gatos para ellos.

—¿Por qué? ¿Los quieren como... mascotas, o comida, o...?

—¿Quién entiende a los Gorg? —preguntó el Buv de blanco—. Sólo pensé que si tuviéramos algunos gatos, los podríamos intercambiar para que no nos mataran.

Los Buv se unieron al resto y los últimos pasaron cerca de nosotros. Trey y yo los vimos partir.

—Oye —dijo Trey cuando ya estaban lejos—, tú tienes un gato, ¿verdad?

—Tengo que hallar a J. Lo —murmuré.

—Quieres decir a JayJay —rectificó Trey.

Corrí por un par de cuadras, y luego un par más, pero nada de J. Lo. Después vi a un pequeño fantasma blanco frente al edificio de Vicki cuando ya iba de regreso.

—¿Dónde *estabas*? —pregunté.

—El museo de OVNIS. Fui al baño de Buv.

—Te estaba *buscando*.

—Lo siento. No podía estar cerca de Bicki. Trató de alimentarme con algo llamado "pasta", que parecía hecha toda de fideos.

—Sí. ¿Qué traes ahí?

J. Lo llevaba algo entre su sábana.

—Cuando me fui, Bicki me dio barras de granola y latas de Goca. Tip se puede comer las barras y yo me puedo comer las latas.

—Bien. Vamos. Me dijeron donde vive el Jefe, y tenemos prisa.

Me comí la granola mientras caminábamos. J. Lo se levantó la sábana y le dio una mordida a una de las latas de cola, haciendo que el refresco se disparara a los lados de su boca y a su nariz.

—Hum. ¡Picosito! —dijo.

Fue una larga caminata. Anduvimos por las amplias calles del pueblo hasta que se volvieron más árboles que edificios y después más maleza que árboles. Antes de distinguir el

vertedero, escuché ladridos. Eran rítmicos y regulares, más como un reloj que sonaba como un perro que un perro de verdad. Pero después lo vimos: un enorme gran danés gris, sentado cómodamente, doblado como una silla de jardín.

—Ahí quedó el elemento sorpresa —dije, mientras el enorme poni-perro corrió hacia nosotros y metió sus narices por todas partes.

Detrás del perro había una barda de madera cubierta de letreros viejos y borrosos. Letreros como los de un circo o un carnaval.

¡Vea la maravilla de dos mundos!, decía uno.
¡Observe el aerodisco astronáutico
que sorprendió al ejército!

Ese tipo de cosas.

La barda era demasiado alta como para ver la basura de adentro. Parada cerca de ella sólo alcanzaba a ver el tope de una torre de agua vieja y oxidada con un agujero en un costado.

—Ahí fue en donde se detuvo el ovni —dijo una voz grave.

Vi a un hombre delgado y moreno, como un pedazo de carne seca: el Jefe. Su cabeza estaba cubierta con una gorra roja gastada con orejeras y una correa que bajaba hasta sus orejas. Parecía como si un piloto la hubiera usado hacía mucho tiempo. Por lo demás, vestía como cualquier

El Jefe

otra persona, sin pieles ni cuentas. Soy una idiota por siquiera mencionar eso.

—El OVNI... ¿se estrelló contra la torre de agua? —pregunté.

A pesar de los letreros, no lo había dicho como un merolico de carnaval. Lo había dicho como si fuera un hecho, como uno que se había acostumbrado a ello hace mucho tiempo.

—¿Ustedes son los nuevos? ¿Llegaron ayer al mediodía?

—Sí —contesté—. ¿Los otros le contaron de nosotros?

—No. Sólo los vi por ahí.

Me pregunté si nos habría visto por la mina la noche anterior.

—¿Manejaron hasta acá por su cuenta?

—Sí.

—Hum. Si vinieron a ver el platillo, ¿podemos hacerlo rápido? —preguntó—. Tengo trabajo. Vamos, Lincoln.

Me imaginé que le hablaba al perro, porque dejó de olisquear la sábana de J. Lo y cabalgó hacia la barda, dejando un largo rastro de baba de perro detrás suyo.

—¿Qué tipo de trabajo? —pregunté. J. Lo y yo seguimos a Lincoln hacia adentro.

—Secreto. Muy bien. Aquí vamos.

Detrás de la puerta había un gran patio lleno de montones de objetos indeseables: mitades de autos, motocicletas quemadas, aparatos de cocina oxidados, y lo que me pareció que era la nariz de un avión. Había rollos de aluminio amarrados con alambre, carreolas encimadas dentro de una escultura de tinas para baño y una rocola con girasoles creciendo dentro de ella. Nos dirigíamos a una pequeña casa en medio de todo eso cuya superficie entera estaba cubierta de centavos y techada con placas de cobre. El Jefe comenzó a dar lo que sonaba a un discurso preparado que no estaba muy contento de pronunciar.

—Ante ustedes, las maravillas del mundo olvidado, qué tesorosseescondenenelrefugiooxidado, bla, bla, la suciedad que el tiempo olvidó, vean el antiguo círculo de tubos que los Druidas llamaban Bathhenge, observen el montón de partes secas que destacados blablás de la Universidad de bla, bla, consideran que esconde la pirámide más pequeña de Egipto, misteriosamentetransportadahacialasplanicies de Roswell en el año bla, bla, bla y seis a. C. Pero no es eso lo que vinieron a ver, ¿verdad amigos?

—Hum...

—¡No! —contestó, abriendo un par de puertas hacia un sótano—. Vinieronaverlanavefantástica que seestrellódesdenosesabedónde, hace muchasdecadasya.

Bajamos unos escalones de concreto hacia el borde de un gran cuarto oscuro y el Jefe volteó a vernos con su mano cerca de una hilera de interruptores en la pared.

—He aquí... pausa para efecto dramático... el *platillo volador*... entra música, entra máquina de humo, entran luces.

Cuando encendió el interruptor, una música comenzó a sonar, y una máquina comenzó a hacer ruido y a llenar el cuarto de una espesa neblina, y luces verdes y azules parpadeantes iluminaron los bordes de una figura del tamaño de una alberca infantil y el doble de alta. La neblina era misteriosa. Las luces eran misteriosas. La música era *A-tisket, A-tasket*.

—Disculpen —dijo el Jefe Oso Gritón—, puse algo de Ella Fitzgerald cuando todos se fueron. Solía ser *Así habló Zaratustra*. Muy conmovedor. Esperen.

Apagó la música.

—¡El platillo volador! —dijo de nuevo, y encendió el último interruptor.

Las luces principales se encendieron, revelando el peor OVNI del universo. Quiero decir, esto era como de escuela primaria. No tenía forma, estaba hecho de papel maché cubierto con papel aluminio. Estaba apoyado sobre tres patas hechas de tubo de PVC y viejas antenas parabólicas. A un lado tenía la puerta redonda de una vieja lavadora, y aún tenía la marca en el borde. Arriba del todo, tenía una antena de televisión.

—¿Puedo tomar una foto? —pregunté.

—Todas las que quieras.

—Sube y busca el teleclonador —le susurré a J. Lo—. Yo lo mantendré ocupado.

—¿Puedes… ir al otro cuarto? —le dije al Jefe Oso Gritón—. Quiero una toma muy clara. Gracias.

Con el Jefe fuera de vista, J. Lo subió por las escaleras y fue noqueado por el gran danés. Yo anduve jugueteando

con la cámara hasta que se recuperó. Después, la cámara
soltó un destello y una fotografía salió del frente.

—Una vieja Polaroid —dijo el Jefe—. Ya no se ven de ésas.

—Sí. Gracias por enseñarnos el OVNI. Me muero de
ganas de contarles a todos que lo vi. Ya sabe, el famoso
OVNI de Roswell.

Me echó una mirada extraña.

—Y, ¿no le encuentras nada raro a esta cosa?
—dijo, apuntando hacia el platillo—. ¿No cuestionas su
autenticidad?

—Hum… no lo sé. Me gusta, ya sabe… tener la mente
abierta. ¿Por qué? ¿*Usted* no cree que sea real?

—Tengo cosas que hacer, niña. ¿Adónde se fue ese niño
fantasma?

—Es mi hermano.

—Muy bien. ¿Adónde se fue?

—Debe andar por ahí.

El Jefe Oso Gritón me empujó y salió.

—Esto no es un parque infantil. ¡Eh, espanto! Es hora de
que tú y tu hermana se vayan de aquí.

J. Lo deambulaba al otro lado del vertedero,
inspeccionando distintas piezas de basura, con un ojo bien
puesto en el gran danés. El perro se mantenía un paso
detrás de él, oliendo su disfraz de fantasma. Parecía un
episodio de Scooby Doo.

—Vaya que a Lincoln le gusta tu hermano —dijo el Jefe.

O su olor a pescado, pensé.

—No creo que sea mutuo —le dije.

—Lincoln es inofensivo. A menos que seas alérgico a la
baba de perro.

—¿Por qué vive en un vertedero?

241

—Cambio y vendo todo esto —dijo el Jefe—. O al menos lo hacía.

—Oh. ¿Hay mucha… demanda de basura?

—Más de la que te imaginas.

Pensé en contarle cómo casi morimos en un vertedero en Florida, pero no estaba segura de si sería amigable o no.

Nos interrumpió J. Lo, que corría hacia nosotros meneando sus manos debajo del disfraz, con Lincoln dando zancadas detrás de él. Con sus brazos en el aire, el disfraz se alzaba unos centímetros, y se podían reconocer los pies Buv si sabías qué estabas mirando. Me puse frente al Jefe para taparle la vista y detuve a J. Lo. Caímos juntos y Lincoln se nos acercó y puso su nariz húmeda en mi ojo.

—Calma —dije—. ¿Qué pasa? ¿Es por el perro? ¡Eh, Lincoln, sin lamer! Si esto es por el perro, estás exager… ¡Basta, Lincoln!

No era por el perro. J. Lo se paró y puso su pequeña mano sobre la mía y me jaló.

—Creo que quiere que vea algo —dije, mientras J. Lo me jalaba a una esquina oscura del patio.

—¿Qué? ¿Qué pasa? ¿Lo encontraste? —dije, cuando estábamos lejos. Lincoln daba círculos alrededor de nosotros hasta que J. Lo se paró frente a una extraña caja de metal del tamaño de un elevador. Algunas de las barras estaban ennegrecidas y dobladas, pero de inmediato pude ver que no era basura humana; el metal no era normal y había una maquinaria de apariencia buviana metida en la parte de atrás. Y en cada intersección de las barras metálicas, la jaula tenía un pequeño botón de plástico, como una flor. Otras partes habían sido removidas, o eso parecía, y acomodadas en una toalla a un costado.

—¡Es el teleclonador! —susurró J. Lo.

Justo entonces escuché la tierra crujiendo detrás de nosotros, y volteé a ver al Jefe.

—Tu hermano es un chico listo —dijo—. Se dio cuenta de que esta cosa no es de aquí.

—Sí... —afirmé—. ¿Qué... eh, qué es?

—No estoy seguro. Tengo algunas teorías. Supongo que puedo decirte que era de los extraterrestres. De los nuevos. Escuché algunas explosiones anoche, fui hacia allá y robé esta cosa mientras ellos peleaban.

J. Lo daba saltitos alrededor del teleclonador, inspeccionándolo desde todos los ángulos. Cada vez que se paraba a ver algo, Lincoln se acercaba a lamerlo.

—Y —pregunté—, ¿sueles acercarte a las explosiones?

—Soy un chacharero —contestó el Jefe—. Las explosiones son como la campana de la comida para nosotros.

—¿Y recogiste esta cosa tú solo?

—Es más ligera de lo que parece.

Asentí con la cabeza. Hasta ahora, todas las cosas extraterrestres que había sostenido eran más ligeras de lo que parecían.

—Bueno —le pregunté—, ¿cuánto quieres por ella?

—¿Cuánto quiero por ella?

—Claro. Vendes y cambias basura, ¿no es así? ¿Cuánto quieres por ésta?

—No está a la venta, niña.

No podía aceptar un no por respuesta. Habíamos encontrado algo que los Buv habían intentado conseguir durante décadas. El Jefe ni siquiera sabía lo que era. Pero J. Lo podía averiguar cómo funcionaba y sacarle partido.

—Debe haber algo que quieras —dije.

—No.

¿Debería decírselo?, pensé. ¿Debería decirle que mi hermanito es un Buv y que puede averiguar cómo usarla? ¿O eso empeoraría las cosas?

J. Lo hizo la pantomima de conducir un auto debajo de las sábanas. Lancé un suspiro cuando me di cuenta de a qué se refería, y de que tenía razón.

—Nuestro auto —le dije—, te doy nuestro auto. Un Buv nos ayudó a construirlo. Flota.

El Jefe me miró suspicazmente.

—¿Tu auto tiene partes Buv? ¿En serio?

De repente, el sonido de algo que parecía un enorme pájaro chillón cortó el aire.

—¡Grace! ¡JayJay! ¡Grace! ¿Están ahí?

Vicki Ligera nos acechaba desde afuera del vertedero, buscando cómo entrar.

El Jefe gruñó.

—¿Amiga suya?

Me encogí de hombros.

—Nos ha estado alimentando.

Vicki metió su cara redonda de luna por la puerta y Kat la siguió.

—¡Ahí están! —gritó—. Sólo quería ver cómo estaban. Tomen estas botellas de agua.

Me molestó que alguien sugiriera que necesitaba "ver cómo estábamos". Por otro lado, me di cuenta de que estaba oscureciendo y de que tenía la garganta totalmente seca. Bebí y J. Lo se echó la mitad de la botella sobre la cabeza y metió el resto debajo de la sábana para beberla.

—Hum. Éstas son Vicki y Kat —le dije—. Supongo que ya conocen al Jefe.

—¡NO ME ROBARÁN MI TIERRA, MALDITOS! —gritó el Jefe.

Yo debo haber brincado unos tres metros—. ¡DEMONIOS CARA PÁLIDA!

Lo miré con los ojos bien abiertos. ¿A qué venía eso?

—Bueno, supongo que ahora todos en nuestra pequeña comunidad conocen al Jefe Oso Gritón —dijo Vicki. Su voz había pasado de ser el trinar de un pajarillo a un par de limpiaparabrisas contra un vidrio seco. Por lo demás, ni ella ni Kat parecían sorprendidas.

—Señora —dijo el Jefe.

—Deberíamos irnos a casa —dijo Vicki—, ¿no creen?

—¿Por qué no traes ese auto mañana? —me dijo el Jefe—. Me gustaría verlo.

—Bueno —le respondí—, está un poco roto. Pero podemos empujarlo. Sí, aquí estaremos.

—En realidad, pensé que ustedes se quedarían conmigo todo el día de mañana —dijo Vicki.

—¿Ah, sí? ¿Desde cuándo?

—¡DÉJALOS QUE VENGAN, CARA PÁLIDA! NO VAN A ESTAR AQUÍ TODO EL DÍA.

—Es peligroso para los niños estar jugando entre toda esta basura oxidada —trinó Vicki—, les puede dar tétanos.

—Les hará bien —dijo el Jefe—. Lo único que va a quedar de este planeta pronto es basura oxidada. ¡AAAÚÚÚ, AÚÚ, AÚÚ, AÚÚ!

Lincoln se sentó a los pies del Jefe y comenzó a aullar con él.

—MALDITOS.

Vicki chasqueó la lengua.

—No le caería mal una perspectiva más optimista —dijo, con una sonrisa angelical—. Si la vida te da limones, haces limonada, como siempre he dicho.

El Jefe Oso Gritón le dijo a la señora Ligera lo que él pensaba que la vida le había dado. Se hizo una pequeña grieta en su rostro brillante, como un agujero en un huevo de pascua.

—Bueno, no sabría qué hacer con *eso* —dijo.

—Mira, no hay problema. Vendremos un par de horas por la mañana —le dije al Jefe—. Nos vemos.

El Jefe Oso Gritón asintió con la cabeza.

***

Una vez que salimos, Kate soltó un chiflido.

—Vaya, no sé cómo lo aguantan, chicos. ¿No les afecta los nervios todo el gritadero?

—Es un pobre hombre —dijo Vicki—, un pobre hombre enfermo.

—En realidad —dije—, no gritó hasta que ustedes llegaron. Quizá sólo les grita a los adultos.

Vicki hizo una mueca.

—Bueno, ustedes no van a regresar aquí mañana. No podemos permitir que dos niños pasen el tiempo con un loco, y Trey nunca debió enseñarles el camino.

Miré a J. Lo. Se inclinó hacia mí y me susurró un plan de escape que terminaba con Vicki encerrada en una pelota de superhilo y espuma. Esperaba que no tuviera que llegar a eso, pero era un buen plan.

Fuimos a casa con Vicki esa noche y nos comimos su comida, y dormimos en su sala, y delicadamente rechazamos su invitación a construir un fuerte con los cojines del sofá. De hecho, para ser precisos, J. Lo ya estaba emocionado con el plan del sofá-fuerte, y dibujaba planos y hablaba de un tipo de aislante contra otro tipo de aislante y preguntaba si Nuevo México tenía un historial de terremotos, hasta que le lancé el tipo de mirada que suele significar *no te lo puedo explicar ahora, pero tienes que dejar de hablar sobre calefacciones centrales y comenzar a hablar sobre* ninjas *o algo así antes de que todos se den cuenta de que no hay un niño de diez años debajo de esa sábana, estúpido alienígena.*

Por suerte, estábamos solos con Vicki y Andrómeda, y Vicki estaba demasiado emocionada de tener al fin lo que tanto deseaba sin darse cuenta de que lo que en realidad tenía no eran dos niños agradecidos y felices, sino un extraterrestre y una chica de once años que se sofocaba y comenzaba a pensar en hacer corriendo el resto del camino a Arizona, aunque no sin antes comerse un buen desayuno.

—¡Despierta, despierta! —canturreó Vicki por la mañana—. ¡La comida está puesta! —se rio de su rima y después frunció el ceño.

—¿Qué es ese ruido? ¿Es el detector de humo? —preguntó y fue a comprobarlo. J. Lo se inclinó hacia mí y escuchó.

—Hum. Eres tú —dijo él.

Respiré profundamente y el sonido se detuvo.

—Lo siento —dije, y froté mis palmas contra mis ojos—. Creo que estaba gritando un poco sin querer con la boca cerrada. Sólo quiero retomar la marcha. Y estoy preocupada por Pig.

Después le conté a J. Lo lo del gran grupo de Buvs que vi el día anterior, y el gusto de los Gorg por los gatos. J. Lo se puso las manos sobre la boca y se quedó pensativo.

—Nunca había oído que a los Gorg les gustaran los animales que no son extragrandes y peligrosos con colmillos o patadas fuertes o que se sienten sobre ti, ¡BUM! con sus traseros enormes.

—Quizá les guste el sabor de los gatos. O quizá sólo crean que son lindos, yo qué sé.

—Tal vez. Se dice que los Gorg tienen gustos extraños para comer.

Cuando terminamos de desayunar pensé que ya sabía cómo tratar a Vicki, así que le dije que tenía que ir a alimentar a mi gata y a jugar con ella y a cambiar su caja de arena, porque tener una mascota era una Gran Responsabilidad y yo quería ser una Buena Dueña de Gato. Si Vicki hubiera sonreído un poco más ampliamente, la tapa de su cabeza se habría caído. Dijo que éramos muy buenos chicos y prometió que saldríamos en cuanto se cambiara y se peinara. Debo admitir que me tragué sus halagos igual que el desayuno. No he sido la buena chica de nadie desde hace tiempo.

La seguí a la recámara.

—Genial —le dije—, y después iremos a visitar al Jefe Oso Gritón porque se lo prometí y creo que es importante mantener las promesas porque… porque las personas que no lo hacen…

La expresión de sol de Vicki se nubló y se volvió oscura. Sus cejas se posaron como un par de buitres.

—Después de que vean a su gata —gritó—, ustedes dos vendrán conmigo a dar un *tour* educativo por el Roswell Histórico. Iremos a ver los *viejos juzgados*.

Las cursivas tienen un límite, así que tengo que aclarar que dijo "viejos juzgados" como si se tratara de la cosa más espantosa que hubiera en todo el mundo.

—Vamos, J… JayJay —dije, casi metiendo la pata con su nombre por centésima vez.

—¡Regresen aquí! ¡Ustedes dos, regresen aquí! —gritó Vicki—. ¡No me he puesto los zapatos!

Nos siguió hasta las escaleras.

—¿Y qué hay de su promesa de ir a pasear con Andrómeda y conmigo?

—¿De qué hablas? —le dije mientras bajábamos las escaleras—. Yo nunca acepté tal cosa.

—Esperen —gritó Vicki—. Ustedes, esperen… Yo…

Vicki se volteo bruscamente y se apresuró hacia el departamento. La vi marcharse.

—¡Vaya! ¿Qué tripa se le ha roto a ésta?

J. Lo miró.

—Podría ser cualquiera de ellas, a juzgar por su tamaño.

Salimos al aire sofocante y caminamos un par de calles.

—¿Sabes? —le dije—. Creo que a la señora Ligera puede que se la haya ido la chaveta.

—¿La chaveta?

—Sí, ya sabes... loca.

—Ah. Sí. Yo pensar lo mismo cuando trató de darme esos fideos de pasta. ¿Sabes que los cubrió con una salsa de tomate? Eso no está bien.

De reojo alcancé a ver una enorme pera y reconocí en ella a Vicki vestida con una blusa verde y con unos pantalones del mismo color, tan pegados que hacían un ruido mientras caminaba como el de una cremallera cuando se abre y se cierra.

—Oh, no. Ahí viene. Camina más rápido.

Ya tenía puestos sus zapatos y llevaba una pañalera sobre uno de sus hombros. Con el otro brazo cargaba a Andrómeda, que tenía puestos, al mismo tiempo, sus overoles Legolas y sus botitas Keebler[6]. Lo cual estaba mal; ya sabes, mezclar dos tipos de duende de esa manera. Así que ahora sabía que Vicki estaba loca.

—¡Esperen! —canturreó—. Nuestra primera parada es un punto de convergencia magnético *muy* poderoso en

---

[6] Keebler es una marca comercial que tiene en su logotipo el dibujo de un duende.

donde dos alineamientos se cruzan bajo un Arby. Ahí es en donde la raza de los Agartanos hace…

—Vamos al auto —dije—. Vamos a ver a la gata, ¿recuerdas? Estabas de acuerdo con esa parte.

—No poder usar la pastilla de espuma fría —susurró J. Lo—. No debe haber bebés cerca.

—Está bien.

Vicki nos siguió al autolavado. Durante el camino nos explicó por qué los perros son mejores mascotas que los gatos, y que cuando ella era niña siempre obedecía a sus padres, y que usar refresco en lugar de agua para hacer gelatina le daba un saborcito extra, y que si pensábamos que habían tratado de meter demasiadas cosas en la cuarta temporada de *Babylon 5*. Ella no.

Yo vivía en una ciudad, así que tengo mucha práctica ignorando a la gente, pero Vicki me estaba llevando al límite. J. Lo y yo saludamos a Pig y la dejamos salir un poco mientras empujábamos a Velicioso hacia la salida del autolavado. Lo empujamos directamente hacia Vicki.

—No necesitaremos su auto, tontines.

Andrómeda ya no estaba en los brazos de Vicki. Su llanto provenía de un punto cercano a un arbusto, y estaba tumbada de espaldas. Pig le olía la cabeza.

—Creo que no entienden lo que está pasando —dijo Vicki—. No podemos dispersarnos de esta manera y… y cambiarlo todo. Los niños no manejan autos. No visitan a viejos indios en vertederos. ¿Cómo vamos a regresar a la normalidad si todo el mundo sigue *cambiándolo todo*?

Decidí que se trataba de una de esas preguntas retóricas. Recogí a Pig de nuevo y la puse en la parte trasera del auto. Tuve la sensación de que tendríamos que detenernos en algún momento.

—Toda mi vida… toda mi vida he esperado la llegada de los extraterrestres, ¡y ahora están aquí! —dijo—. *¡Están aquí!*

Tenía más razón de la que se imaginaba. Mientras hablaba, un par de monstruos que parecían cangrejos del tamaño de unos asadores de gas, pasaron caminando por una avenida distante. Uno de ellos comenzó a venir hacia nosotros.

—No debería de ser así —chilló Vicki—. Mis extraterrestres no empujan a las personas ni dividen a las familias, ni hacen que la gente se vaya y olvide a sus esposas e hijas. Mis extraterrestres son más buenos.

La criatura se detuvo justo detrás de ella. Era una mezcla horrible de carne y máquina, y no me sorprendió cuando J. Lo me susurró que se trataba de un robot enviado por los Gorg. Era verde y púrpura, con la parte trasera en forma de jaula. Y en la jaula había dos gatos callejeros temblando. Fue un pequeño aullido de uno de estos gatos lo que hizo que Vicki se girara, y cuando vio al cangrejo robot pegó un grito y corrió a recoger a Andrómeda.

La parte frontal del robot se abrió y comenzó a proyectar la imagen de lo que, me imaginaba, era una cabeza Gorg. La señal era terrible.

—¡UN MENSAJE DEL ASISTENTE REGIONAL DEVASTADOR GORG, TRES-GORGS! —dijo la cabeza con un pequeño rugido—. ¡UN MENSAJE DEL ASISTENTE REGIONAL DEVASTADOR GORG! ¡UN MENSAJE DEL ASISTENTE REGIONAL DEVASTADOR…! INICIO DEL MENSAJE. ¡HUMANOS! ¡ESTÁN ESCUCHANDO ESTE MENSAJE PORQUE FUE DETECTADO UN GATO

EN SU ÁREA! ¿ESTÁN EN POSESIÓN DE UN GATO O GATOS, O SABEN DÓNDE SE PUEDE ENCONTRAR UN GATO O GATOS?

Miré rápidamente a J. Lo y después a la señora Ligera. Me miraba... ¿sonriendo? Sostuve mi aliento.

—SU RESPUESTA NO FUE RECIBIDA. ¡PARA CONTINUAR EN INGLÉS DIGA **INGLÉS**! *GU POZGIZLU IZ NIMROG, FEL...*

—Eh, inglés —dije.

—¿ESTÁ EN POSESIÓN DE UN GATO O GATOS, O SABE DÓNDE SE PUEDE ENCONTRAR...?

—¡No! —dije, y esperé que Pig tuviera el buen juicio de mantenerse en silencio. Al parecer, el robot no podía detectarla dentro del auto.

J. Lo también dijo que no. Vicki no dijo nada.

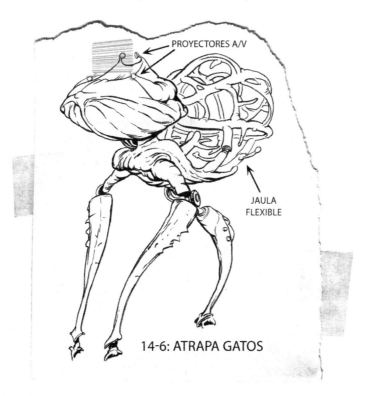

PROYECTORES A/V

JAULA FLEXIBLE

14-6: ATRAPA GATOS

253

—¡TODOS DEBEN RESPONDER! —dijo el robot y dirigió su cara Gorg parpadeante hacia Vicki—. ¿ESTÁ EN POSESIÓN DE UN GATO O GATOS, O SABE DÓNDE SE PUEDE ENCONTRAR UN GATO O GATOS?

—Bueno, déjeme pensar... —dijo Vicki, sonriendo como si estuviera comiendo pastel frente a unos huérfanos.

—¡TODOS DEBEN CONTESTAR! —dijo el robot, caminando hacia Vicki y Andrómeda. Se alzó hasta su máxima altura y se acercó al bebé. Vicki dio un grito agudo y trató de mantenerla fuera de su alcance.

—¡POSIBLE GATO! —chilló el robot—. ¡INVESTIGANDO!

—¡No es un gato! —dije—. ¡Es un humano! ¡Un bebé humano!

El cazador de gatos relajó su postura y se echó para atrás.

—CORRECTO. CONTINUACIÓN DEL MENSAJE. TODOS LOS GATOS DEBEN SER ENTREGADOS A UN GORG O A UN REPRESENTANTE GORG AL ANOCHECER. CUALQUIER HUMANO QUE ESCONDA A UN GATO DESPUÉS DE ESE MOMENTO SERÁ DESTRUIDO. SUS VECINOS CERCANOS SERÁN SEVERAMENTE MALTRATADOS. FIN DEL MENSAJE.

Con eso, el cangrejo se apresuró a marcharse, sus extremidades y pies hacían ruidos de insecto sobre el pavimento. Yo sentía como si me hubiera quemado el cuerpo entero.

—Gracias —le dije a Vicki— por no...

No me miró al responder. Hubiera estado mirando a mi sombrero si hubiera tenido uno puesto.

—Creo que debes liberar a tu gata —dijo llanamente—, o entregarla antes del anochecer. No puedes pelear contra algunas cosas.

Se dio la vuelta para irse.

—Quizás aparezca más tarde para comprobar cómo están—agregó y se fue a casa.

—Vámonos —dije.

Estuvimos corriendo a un lado de Velicioso durante un rato, empujándolo tan rápido como podíamos. Después nos subíamos y flotábamos en él hasta que se le terminaba la velocidad y teníamos que empujar de nuevo.

—¿Por qué ella tiene que seguir "comprobando"? —pregunté—. Es como si pensara que necesitamos a un aguador o algo así.

Anduvimos un rato en silencio. Una gran bola de trenzas negras y colas de caballo color vino rodó por el camino frente a nosotros.

—Mira —dije, con poco entusiasmo—. Otra de esas plantas rodadoras hechas de extensiones de cabello.

—Pelo rodador.

Miré el espejo retrovisor mientras desacelerábamos.

—¿La gente estaba así de loca antes de que nos invadieran?

—Yo no estaba antes de que los invadiéramos.

—Era una pregunta retórica.

—Ah. Entonces la respuesta es sí.

Abrimos las puertas y empujamos una vez más el auto. Había más cazadores de gatos merodeando por el pueblo, al final de las calles, allá donde el aire titilaba.

—¿J. Lo?

—Sí.

—No intento ser mandona todo el tiempo. Simplemente soy así, ¿sabes?

—Sí.

—Quizás eso es lo que me vuelve loca. Siempre tengo que salirme con la mía. Quizás eso es lo que nos vuelve locas a mí y a Vicki.

—Jefe Oso Gritón tal vez está loco —dijo J. Lo cuando subimos al auto de nuevo.

—Sí —dije—. O quiere que la gente lo crea.

La gran barda apareció en nuestro parabrisas y Lincoln, el gran danés, salió y comenzó a dar círculos alrededor del auto cuando estacionamos. La casa del Jefe estaba en una pequeña colina, o un bache, en realidad, pero eso hacía difícil mantener a Velicioso en un lugar fijo.

—Vengan —dijo el Jefe al salir del vertedero. Tomó nuestra defensa delantera y nos ayudó a meter el auto. J. Lo y yo estábamos sin aire y nos sentamos contra Velicioso bajo una delgada sombra. El Jefe desapareció dentro de la casa y regresó con agua.

—Gracias —dije.

—Debí habérselo ofrecido ayer. Muy poco hospitalario de mi parte.

Me terminé el agua de un trago.

—Bueno... no quiero ser maleducada, pero aquí no tienes una buena reputación por tu hospitalidad. Quiero decir, que supongo que es una parte de ti... de quien eres...

Se puso de pie y me miró durante un momento, con su cara oscurecida por el sol tras su cabello pajizo.

—Te refieres a los gritos.

—Así es —dije—. ¿Por qué haces eso?

—Es un entretenimiento —dijo el Jefe—. Estoy retirado.

—No levantaste la voz ni una vez cuando estábamos sólo nosotros tres. Bueno, un poco durante la presentación de tu perorata carnavalesca. Que, si quieres saber mi opinión, deberías mejorarla un poco.

Resopló.

—Pero cuando llegaron Vicki y Kat empezaste con eso de LÁRGUENSE, ROMPEDORES DE PROMESAS. No... HUM... NO...

—Nunca dije "rompedores de promesas".

—Sí, bueno, pero ése era el mensaje.

—Sólo suelo gritarle a la gente blanca —dijo—. Es tradición. No tengo nada contra ti.

—Soy *mitad* blanca —crucé los brazos.

—Hum. ¿Qué mitad?

Parpadeé.

—No sé. Digamos que de la cintura para abajo.

El Jefe Oso Gritón asintió con la cabeza.

—Hecho. Sólo odio tus piernas.

Nos miramos durante un momento, mientras lo oía respirar como una casa vieja.

—Yo soy Tipolina —me presenté—. Me llaman Tip. Ésa que está dentro del auto es Pig.

—Frank —dijo, y extendió su mano. La estreché.

—Oh —dije—. Pensé... Escuché...

—Que mi nombre era Jefe Oso Gritón —dijo—. No importa, puedes llamarme como quieras, Piernastontas, si quieres.

—Hecho.

J. Lo se acercó y tocó el codo del Jefe.

—Hola, Espanto —dijo el Jefe. J. Lo le dio una pequeña tarjeta que yo le había ayudado a escribir. Por cómo lo miraban los BOBO de Roswell cada vez que decía algo, estuvimos de acuerdo en que no debía arriesgarse con el Jefe.

—Mi nombre es JayJay —leyó el Jefe con voz monótona—. Tengo diez años. He hecho un voto de silencio y uso este disfraz en solidaridad con nuestros primos Buv en su lucha contra los malos Gorg.

El Jefe le devolvió la tarjeta.

—Esto no tiene nada de malo —dijo—. Diantres, yo llevé un tocado de plumas en el cabello en los años sesenta.

Abrí el cofre de Velicioso, cuidando que no se cayeran todas las llantas, mientras el Jefe cerraba las puertas y ponía sus candados.

—¿Dices que un Buv modificó esto? —preguntó al acercarse.

—Sí, en Pensilvania.

—Ah, no funciona.

—Sí, todavía flota, pero no acelera.

—¿Y estaba así ayer cuando trataste de vendérmelo?

—Hum... sí.

—Hum.

Empezó a menear mangueras y tapones sueltos. Sinceramente confiaba que no estuviera haciendo nada peligroso porque J. Lo había desaparecido de repente. Esperaba que se hubiera escabullido a examinar la cabina de teleclonación de nuevo.

—Aquí falta algo —dijo el Jefe, apuntando a la estructura en donde iba el distribuidor hidráulico Snark—. Por eso no funciona.

Parpadeé. Claro que por *eso* no servía, ¿pero cómo podía saberlo él? Por supuesto que había una suerte de agujero en el centro del cofre. No hacía falta ser un científico nuclear para darse cuenta de que a Velicioso le faltaba algo.

—Eres muy bueno —dije—. Nos tuvimos que deshacer de esa parte cuando comenzó a explotar demasiado.

¿Cómo lo adivinaste?

—Podría decírtelo —dijo el Jefe—, pero tendría que comenzar a gritar de nuevo.

Fruncí el ceño.

—Qué raro.

—Me lo dices a mí.

Pensaba que Lincoln estaba por ahí con J. Lo, pero de repente apareció junto a nosotros, ladrando como si se quisiera arrancar la cabeza. El Jefe tenía la suya bajo el cofre, pero miró por encima de su hombro.

—Lincoln, ¿qué te pasa? —preguntó y escupió—. No suele ladrar mucho.

—Jefe —dije, con un hilillo de voz.

Gorgs con propulsores se elevaban sobre Roswell como si fueran moscas en un *picnic*. Y uno de ellos se había separado del grupo y volaba directo al vertedero.

El Jefe Oso Gritón lo vio también y corrió inmediatamente hacia la casa.

—Tengo que esconder la cabina —dijo—. Tú métete debajo del auto.

—¡Jefe!

Se detuvo y miró hacia atrás.

—Están cazando gatos —suspiré con fuerza.

Pasó un momento y se apresuró de vuelta. Pig no quería dejar el auto con Lincoln cerca, así que la tuve que sacar con un tapete pegado a sus garras. El Jefe la levantó y corrió de nuevo.

—¡Debajo del auto! —ordenó.

No tuvo que decirlo una tercera vez. Me puse de rodillas y me deslicé debajo de Velicioso, ahogándome con el polvo.

Todo parecía estar muy tranquilo. Me di cuenta de que los pájaros cantaban hasta que se detuvieron de repente. No sé cómo esperaba sentirme así, con Velicioso flotando encima de mí. Creo que no tenía ninguna idea al respecto. Pero hacía frío, como si estuviera frente a un refrigerador.

Detrás de mí escuché el sonido de un Gorg con propulsor aterrizando en el patio.

Traté de no respirar. Intenté no pensar en cómo me ardían los pulmones gracias al polvo de Nuevo México. De repente, todo se volvió brillante. Velicioso fue apartado, miré hacia arriba y me encontré la cara más horripilante del universo.

J. Lo no está de acuerdo conmigo en esto. Dice que el título de Más Feo es para los Gooz de la Nebulosa del Cangrejo, que parecen ser pedazos de carbón. Pero yo me imagino que un pedazo de carbón puede tener buen aspecto con una iluminación adecuada. Lo que estaba frente a mí era un Gorg, y tenía el aspecto de media tonelada de ira en pantaloncillos cortos.

Era de un color verde opaco, con manchitas rojas alrededor de su cabeza y hombros. Tenía unas placas gruesas de color púrpura que salían de su piel por todas partes como si fueran unas uñas gigantescas. Si es verdad que las criaturas evolucionan para adaptarse a su entorno, entonces los Nimrog eran una raza de traidores que atacaban por la espalda, a juzgar por la manera en que sus partes traseras estaban cubiertas con armaduras y cuernos.

No sabía si quedarme en el suelo o levantarme, pero él me ayudó a decidirme cuando casi me saca el brazo del hombro. Me puse de pie pero evité mirarle a los ojos.

—¡HUMANO! —ladró el Gorg. Cuando hablaba, su boca se abría como la de un pez—. ¡DÓNDE ESTÁ LA CABINA ROBADA!

Oh, pensé. Mis ojos comenzaron a lloriquear. El hedor que emanaba se impregnaba hasta en el cabello.

—Hum... ¿A qué te refieres?

—¡¿TÚ ERES EL OSO QUE GRITA EN JEFE?! —preguntó el Gorg, chasqueándose los nudillos. El sonido era tan grave que se sentía en los huesos.

—¿Quién?

—¡JEFE DE LOS OSOS GRITONES!

El Gorg caminaba a mi alrededor, examinando los montones de basura. Parecía muy interesado en el soporte de la tina. No sabía dónde tenía escondido el Jefe a Pig y la cabina, pero no pensé que le quedara mucho tiempo.

—Este... no sé de quién estás hablando —le dije—. Debes haberte equivocado de lugar.

Avanzó con sus piernas gruesas y se inclinó sobre mí. Me esforcé en parecer calmada, pero mis entrañas estaban bailando y lanzando chispas como un tenedor en un microondas.

—¡NO ES EL LUGAR EQUIVOCADO! ¡*TÚ* ERES EL LUGAR EQUIVOCADO!

—Hum.

—¡ME DIJERON QUE ENCONTRARA AL HOMBRE ANIMAL QUE GRITA EN EL LUGAR DE LA BASURA!

—Lo siento, pero... *lo siento* —aullé y brinqué hacia atrás mientras el Gorg avanzaba hacia mí—. Te dieron mal la información. Probablemente sea culpa de algún humano.

—¡SOY EL COORDINADOR GORG PRINCIPAL DE IRA ASOCIADO-DEL-MES GORG CUATRO-GORG! ¡LOS HUMANOS ME DARÁN MALA INFORMACIÓN **BAJO SU PROPIO RIESGO!**

No parecía un coordinador. Parecía algo contra lo que Hércules debería estar luchando.

El Gorg se inclinó más y levantó un puño sobre mi cabeza. Está alardeando, pensé. Sólo lo hace para asustarme y que cambie mi historia. Para hacerme decir algo de repente. Me enderecé tanto como pude y respiré por la boca. Lo miré directamente a los ojos. Y cuando no aguanté más, me concentré en su nariz.

Tienes una nariz ridícula, pensé, mientras las lágrimas corrían por mi rostro. Es como una hoja de roble hecha con un bistec.

Y de repente fue como si yo tuviera poderes mentales. La nariz del Gorg se torció. Se torció de nuevo. Estrujó toda su cara y su nariz se cerró como una planta carnívora.

Después su torso se echó hacia atrás y hacia adelante, y comenzó a emitir el ruido más extraño y húmedo que había escuchado jamás. Puede que fuera un estornudo, pero sonaba como un elefante pasando por un popote.

—¿DÓNDE ESTÁ? —gritó el Gorg, mirando a mis pies.

Yo también miré, confundida. Si se refería a la cabina, definitivamente no estaba parada sobre ella.

—¿Dónde está qué?

—¡CONTÉSTAME, NIÑO! ¡CON LOS GORG NO SE JUEGA!

Hice una mueca.

—Soy una niña.

Se acercó más; me miró de cerca, respiró en mi cabello. Algo parecido a la melaza se deslizaba por su cara de murciélago.

—TODOS TIENEN EL MISMO ASPECTO.

—¡Ja! Mira quién lo dice.

—¡LO DIGO YO! —rugió—. ¡LOS GORG SOMOS MUY BUENOS PARA DECIR COSAS! ¡PARA DECIR COSAS Y **GOLPEAR!**

—¡Oye! —llegó un grito desde la casa, y yo espiré. Más tarde desearía que el Jefe se hubiera quedado escondido, pero entonces me llené de alivio. Si mis pensamientos hubieran podido formar palabras en ese momento, habrían dicho: "Por favor, trátame como una niña. Ven a salvarme".

—¡Déjala en paz! —gritó el Jefe Oso Gritón, mientras caminaba hacia nosotros—. Si quieres meterte con alguien, métete con...

El Gorg abanicó el enorme tronco que tenía por brazo y le dio al Jefe en la cabeza. Lo tumbó de un solo golpe.

Me disculpo por la palabra "tumbó". La acabo de buscar. Necesitaba la palabra adecuada para hacerle justicia a esto. Mark Twain dijo que la diferencia entre la palabra casi adecuada y la adecuada es como la diferencia entre el trueno y la luciérnaga, y la gente cree que era un buen escritor, ¿no? Para mí no creó ningún personaje femenino decente, por lo que he leído, pero por lo demás está bien.

El Gorg *tumbó* al Jefe Oso Gritón. Sus piernas se alzaron y cayó sobre su espalda con un sonido más fuerte del que yo pensé que cualquier cuerpo podía hacer. Y ahí se quedó. Había una x roja en su frente que cada vez se hacía más grande, y era lo único en él que se movía.

—NO SEAS IMPRUDENTE, NIÑO. LOS GORG TE PUEDEN HACER COSAS TERRIBLES. Pensé en algo inteligente que decir, pero ahora esa parte de mi cerebro estaba estática. Era lo único que podía hacer para mantener mis ojos abiertos.

El Gorg me miró durante un momento más y luego asintió, satisfecho. Giró sobre sus talones y caminó como un edificio enojado. Le dio la vuelta a Velicioso y revolvió todas las piezas de metal que había en el suelo. Lanzó lavadoras al aire como si fueran dados enormes y partió cada una de las tinas con su puño. Cayeron grandes pedazos de la barda debajo de las llantas y de bloques de metal. Después derrumbó una pared de la casa del Jefe con un automóvil viejo y deshizo el resto pedazo por pedazo. Cuando ya no quedaba nada de la casa en pie, me pregunté qué habría pasado con J. Lo y Pig. Y Lincoln. Y la cabina. Gorg arrancó las puertas del sótano y bajó las escaleras. Salían desde abajo unos terribles ruidos de ira hasta que emergió un minuto después. Finalmente, con todo convertido en ruinas, el Gorg miró hacia donde yo estaba sentada presionando el sombrero del Jefe contra su cabeza. Después gruñó y regresó al cielo, que es donde está su sitio.

Los segundos parecían pequeñas vidas enteras mientras le pedía al Jefe, agachada a su lado, que despertara y estuviera bien. De repente, J. Lo estaba a mi lado, sosteniendo a Pig.

—Ve por sus sábanas, o una toalla —dije. J. Lo soltó a Pig y corrió. Pig se escondió dentro de Velicioso cuando Lincoln regresó de donde estaba escondido y le lamió la cabeza al Jefe.

—No… Lincoln. No.

J. Lo llegó arrastrando una sábana blanca. La presioné contra la herida que tenía en la cabeza. Rápidamente, la sábana se tornó roja como un clavel.

—No sé qué hacer —dije—. Creo que debemos llevarlo al pueblo.

Amarramos a Lincoln a algo pesado y nos las arreglamos para poner a Velicioso del derecho simplemente con un gato hidráulico. El auto estaba en muy mala forma. La salpicadera izquierda estaba destruida de nuevo y el techo estaba arrugado como una hoja de papel. Pero aún flotaba, y era la única manera en la que podíamos llevar a un indio inconsciente de setenta kilos hasta el museo de OVNIS.

Extendimos la sábana y la pusimos debajo del cuerpo del Jefe. Fue entonces cuando noté los dos agujeros circulares en la tela.

—Es tu disfraz de fantasma. No llevas puesto tu disfraz de fantasma.

—No. Me saldré de Velicioso antes de llegar. Me esconderé.

Necesitábamos una rampa para subir al Jefe al auto. Por fortuna, estábamos rodeados de un poco de todo. J. Lo amontonó algunos tubos de PVC y una puerta de refrigerador y subimos al Jefe rodando hacia arriba.

Empezamos bien, flotando por la colina con el sol poniéndose a nuestras espaldas. Vigilaba el movimiento del pecho del Jefe por el retrovisor. Después miré a J. Lo.

—¿Dónde estabas? ¿Pudiste ver algo? —pregunté.

—Sólo lo escuché —dijo J. Lo—. Me escondí. Tenía miedo de que el Gorg me oliera. Tienen muy buenas narices.

—Éste no —murmuré—. Estaba resfriado.

—Estás bromeando.

—En serio. Estaba resfriado.

—No pudo haber sido eso. Los Gorg no se enferman.

—Estornudó.

—Tip estaba muy asustada, probablemente lo imaginó.

—No, fue así…

Me detuve cuando me di cuenta de que nos acercábamos a uno de esos cazadores de gatos mecánicos.

—Baja a Pig. Bájala ahí. Demonios, debimos haberla dejado en el vertedero.

—No hay Gorg a la vista —dijo J. Lo—. Un par de robots, pero no Gorgs.

—Bien para nosotros.

—Sí. Pero si los Gorg pudieron poner un teleclonador en la tierra, podrían estar en todos lados. ¿Por qué no es así?

—Tal vez a los Gorg no les gusta estar cerca de los Gorg más que a nosotros. Vamos, tenemos que darnos prisa.

Otros diez minutos y estábamos cerca del departamento de Vicki y el museo de OVNIS.

—Debes salir de aquí —le dije—. Toma tu caja de herramientas y mira si puedes encontrar algo de agua y comida, y una patrulla de policía o algo que podamos tomar prestado. Por favor —agregué.

J. Lo salió corriendo y yo comencé a gritar.

—¡Eh!¿Hay alguien? ¡Socorro! ¡*Socorro!*

Los miembros de BOBO, sección Roswell, salieron corriendo del museo.

—Oh, no —dijo Trey cuando vio al Jefe—. ¿Qué pasó?

—Trató de defenderme de un Gorg —le dije.

—¿Qué es un Gorg? ¿Son los nuevos extraterrestres?

—¿Viste a uno de cerca? —gritó uno de los niños.

—¿Trató de hacerte daño? ¡Genial!

—Chicos, silencio —dijo Barbas.

—Oye, Jefe —dijo Kat mientras ayudaba a Trey a sacarlo del auto.

—Eh —respondió el Jefe.

—¿Está despierto? —grité y corrí a su lado.

—Qué hay, Piernastontas.

Arrastraba las palabras.

—¿Ha estado tomando? —preguntó Vicki, que acaba de llegar cruzando la calle. Le lancé una mirada dura pero le rebotó de inmediato. Estaba tan enojada que podía escupir ácido.

—No, Vicki —dijo Barbas—, fue golpeado por uno de los extraterrestres grandes.

—No me miren así, sólo estaba preguntando. Los indios beben; vi un documental sobre eso.

Llevamos al Jefe Oso Gritón al museo de OVNIS y lo pusimos en la mesa de autopsias extraterrestres. Quitamos al alienígena falso y en su lugar pusimos al Jefe. Los adultos lo miraban mientras los niños, ya aburridos, se fueron al vestíbulo a entretenerse con un juego de cachetadas que habían inventado.

—Dios, debe tener una contusión —dijo Trey—. No debiste moverlo.

—No podía llamar a una ambulancia, ¿o sí? —dije—. ¿Cómo supieron los Gorg dónde encontrarlo? Se sabían su nombre y todo.

Nadie dijo nada, pero todos los ojos miraron a Vicki.

Ella sólo se mordió una uña con la mirada baja, pero yo lo entendí. Murmuró algo sobre Andrómeda y dejó el museo.

Suspiré.

—¿Alguien puede ayudarlo?

—Sólo necesitamos una bolsa de hielo —dijo el Jefe—. ¿Tienen hielo?

—No lo sé, Jefe —dijo Kat—. No creo que nadie tenga hielo.

—Vayan afuera —dijo él—. Traigan algo de nieve.

Todos intercambiaron miradas de preocupación.

—Y *whisky* —agregó el Jefe—. Pídanselo a uno de los pilotos.

—¿Alguien puede ayudarlo? —pregunté de nuevo.

—Yo —dijo Trey—, mi novia era estudiante de enfermería.

—Eso no vale, Trey.

—¿Alguien tiene algo mejor? —soltó—. Solía ayudarle a preparar sus exámenes, incluso su examen de acceso. Prácticamente soy un enfermero.

El Jefe me miró a la cara.

—Siempre he creído que eras la enfermera más bonita —dijo—. No me importa lo que digan los demás.

Me limpié las lágrimas de mis ojos con la palma de la mano.

—Pero no se lo digas a nadie —añadió—. Tengo una chica esperándome en casa.

—Jefe —dijo Kat—, ¿sabes qué año es?

No contestó.

—¿Cuál es el nombre del presidente? —preguntó Barbas—, ¿del último?

—Roosevelt —dijo el Jefe. Barbas frunció el ceño.

—Roosevelt fue el último presidente de verdad —dijo el Jefe—. Desde entonces todos han sido unos asnos.

Cuando quedó claro que Trey sabía lo que hacía, me relajé un poco. Barbas y yo salimos a la calle.

—Tenemos que irnos de Roswell cuanto antes —dijo—. Está poniéndose peligroso. Esos... ¿Gorg?... estuvieron sobrevolándonos toda la mañana, disparándoles a los gatos. Más te vale no despegar el ojo del tuyo.

—¿Se los estaban comiendo? —pregunté—. Pensé que les *gustaban* los gatos.

—Creo que sólo les gusta dispararles. Quiero decir, después de que esos disparos los eliminan, no queda nada para comer.

—¿Los eliminan?

—Sí —dijo Barbas, mirando a las estrellas—. Has visto cómo funcionan esas armas, ¿no? Nada de ruido, pero las cosas desaparecen por completo. Kat cree que emiten partículas antimateria. No lo sé.

—Pero esas pistolas aniquiladoras son de las que usan los Buv —dije—. A los Gorg les gustan las explosiones y los ruidos.

Barbas se me quedó mirando un momento.

—¿Dónde está JayJay?

—Se quedó en la casa del Jefe. Voy a ir por él.

—Sabes —dijo Barbas—, Kat está convencida de que tu hermano es un Buv camuflado por una sábana. Aún no ha descifrado qué eres tú.

Hice una pausa demasiado larga antes de contestar.

—Eso es ridículo. ¿Por qué sería mi hermano un Buv? Es imposible. Esa Kat debe estar mal de la cabeza...

—No importa —dijo Barbas—. Ve por tu hermano y quédate conmigo después. Kat está bastante atenta a eso. Así es. J. Lo y yo teníamos que irnos cuanto antes.

—¿Cómo te llamas? —le dije—. No te lo había preguntado.

—David.

—Está bien —dije y fui hacia Velicioso.

Abrí la puerta y empujé el auto hasta que apuntaba de nuevo a la casa del Jefe. Noté que Pig no estaba dentro. ¿Había dejado una ventana abierta? No... estaban rotas, pero no abiertas. Quizá se había salido durante toda la confusión. Tal vez estaba con J. Lo.

—¡J. Lo! —grité.

Las luces llevaban un par de días sin funcionar, pero las intermitentes sí. Las encendí una y otra vez, ahí fue cuando vi a alguien en el brillo anaranjado.

Era Vicki, y tenía a Pig.

—Oh, la encontraste —dije, tratando de ser civilizada. Pero luego la miré bien, estaba encorvada sobre Pig como un duende maligno, con las manos tiesas alrededor de su cuello. Se veía en sus ojos que estaba enloqueciendo de verdad.

—Encontré a tu pequeño J. Lo también —dijo la señora Ligera—, ¡y qué fortuna que lo hice! ¡Es una gata! ¡Todavía tienes una gata!

Hay veces en las que de verdad quieres decir "¡No me digas!", pero no puedes. Supongo que forma parte de madurar.

—¿Por qué no me dejas llevármela? —dije—. Disculpa por haberla dejado salir...

—Oh, no. Nadie se va a llevar a la pequeña J. Lo salvo los extraterrestres. ¿Sabes qué nos pudo haber pasado si se hubieran enterado de que teníamos un gato después del anochecer? ¿Eh? No creo que lo sepas

Pig comenzó a gruñir. La señora Ligera le estaba haciendo daño.

Miré en todas direcciones, esperando ver a David tal vez, horrorizada porque también podría encontrarme con luces en el cielo o alguno de esos cazadores de gatos.

—Es justo lo que esperaría de la pequeña *Grace.* Lo sé todo sobre ti. Has engañado a los demás, pero *yoveoatravésdeti.*

Lo que no vio fue a J. Lo acercándosele por la espalda. Había encontrado una nueva sábana y estaba disfrazado de fantasma otra vez. Estaba pensando en cómo hacerle una señal para que se agachara detrás de ella y que yo pudiera darle un empujoncito. Lo había visto en una película de los hermanos Marx y siempre había querido intentarlo. Pero mi mente se quedó en blanco cuando J. Lo se quitó la sábana y el casco. Ahora no tenía disfraz, y todo lo que Vicki tenía que hacer era darse la vuelta.

—Cómo... ¿cómo supiste que vendrían? —preguntó Vicki.

—Con unos telescopios potentes.

—Ajá —asintió la señora Ligera.

—Pon a la gata en la bolsa, por favor —dijo J. Lo, con la sábana en sus manos. La señora Ligera hizo lo que le pedía.

—Era la chica quien la tenía —dijo—, yo se las iba a llevar a ustedes.

Pig se movió un poco, pero se quedó quieta cuando J. Lo apretó la sábana.

—Lo sabemos. Te lo agradecemos. Por tu buen servicio recibirás regalos. ¡Flores! Y un sombrero caro.

271

—Bueno, eso es muy… muy… pero, ¿no eran los otros extraterrestres los que querían a los gatos?

—Hum sí. Los Buv estamos… haciéndoles algunos favores. Para que dejen de dispararnos. ¡Ahora, muévase! ¡Todos de regreso a casa!

La señora Ligera me lanzó una mirada engreída y salió corriendo.

J. Lo entró al auto y dejó salir a la gata.

—¡Uf! —miró su sábana—. Estar toda cubierta de pelos de gato.

J. Lo había estado muy ocupado mientras yo me encontraba en el museo de OVNIS. Además de provisiones y un nuevo disfraz de fantasma, había encontrado una patrulla. Más o menos.

—No es una patrulla de policía —le dije.

—Sí es —dijo J. Lo—. Mira. Luces que brillan.

—Es verdad.

—Letras en los lados.

—Sí, pero ¿qué dicen? "Patrulla Fiestera de BullShake".

—Sí. ¿Y qué?

BullShake era una de esas bebidas energéticas. ¿Todavía existen en el futuro? Venían en latas altas, delgadas, y se suponía que te hacían sentir vital y enérgico para que tuvieras el empuje y el objetivo de salvar vidas, o correr un kilómetro más, o resolver ese problema matemático irresoluble o lo que fuera.

—Es igual que un auto de policía —dijo J. Lo.

—Sólo que es más pequeño. Y las patrullas no son rojas. Y normalmente no llevan en el techo latas de tres metros de bebidas energéticas.

—¿No podemos llevárnoslo y ya está?

Nos lo llevamos. Arrastramos a Velicioso de vuelta al vertedero, que tenía un aspecto triste y plano, además de la gran torre de agua destrozada que estaba a unos cuantos metros. J. Lo se puso a trabajar de inmediato en la Patrulla Fiestera para que fuera más fácil de manejar y ver por encima del tablero.

—Espera un momento —le dije—. Hay que ver si la cabina de teleclonación cabe en esta cosa antes de que empleemos mucho tiempo en ella.

Desatamos a Lincoln y lo dejamos correr por ahí, y J. Lo me llevó al centro del piso de madera que solía ser la casa del Jefe. Se encorvó, buscando algo alrededor de sus pies.

—¿Sabes? —dije—, después de que ese Gorg estornudara también estuvo mirando mis pies.

—Los Gorg no estornudan.

—Lo hizo. Y después gritó "¿Dónde está?" y miró a mis pies. ¿Hay algo que deba saber sobre las cabinas teleclonadoras? ¿Algo así como que se hacen muy pequeñitas cuando no las estás usando o algo así?

—No estoy buscando la cabina. Estoy buscando el hoyo. ¡Ajá!

Puso sus dedos en un punto de una tabla y la alzó. Una gran puerta cuadrada se levantó.

—¡Oh, vaya! —exclamé. Los reto a decir algo menos estúpido cuando descubran un pasadizo secreto por primera vez en sus vidas.

J. Lo encontró un interruptor en la pared. Unas lámparas desnudas se encendieron y le dieron un brillo opaco al lugar.

—¿Aquí es donde te escondiste? —pregunté mientras

bajábamos por una escalera de metal atornillada a un costado de... bueno, a un costado de una tubería enorme. Una enorme tubería de agua hecha de concreto que terminaba unos veinte metros más abajo.

—Sí. Y donde esconder la cabina teleclonadora. A la vuelta de la esquina.

Llegamos hasta el fondo y vi que estábamos sobre la intersección de dos enormes tuberías que formaban una T boca abajo.

Uno de los caminos que llevaba al pueblo estaba completamente oscuro. Pero en la dirección opuesta las luces se extendían un buen tramo. La tubería estaba seca y llena de cosas. La cabina de teleclonación estaba allí, así como una pila de cajas de metal, y un montón de cajas normales de cartón llenas de antigüedades. Había viejos cascos del ejército y periódicos, una Biblia alemana y una placa de peltre con la Declaración de Independencia escrita.

—Y mira —dijo J. Lo—, *Talkie-walkies* —deben haber pertenecido al Jefe de cuando la guerra. Eran el Increíble Hulk de los *walkie-talkies*: grandes y verdes, del tamaño y peso de medio galón de leche, con una gran antena y una bocina de teléfono.

Había un póster en chino en un costado de la tubería junto a una fotografía autografiada de Betty Garble, y una suerte de embarazosa pintura *pinup* con una chica a la que un pelícano le levantaba la falda.

J. Lo se agachó junto a la teleclonadora y comenzó a desatar unos cables.

—La puedo desarmar —dijo—, para que sea más fácil de mover.

—Muy bien —afirmé—. ¿Por qué crees que el Jefe puso iluminación en esta parte del túnel? Tiene todas estas cosas aquí.

J. Lo se susurraba algo a sí mismo en buvish.

—¡Cinco minutos! —me dijo, sin mirar a otro lado que no fuera la cabina.

Caminé al otro lado del túnel hasta que llegué a una intersección y una escalera que conducía hacia arriba. De repente tuve la extraña sensación de que nunca me había ido de Florida y que la escalera se abriría hacia Broadway el Reino del Ratón Mágico otra vez.

Subí la escalera y la tubería se volvió más estrecha y oscura. Pero encima de mí, muy por encima de mí, se veía un pequeño trozo de luz de luna.

—Un día de éstos —me dije a mí misma—, mamá me preguntará qué estuve haciendo sola todo este tiempo, y yo le contestaré: "Subiendo escaleras".

De nuevo tuve esa sensación de *déjà vu* cuando me di cuenta de que llevaba mucho tiempo subiendo; que había sobrepasado el suelo y seguía escalando. Debo estar en la torre de agua, pensé. Debo estarme acercando al tanque. La tubería se iluminó un poco y vi la rejilla que se extendía como una portezuela sobre mí. La luz de la luna se colaba, supongo que por el gran agujero en el costado de la torre en donde el Jefe decía que su nave de papel maché se había estrellado. Empujé la portezuela y saqué la cabeza para echar un vistazo.

—Oh —dije—, *tiene* que tratarse de una broma.

—No me empujes —dijo J. Lo—. No soy tan bueno con escaleras.

—¿De verdad?

—Pudiste decírmelo en lugar de toda esta escalada.

—Ya casi llegamos —dije.

J. Lo levantó su casco para alzar la rejilla en el suelo del tanque de agua mientras subía.

—¡Kuuuuuvish!

Subió rápidamente hacia el cuarto cilíndrico y se apresuró al más grande de los animales.

—¡Naaaa-aaa-aaa-aa-aa-aaaah! —dijo el kuvish.

—¡Maa'apla nah! —dijo J. Lo.

—Supuse que serían kuvish —dije—. Son iguales a los de tus dibujos.

Tenían cuatro patas y rizos tiesos de cabello pajizo. Sus pies eran redondos y hacían *toc-toc* cuando caminaban. El kuvish más pequeño se acercó a J. Lo y éste le mordisqueó la oreja.

—¡Oye! —exclamé—. ¿Por qué has hecho eso?

—Está bien —dijo J. Lo, radiante—. No sienten dolor. Están bien, siempre y cuando no te comas su cabeza.

—Ah.

—Prueba un poco de cola. Está crujiente.

—No.

En su lugar le di unas palmaditas al más pequeño mientras gemía con alegría. El Jefe los había cuidado bien. La torre estaba rodeada con tomas de agua y llena de heno, e incluso había un pequeño árbol plantado debajo del agujero por donde había entrado el OVNI.

"Oh, sí", pensé.

—¿J. Lo?

—¿Sí?

—¿Y si realmente se estrelló una nave aquí en 1947? ¿Una nave Buv?

—¡SÍ! ¡Claro! ¡La nave que se estrelló en Roswell debe haber sido la Misión Haanie!

La cápsula de Haanie debió explorarse hace 294 años. Digo, explotarse.

En vez de eso, probablemente fue desviada de su ruta y se dirigió a la Tierra.

Mucho tiempo en el espacio. Una cápsula muy lenta.

Los kuvish se reproducen por sí mismos.

Si caen en agua, nace un nuevo kuvish.

Los kuvish bebés comienzan como granos que crecen y se caen.

Si no, se secan en el aire.

A Haanie le debió haber salido uno de estos granos cuando su cápsula despegó. Cuando se soltó, no había agua para hacerlo crecer, pero tampoco había aire para secarlo.

La cápsula mantuvo al bebé fresco, como un kuvish enlatado.

Entonces

la cápsula

se estrelló en el agua,

y ¡TACHÁN! ¡Surgió un nuevo kuvish!

—Pero… —dije— eso significa… que el Jefe tiene realmente una nave espacial.

Nos miramos a los ojos durante unos segundos. Yo ya estaba bajando la escalera de nuevo cuando J. Lo se asomó por el agujero. Después regresó un momento, le dio otra mordida a un kuvish, y comenzó a bajar también.

—¿Estarán bien? —pregunté. Mi voz resonó con eco—. No podemos traerlos con nosotros a Arizona.

—Estarán bien. Tienen agua como para hacer cien bebés, y el Jefe puso suficiente cloro para un año. Un año Tierra.

Yo soy más rápida bajando las escaleras, así que cuando al fin llegamos, estaba muy adelantada a J. Lo. La entrada al sótano del Jefe ahora era sólo un agujero, con las astillas que quedaban de las puertas colgando de bisagras dobladas. Me apresuré a bajar y busqué el interruptor de la luz.

Se encendieron sólo la mitad de las luces. No sonó la canción. El Gorg lo había destrozado todo. Incluso había lanzado el OVNI contra la pared y yacía ahí, con su estructura de papel maché aplastada contra el suelo.

—No lo entiendo —susurré. El platillo tenía tan mala apariencia como un par de días atrás. Peor aún—. No puede ser real.

J. Lo llegó, jadeando.

—Tú… es… Tip debió esperar un poco… mucho… correr…

—¿No crees que…? —dije y avancé. Había algo extraño en toda la escena.

—¿Sí? ¿Qué?

Rompí un poco del papel maché de la nave espacial falsa. Adentro había una real.

***

—¿Cómo va todo? —pregunté. Debíamos partir mientras estaba oscuro, y yo me sentía cansada y ansiosa.

—¡Extrafino! —respondió J. Lo—. Este Jefe Osito Gritón es un tipo listo. ¿Sabes que drenó y limpió el Distribuidor Ajustable Snark él solo? Y arregló el zumbador. No sé cómo hizo eso. Es muy tardado arreglar estas cosas. ¿Cómo está la BullShake?

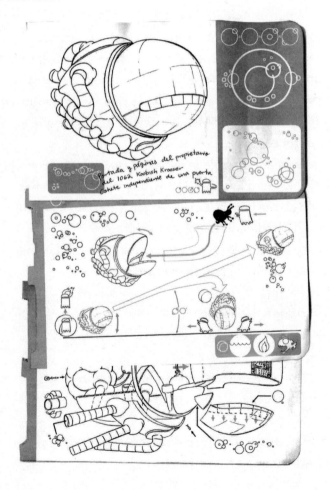

La enorme lata de BullShake estaba amarrada a la parte trasera de Velicioso y la cabina de teleclonación desarmada en su interior. Y J. Lo estaba terminando las reparaciones. Le hizo a Velicioso una nueva salpicadera con la escotilla de la cápsula de trescientos años atrás y hojalateó el techo. Cambió algunas piezas, incluido el Distribuidor Ajustable Snark. Era un poco más grande que el anterior, y una antigüedad, pero al parecer el Jefe lo había cuidado bien. Yo esperaba que los BOBO estuvieran cuidando bien del Jefe.

J. Lo dejó en el suelo sus herramientas y alzó su rostro lleno de aceite.

—¡Listo! —exclamó.

J. Lo tenía que manejar. Yo estaba muerta. Dejé un montón de comida y agua para Lincoln y una nota para los BOBO y el Jefe en el parabrisas de la Patrulla Fiestera y nos fuimos de Roswell; tratamos de adelantar tanto camino como fuera posible antes de que los Gorg se dieran cuenta. Yo dormitaba en el asiento trasero, y mi cuerpo estaba hecho un signo de interrogación puntuado por Pig a mis pies. Se estaba bien en el asiento trasero, como si uno fuera un niño pequeño, tanto así, que cuando el auto se detuvo una hora después y yo desperté, esperaba que mamá me cargara y me llevara hasta mi cama.

Había un brillo tenue en la ventana trasera. Me levanté y miré hacia afuera. Después bajé del auto y me uní a J. Lo, que estaba parado junto a la defensa trasera.

Habíamos subido de altura, y desde allí podíamos divisar Roswell a unos cuarenta kilómetros de distancia. Quizás en el futuro ustedes ya lo hayan reconstruido; eso

estaría bien. La gran esfera Gorg estaba más cerca que antes, y era del color de un moretón reciente bajo la luz de la luna. Y Roswell brillaba en la oscuridad.

—¿Qué están...? ¿Por qué están haciendo eso? —pregunté.

J. Lo miró la gran lata de metal que remolcaba el auto, y luego miró al pueblo. Sobraban las palabras. Los Gorg no habían encontrado su cabina de teleclonación; estaban quemándolo todo a cien metros a la redonda para que nadie más la tuviera.

—Seguro que se han escapado, ¿verdad? ¿El Jefe y David y todos los demás? ¿Y Lincoln?

Los disparos de cañón prendieron fuego al horizonte y unos Gorg desmesuradamente enormes lo machacaron de nuevo. Pensaría que se trató un sueño, si no fuera por las fotos.

—Es mejor que nos vayamos —dijo J. Lo.

Manejamos por turnos, dormimos un poco y nos dirigimos al norte con más determinación que nunca porque parecía que los Gorg se habían puesto en movimiento. Era difícil saberlo con una nave así de grande y lejana, pero parecía que nos perseguían a nosotros. Pudimos haber llegado a la frontera de Arizona en un par de horas si no nos hubiéramos distraído con tantas pequeñas y estúpidas discusiones. No me malinterpreten, J. Lo me cae muy bien. Ya lo he superado. Pero no creo que haya nadie en el mundo con quien pueda estar veinticuatro horas al día durante tres semanas sin ponerme un poco quisquillosa. Si algún día conozco a tal persona, me casaré con ella. Probablemente estábamos cerca de Four Corners cuando nos peleamos sobre si el agua era o no húmeda. Supongo que yo sabía que no tenía razón, pero no había nada que me pudiera detener cuando comenzaba.

Eran tierras extrañas. Muy desérticas, con unos bucles y formaciones rocosas que parecían merengue derramado. Pero supe que nos acercábamos a la frontera con Arizona cuando comencé a ver pequeños hilos de humo en el aire. Provenían de los campamentos, pensé. Estaban hechos por personas.

—Es mejor que te pongas tu disfraz —dije—. Y no creo que puedas hablar con nadie con esa voz. Esa señora Kat ya te había pescado.

J. Lo se aclaró las gargantas.

—¿Y SI HABLO ASÍ?

Pegué un brinco. Sonaba igual que una voz de la televisión.

—NUESTROS CONTENDIENTES RECIBIRÁN LOS SIGUIENTES PREMIOS DE CONSOLACIÓN.

—Eso es impresionante —le dije—. Ahora imita a un niño.

—Ésta es la única voz que sé hacer.

—No creo que sea de mucha ayuda, entonces.

—No importa —dijo J. Lo—. Haceré que me duelan los dientes.

Se puso la sábana de nuevo. Le habíamos hecho también unos brazos, con mangas blancas y guantes.

—Buuu —dijo el fantasma J. Lo—. ¡Buuuuuuuu!

—*Está bien* —dije, sonriendo—. Gracias.

BIENVENIDOS
AL ESTADO
DE ARIZONA

decía un gran letrero, y yo suspiré. Según el letrero, Arizona es conocido por el algodón y el cobre. Su ave oficial es el chochín de cactus, y el cañón del estado es el Gran Cañón. Muy bien, Arizona.

Después de un par de minutos comenzamos a ver tiendas y casas pequeñas cubriendo la tierra. Y gente, más humanos de los que había visto en un solo lugar durante las tres últimas semanas. Cientos de personas, y todos nos estaban mirando.

—¿Por qué nos miran? —pregunté. Después me contesté a mí misma: ¿por qué *no* iban a estar mirándonos?

Traté de aparentar tener dieciséis años, lo cual es muy difícil si no estás concentrado, y bajé a Velicioso un poco más cerca del suelo, con las llantas traseras que apenas rozaban el asfalto. Pero aún estaban las salpicaderas extra y las mangueras y la lata de BullShake y el copiloto fantasma, así que la gente nos miraba. J. Lo también los miraba.

—¿Ves? Los Buv están ayudando.

Era obvio hacia dónde estaba apuntando. Había algo parecido a una pelota de fútbol llena de champú cerca de la avenida principal. Gente con cubetas y hieleras se formaban a su alrededor, pero detuvieron todo lo que estaban haciendo al vernos pasar.

—Es un teleclonador —dijo J. Lo—. Las gentes pueden usarlo para hacer agua y para hacer comida.

—¿Comida? Pensé que los teleclonadores no podían hacer eso. Los de los Buv.

Ojalá no hubiera añadido eso de los Buv. No había querido insinuar nada, pero me parecía escuchar cierto tono en la voz de J. Lo después.

—No es *complicado* —respondió—. Los teleclonadores pueden hacer una malteada muy nutritiva. Tiene todo lo que necesitas.

—Eso es muy amable de su parte —dije—. Muy amable de parte de los Buv —y lo más incomprensible es que lo decía en serio. Los Buv nos habían invadido, habían eliminado nuestros monumentos, tomado nuestras casas y nos habían botado en un estado que no querían, y ya estaba tan acostumbrada a todo eso que la sola idea de que no nos dejaran morir de hambre en la oscuridad me parecía un lindo gesto.

Deslicé a Velicioso por una colina cercana a lo que solía ser un Compra-Más y que ahora parecía ser el hogar de un montón de gente. Nos miraron y señalaron nuestro auto flotante, así que comencé a gritar "¡Magia!" por la ventana mientras pasábamos. No tenía ningún sentido, pero logró que la mitad de ellos asintieran y continuaran haciendo sus cosas.

No pasaron diez minutos antes de que nos detuvieran. Vi luces azules y rojas parpadeando detrás de mí y escuché una sirena, pero no podía imaginar un sonido más dulce. Era sólo una sirena, nada especial, nada nuevo. Era una patrulla de policía común y corriente, con dos policías que probablemente estarían aterrados.

Me detuve. La patrulla se detuvo detrás de mí. Un policía se bajó, se agachó detrás de la puerta abierta y apuntó su pistola hacia Velicioso. Una policía salió por el asiento del copiloto y se acercó lentamente a nosotros, como si esperara que el auto se convirtiera en un robot. Tras esto, se acercó y miró por mi ventanilla.

Pensé que la policía tenía que tomar las riendas en situaciones como ésta, pero esta mujer sólo nos miraba. Yo le sonreí dulcemente.

—Hola.

La policía frunció el ceño ante mi "Hola". Creo que sus instintos se desataron.

—¿Sabe por qué la he detenido, señora?

—¿Por que tengo once años y mi auto está flotando? La oficial me miró un momento y tosió.

—Sí —respondió.

—Parece entonces que me tiene que llevar a la estación de policía —agregué.

Pensé que no encontraría a mamá gritando su nombre por todo Arizona, así que sabía que al final terminaría acudiendo a las autoridades, si es que las había. En la estación les hablé del secuestro de mamá y del Buv misterioso que reconstruyó nuestro auto, y de cómo mi hermano JayJay vomitaría durante diez minutos si alguien trataba de tocarlo o hablar con él. Adquirí mucha práctica contando esa historia, pues la tuve que repetir a no menos de cincuenta personas en los siguientes días. Pronto tenía una escolta de policías acompañándome a Flagstaff, en donde gente del gobierno trataba de reunir información y ayudar a las personas a reunirse con sus familias y amigos. Parecía ridículo que tantas personas estuvieran tratando de encontrarse cuando estábamos todos hacinados en un estado como éste. Pero supongo que si no estabas en la misma cápsula, no había manera de averiguar si tus seres queridos vivían en Mohawk o Happy Jack o Tuba City. Juro que no estoy inventándome estos nombres.

La Agencia Federal de Personas Perdidas de los Estados Unidos era un edificio universitario. Me presentaron a un hombre delgado de traje llamado Mitch. Dos hombres con trajes idénticos estaban detrás de él con las manos cruzadas en la espalda.

—Nombre —dijo Mitch. Yo miraba los pinos y las montañas nevadas por una ventana y me preguntaba por qué había pensado que el paisaje de Arizona era sólo dunas y cactus. Tardé un poco en reaccionar y darme cuenta de que me estaban preguntando algo.

—Oh. Tipolina Tucci.

Me miró por encima de su portapapeles.

—No tengo tiempo para bromas. Tengo mucha gente esperando. ¿Cuál es su nombre?

—Tipolina. T-i-p-o…

—Eso no es un nombre.

Fruncí el ceño.

—¿No es eso asunto mío y de mi madre?

—Ajá. ¿Y ésta es su mamá? —preguntó, haciendo un movimiento de cabeza hacia la policía que nos había detenido y que ahora estaba en la esquina tratando de mantener entretenido a J. Lo sin hablar ni hacer movimientos bruscos.

—¡Vaya! —dije—. Eres muy bueno. Aquí estoy yo, buscando a mi mamá, y tú la encuentras antes de que me levante de la silla.

—Hay mucha gente esperando —dijo Mitch de nuevo—. Mientras, la voy a anotar como Tipolina.

—Así tendrá que ser.

—Apellido.

—Tucci.

—Inicial.

—No tengo.

Mitch me miró como si no la tuviera a propósito.

—¿Cúal es el nombre de la persona o personas que intenta localizar?

—Lucy Tucci —respondí—. Mi madre.

—¿Cuántos años tiene?

—Treinta.

—¿Y cuál es su relación con Lucy Tucci?

—Bastante buena —dije—. Digo, a veces peleamos...

—No —dijo Mitch—. No. ¿Quién es para usted? ¿Cuál es su parentesco?

—Es mi madre, yo soy su hija.

Mitch buscó en su carpeta. De repente recordé una promesa que había hecho.

—¡Ah! Y puedes buscar a, eh... ¡Marta! Marta González. Y cuando la encuentren, díganle que Christian y Alberto están bien, viven debajo del Reino del Ratón Mágico.

Se podía ver que una parte de Mitch moría por dentro. Abrazó la carpeta contra su estómago.

—No existe formulario para eso —dijo.

—Bueno —dije—, ¿podrías...?

—Si no existe un formulario, no veo cómo podríamos... ¿Michaels? ¿Puede ver si existe un formulario para eso?

—Sí, señor —respondió uno de los hombres de traje que había detrás de él antes de salir apresuradamente. Hasta ese momento yo pensaba que estaban ahí para agarrar a Mitch si se caía de su silla.

La policía se acercó y me dijo:

—Tu hermano está comiéndose unos lápices.

—Hace esas cosas —contesté.

—Sabes —dijo—, deberías poner el nombre de tu mamá en la Lista de Extraviados.

—Oh, Dios —dijo Mitch—. También podrías pedirle que lanzara dardos a un mapa.

—¿Qué lista de personas perdidas? —pregunté.

Al parecer, las personas no confiaban en que la Agencia de Personas Perdidas encontrara a nadie. Algunos se habían encargado de llevar consigo listas de nombres. Todas incluían diez nombres, y cuando tenían uno nuevo, se añadía al principio de la lista y se tachaba el que estaba al final. A lo largo del día gritaban: "John Hancock busca a Susan B. Anthony," o "Buddy Holly busca a Ritchie Valens"[7]. Si conocías a Susan B. Anthony o a Ritchie Valens, les decías lo que supieras.

—Mucha gente se ha encontrado de esta forma —dijo la mujer.

—Haz lo que quieras —dijo Mitch—, ¿está bien? Pero la Agencia es la manera más simple y expedita de encontrar a las personas. Aquí está su boleto —me entregó un papel azul.

Decía: CASO #9003041-CHARLIE BRAVO en tinta negra, y debajo de eso: LUCY TUCCI, MADRE DE LA SOLICITANTE. En el reverso había un cupón para el autolavado.

—Gracias —murmuré.

—No lo pierda —dijo—. No podrá reclamar a su madre si lo pierde. Regrese dentro de diez o catorce días hábiles.

Aprendieron a odiarme seriamente en la Agencia de Personas Perdidas. No regresé diez o catorce días hábiles después, sino al día siguiente, y al siguiente, y al siguiente. Mientras tanto, J. Lo y yo vivíamos en Velicioso a las afueras del pueblo. Querían buscarnos algo mejor, pero

---

[7] John Hancock, Susan B. Anthony, Buddy Holly y Ritchie Valens son personajes históricos en Estados Unidos. Los dos primeros se relacionan con el campo político, los otros dos fueron conocidos pioneros del rocanrol.

yo me resistí. Nos movíamos mucho para que no les fuera fácil sorprendernos (J. Lo se tenía que quitar su disfraz de vez en cuando), y usábamos los baños y regaderas de la universidad. Registré a mi madre con la gente de la Lista de Extraviados. Tenían una suerte de oficina en la parte trasera de una tienda de mascotas abandonada. No había muchas líneas de teléfono funcionales, pero tenían una radio de onda corta. Era distinta de una radio normal en dos aspectos. Primero, podías hablar dentro de una onda corta. Si alguien estaba escuchando tu frecuencia, podían escucharte, y las oficinas de las otras Listas de Extraviados estaban sintonizadas en la frecuencia adecuada. Y segundo, a las personas que usan radios de onda corta *de verdad* les gustan las radios de onda corta. Me tocó escuchar a un tipo pálido llamado Phil hablar de la suya durante cuarenta minutos.

J. Lo, Pig y yo nos apañábamos bien. No teníamos comida, pero había mucha malteada. J. Lo tenía razón sobre eso. La mayoría de las comunidades cercanas a las ciudades tenían máquinas teleclonadoras para el agua y la comida, pero de todas formas, todo el mundo intentaba tener un huerto porque las malteadas sabían a cartón triturado.

Por las noches, J. Lo trabajaba en la cabina teleclonadora. Yo seguía insistiendo sobre la esquina destrozada de la jaula.

—¿Le falta algo importante acá? —pregunté finalmente—. ¿El daño es muy grave?

—No lo creo. Probablemente sólo perdió un pares de boquillas. Todavía se puede echar a andar. Sujeta bienamente la lámpara, por favor.

—¿Estás seguro? Quiero decir, si algún día probamos esta cosa, no quiero telentransportarme y perder un pie o algo así.

—Tendrás tus dos pies. El daño es afortunado, de hecho. Deshabilitó el receptor.

—¿Eso es bueno?

—Es bueno. Sin receptor no pueden entrar más Gorgs. Sin receptor, la nave Gorg no puede mandar el mensaje de autodestrucción. Hum.

—Así que si los Buv no hubieran dañado la cabina, el Jefe no habría podido robarla en primer lugar. ¿Y tú puedes arreglarla?

—Chis —susurró J. Lo—. Concentrándome.

Miraba cada centímetro de la jaula, la maquinaria, los pedacitos que había quitado y apartado. Armó la cosa entera en cuestión de minutos, y después la desarmó de nuevo.

—No lo entiendo —dijo—. Es como una teleclonadora Buv. Es lo mismo.

—Debe haber *algo* diferente.

J. Lo no contestó. Se agachó junto a una boquilla e hizo una mueca.

—Apuesto a que todos salieron de Roswell —dije—. Tenían aquel auto. Y tenían la camioneta del Jefe, también.

J. Lo le pegó a la boquilla con un palo.

—Además de la Patrulla Fiestera —añadí—. ¿Dejaste la llave?

—¿Hum?

—Esa llave que hiciste para la Patrulla Fiestera. ¿La dejaste puesta?

—Ah. Sí.

—Así que también tenían eso —dije.

Muy cerca, dos grillos hablaban, haciéndose la misma pregunta una y otra vez:

"¿Estás ahí?"

"Sí. ¿Estás ahí?"

"Sí. ¿Estás ahí?"

"Sí. ¿Estás…"

J. Lo se golpeó en la frente.

—¡Es lo mismos!

—¡Shhh!

Se frotaba contra la cabina, ponía los dedos en las boquillas y se decía cosas a sí mismo. Los grillos continuaron su charla.

—Bueno, dijiste que aún tienes que conectarla a una computadora, ¿no?

—Sí —dijo J. Lo—. Por la señal. Pero eso no importa.

—Pero… —dije—, ¿la computadora no lleva un registro…?

—No —dijo J. Lo—. No, no, no. Es más complicado. Ningún Buv ha construido una computadora capaz de registrar todas las partículas de una persona.

—¿Ni siquiera una de sus computadoras de gas?

—Ni siquiera. Para funcionar, esa computadora debería ser cientos de veces más grande que una nave Buv; que la nave más *grande* de los Buv. Si es que fuera posible. ¿Quién construiría tal cosa? ¿En dónde la guardarían?

—¿Tendría que ser así de grande?

—¡Tendría que ser como una luna pequeña! —exclamó J. Lo.

Nos quedamos mirándonos sin hablar. Incluso los grillos se callaron. Después los dos miramos la luna púrpura que flotaba sobre México.

—No crees que... —dije.

—No —dijo J. Lo. Pero no sonaba tan seguro—. El cerebro eléctrico ocuparía la mitad de la nave. No dejaría espacios para los Gorgs y las provisiones.

—¿Cuántos Gorgs y cuántas provisiones necesitas cuando puedes clonarlos?

—Hum.

J. Lo explica cómo cree que los Gorgs lo hicieron, por J. Lo.

Lo más probable es que los Nimrogs hayan enviado un satélite con boquillas teleclonadoras.

Las boquillas clonaron una espesa bola de piel Nimrog alrededor del satélite

y pusieron en la superficie nuevos clonadores.

LAS CAPAS INTERIORES fueron eliminadas.

Esto se habría repetido hasta que la pelota fuera un globo de tamaño magnanormal, una pelota de playa carnosa tan grande como...

"Ya lo he entendido, J. Lo. Gracias."

Sólo quería decir. Requetegrande.

El satélite clonador del centro comenzaría después a inyectar el gas eléctrico de la computadora para llenar la esfera. Más partículas de computadora de las que jamás se habían concentrado en un solo punto. La computadora más inteligente.

"¿Lo suficientemente inteligente como para clonar personas?"
Posiblemente. Pásame el cemento plastificado, tengo hambre.
"No puedo creer que hayas dibujado eso."

—Esto es bueno —dije—. Si tienes razón, puedes arreglar el receptor y construir más cabinas teleclonadoras, y las podremos usar nosotros también. Los Humanos podrán usar las computadoras Gorg en su contra.

—Posiblementes.

—Tendremos que decírselo a alguien. Pronto. Tal vez a alguien de la Agencia de Personas Perdidas. Estaba planeando ir mañana para ver si ya encontraron a mi mamá.

Fuimos a la Agencia la mañana siguiente pero las oficinas estaban vacías, excepto por el hombre trajeado llamado Michaels.

—Oh, es usted —dijo sin ningún signo de sorpresa en su voz—. No hemos encontrado a su madre.

—Sí, bueno, no quiero ser grosera —dije, agitando un brazo—, pero no parece que lo estén intentando con muchas ganas.

—Ya. Es por la junta.

—¿Qué junta?

Michaels sonrió.

—Pensé que todos lo sabían. La junta con los representantes Buv que está teniendo lugar en el patio. Están ahí ahora mismo.

—¿Por qué se han reunido los Buv con nosotros? —me pregunté en voz alta. Caminábamos al centro del campus para averiguarlo.

—Tal vez deberíamos decirles a estos Buv lo de nuestro teleclonador —dijo J. Lo.

No me encantaba la idea. No podía culpar a J. Lo por querer pensar lo mejor de su gente, pero yo estaba segura de que los Buv lo arrestarían, usarían esta nueva información para vencer a los Gorg, y nos seguirían tratando a los humanos como los parias que creían que éramos.

Había una gran multitud congregada en el patio; al menos un centenar, de frente a un escenario de madera. Y en el escenario estaban los Buv. Uno de ellos estaba mejor vestido que el resto y se dirigía a la multitud.

J. Lo ahogó un pequeño grito.

—¡Smek! —susurró—. ¡Es el Capitán Smek en persona!

—Son una especie horrible —decía Smek— y no le demuestran a los Nobles Salvajes de Smekópolis el respeto que han recibido de los Buv. Los Gorg son conocidos por toda la galaxia como los Tomadores, ¡y lo único que saben hacer es tomar, tomar y tomar!

Los guardias Buv que cuidaban a Smek comenzaron a chasquear los dedos una y otra vez. Es lo que hacen los Buv para aplaudir.

J. Lo estaba temblando y se pegaba contra mí. Puse una mano sobre su hombro y nos ubicamos detrás de los asistentes.

—Sabemos de la reunión mantenida ayer entre los Gorg y los líderes de Smekópolis —dijo Smek—. Los Gorg les deben haber hecho promesas muy bonitas. ¡No les crean! ¡Son unos mentirosos! ¡Esclavizarán a su raza, justo como han hecho con tantas otras! ¡Destruirán nuestro mundo!

Se escuchaban muchas voces que provenían del público. Smek no era un tipo popular en esta parte de la Vía Láctea, por razones obvias.

—Para terminar —dijo el Capitán Smek—, los Buv les estamos rogando: no le entreguen nuestro mundo a los Gorg por resentimiento. Luchen con nosotros...

Un guardia Buv le susurró algo a Smek.

—Luchen a nuestro *lado* —dijo Smek—, por una mejor y más luminosa Smekópolis.

Los guardias Buv chasquearon sus dedos de nuevo.

Smek tomó un respiro.

—Repito. *Ladies and gentlemen of the United State of America...*

—Esto no servirá para nada —le dije a J. Lo. Pero estaba equivocada. Algunas personas terminaron uniéndose a los Buv para pelear contra los Gorg. Aunque no marcó ninguna diferencia.

La gente ya se estaba yendo, hablando entre ellos, especialmente de que no se creían ni una palabra de lo que habían oído. Algunos miraban a J. Lo de manera extraña, pero había razones para hacerlo sin sospechar de que se trataba de un Buv. Parece una locura que lo hayamos escondido tan fácilmente, pero creo que la gente simplemente ve lo que quiere ver. Podías mirarnos y pensar que éramos una chica y su amigo extraterrestre vestido de fantasma en agosto, o simplemente vernos como dos niños actuando como niños. ¿Qué es lo que verían *ustedes*, honestamente?

—No lo mires —dijo incluso una madre, cuando vio que su hija se quedaba mirando a J. Lo—, sólo quiere llamar la atención.

Cuando volví la vista de nuevo a Smek, estaba repitiendo la última línea de su discurso.

—¡... *for a brighter, shiny Smekland!*

Y comenzaron los chasquidos de dedos de nuevo. Ahora algunos de los niños que estaban delante también lo hacían. Algunos adultos abucheaban, pero casi todos los que quedaban estaban en silencio.

El Capitán Smek bajó de su banquito y dejó el podio, y un hombrecito tomó su lugar.

—Mira —le dije a J. Lo—, es Mitch, de la Agencia.

Tenía las manos levantadas y sacudía la cabeza hacia las personas que aún abucheaban a Smek, e intentaba contener a la multitud. Smek y su grupo parecían unos niños avergonzados que se apresuraban a salir del patio.

—Amigos, amigos —decía Mitch—, ¿podemos mostrar un poco de hospitalidad? El Capitán Smek se tomó el tiempo para explicar su caso, y para eso se necesita valor, y creo que deberíamos darle un aplauso. ¿No? ¿Ya se van todos? Sólo un par de anuncios: el líder del Distrito Aeroportuario de Tucson, Dan Landry, hablará hoy en la noche sobre su conferencia con los Gorg. Eso será en el Auditorio Prochnow a las ocho... También... Amigos.

También hay nuevas fechas para los exámenes de nueva certificación de los doctores. Están pegadas en el árbol grande junto a la... cosa... ya saben cuál. Hasta que podamos probar quién es un verdadero doctor y quién no, amigos, recuerden usar su buen juicio. No porque alguien tenga un escalpelo significa que les puede extirpar el apéndice.

Prácticamente todos se habían ido y J. Lo y yo nos dirigimos hacia el escenario.

—Un último anuncio, amigos. ¿No? No vengan llorando a la Agencia cuando no sepan dónde conseguir sus boletos para la malteada. Oh, hola, Tipolina.

Su voz aún sonaba por el micrófono, así que lo apartó y se sentó en el borde del escenario.

—Encontraremos pronto a tu mamá. Ten paciencia.

—Ya hablé con Michaels —dije—. Vinimos a escuchar al orador.

—Debes formarte tu propia opinión, claro. Pero yo no creo que tengas que escuchar a estos Buv. No van a durar mucho. Nuestros líderes están haciendo grandes avances con los Gorg. *Grandes* avances. Especialmente Dan Landry. Deberías ir a su charla esta noche.

—Sí, tal vez —le dije—. Nos vemos mañana, Mitch.

—¡Oh! —dijo Mitch—. Casi lo olvido. Alguien te está buscando. Un hombre Nativo Americano que está en el hospital, me parece.

—¡Jefe! —grité cuando entramos a su cuarto.

Bueno, no. Realmente no sucedió así. Grité: "¡Jefe!", y después J. Lo y yo condujimos hasta el hospital, atravesamos un mar de gente en la puerta y un laberinto de personas en sillas de ruedas y camillas con tubos intravenosos colgados de percheros, averiguamos el número del cuarto del Jefe gracias a una mujer que había detrás de un escritorio, una enfermera nos informó que no podíamos ver a un paciente si no éramos familia, le grité amablemente a esa enfermera que "¿No somos todos familia de alguna manera si lo piensas bien, estúpida?", después nos escabullimos cuando se distrajo con un perro en una silla de ruedas y corrimos al cuarto del Jefe. Ahora sí.

En cualquier caso.

El Jefe compartía cuarto con un paciente que dormía al otro lado de una cortina.

—El señor Hinkel —dijo el Jefe, moviendo su cabeza hacia el hombre dormido—. Cree que los indios como yo deberíamos vivir en otro lado. Le gusta mucho decírmelo.

No quería hablar sobre el señor Hinkel.

—Bueno, quizá lo dejen ir pronto.

—Lo dudo —dijo el Jefe—. Alguien que cree que los *gays* como *él* deberían vivir en otro lado, le dio una paliza. Qué bueno verte, Piernastontas, Buv.

Sonreí. Luego me di cuenta de lo que acababa de decir.

—¿Te lo dijo Kat?

—No —dijo J. Lo—. Fui yo quien se lo dijo. Cuando se me cayó la sábana mientras cargábamos la teleclonadora. Olvidé contártelo.

Hice una mueca.

—¿Estás de acuerdo con eso, Jefe? ¿Se lo vas a decir a alguien?

El Jefe se encogió de hombros.

—Cuando eres indio, hay gente que te habla toda la vida acerca de la gente que se llevó tu tierra. No puedes odiarlos a todos o pasarías la vida gritándole a todo el mundo.

—Claro —le dije—, aunque eso es más o menos lo que hiciste. Pero todo era teatro, ¿no? Si actúas como un loco, le puedes decir a la gente que tienes un OVNI y nadie te creerá.

El Jefe sonrió. Tenía buenos dientes para alguien de noventa y tres años.

—Y más aún si escondes ese OVNI dentro de un pedazo de basura que tú mismo construiste... —dijo el Jefe.

—... entonces quien crea que tienes algo real se sentirá como un idiota cuando vaya a verlo.

—Funcionó durante sesenta y seis años. Hasta que ustedes hallaron a mis animales, supongo.

—Kuvish —dijo J. Lo—. Se llaman Kuvish.

—¿Todavía te llamas JayJay?

—No. Soy J. Lo.

—Ni loco te llamaré así.

—Puedes seguir llamándomes Espanto.

—Hecho.

No podía esperar más. La incertidumbre me estaba matando.

—Jefe —le pregunté—, ¿salieron todos de Roswell? Antes...

—Sí. Puedes agradecérselo a esos idiotas de los OVNIS. Estaban en el techo mirando por sus telescopios cuando vieron a los Gorg acercarse. Algunos escaparon en el auto que dejaste, aunque la llave de plástico los hizo dudar un poco. Yo monté a Lincoln y los... Kuvish en mi camioneta, y ese muchacho Trey y yo salimos de ahí justo a tiempo.

—¿Trey fue contigo?

—Yo... no podía manejar aún. Estaba muy mareado. Dejamos a los kuvish cerca del Río Grande. Trey está cuidando a Lincoln en lo que yo paro... en lo que yo salgo de aquí.

Tosió un poco. No lo digo como algo ominoso; en las películas e historias, las personas sólo tosen para prevenir que se van a enfermar o a morir o algo así. La verdad es que el Jefe siempre había tosido mucho. Todo el tiempo, incluso antes de ser golpeado por el Gorg. Pero ahora me llamó la atención.

—¿Te pondrás bien? —preguntó J. Lo.

—Espera. Es mi turno —dijo el Jefe—. Cuéntame algo sobre esa caja Gorg. ¿Está a salvo?

J. Lo le explicó lo que era la cabina teleclonadora, y por qué era tan importante, y cómo la habíamos escondido y estaba casi lista para usarse.

—Pensé que debíamos informarle a alguien sobre ella —dije—. Pero este tipo del gobierno al que conocimos está a favor de confiar en los Gorg y de hacer tratos con ellos, y temo que se la devuelva. No sé en quién confiar.

—Mantenla a buen recaudo hasta que salga de aquí y trabajaremos juntos. Aprendí muchas cosas en el ejército que nos serán de mucha ayuda si consigo recordarlas.

—De acuerdo, pero... Jefe, no he visto a mi mamá desde Navidad. Si me entero de dónde está, iré para allá.

—Yo también —dijo J. Lo.

El Jefe asintió con la cabeza y cerró los ojos. Era hora de partir.

Una segunda y larga semana pasó en Flagstaff. Visitamos al Jefe, hicimos fila en el teleclonador Buv para agua y

303

malteadas, hicimos trabajitos para personas a cambio de comida real y provisiones, y leímos juntos. Yo le leía en voz alta *Huckleberry Finn* a J. Lo, que le gustaba, y *La Guerra de los Mundos*, que le parecía muy tendencioso. Comenzamos nuestro propio vertedero y J. Lo trató de idear la manera de fabricar más teleclonadoras con tecnología humana, o de mejorar las clonadoras de malteadas para que pudieran transportar cosas más grandes.

Yo aprendí mucho del Jefe.

—Entonces, ¿después de la Segunda Guerra Mundial fuiste enviado a Nuevo México? —le pregunté durante una de mis visitas. Esa vez estaba sola, en la casa para ancianos a la que lo enviaron cuando necesitaron su cama del hospital. Él odiaba ese lugar.

—A un campo de entrenamiento en Fort Sumner. No me gustaba ese lugar; allí ocurrieron muchas malas historias con mi gente. ¿Sabes que crecí cerca de aquí? En la reserva.

—Sí, lo dijiste. Entonces, eres… ¿navajo? —había estado leyendo un poco sobre la zona.

—Prefiero el nombre Diné, pero sí.

—Así que después de Fort Sumner…

—Pedí que me transfirieran a la base aérea de Roswell. Compré algo de tierra cuando escuché el rumor de que la ciudad quería construir una torre de agua. Así tendrían que pagarme una renta.

—Ajá. Pasa a la parte cuando se estrella el OVNI.

—Hum. ¿Cuánto sabes de eso ya?

—Sé que algo se estrelló cerca de Roswell en 1947. Y que la gente había visto cosas extrañas en el cielo antes de ese momento. Luces. Definitivamente hallaron algunos pedazos del choque, pero el gobierno dijo que se trataba de un globo científico, y los ufólogos dijeron que era una nave y que había cuerpos de extraterrestres a su lado.

—Bien. Bueno, la cuestión es la siguiente. Realmente hubo un globo científico.

—Espera —fruncí el ceño—. ¿Qué?

—La cápsula Buv le golpeó al caer. Un golpe de suerte que destruyó el globo y su carga.

—¿Y los restos...?

—Eran del globo. Luego la cápsula kuvish se estrelló contra el suelo, rebotó unos cuatro kilómetros y se detuvo en la torre de agua que habían construido en mi patio. No se dañó mucho. La cápsula, me refiero, no la torre. La torre se perdió totalmente, y la ciudad la abandonó; de todas formas, nunca estuvieron muy de acuerdo con nuestro trato. Debe haber algo sobre pagarle a un indio por sus tierras que al hombre blanco le duele.

Miré al Jefe.

—No me hagas caso —dijo—. Viejos hábitos. Así que, cuando el gobierno dice que el choque fue de un globo, es porque así lo creen. No sabían nada de la nave espacial. Y mantienen la boca bien cerrada al respecto porque era un globo secreto con el que iban a vigilar a los rusos. Mientras tanto, yo intenté decirles a mis superiores que tenía un platillo volador y un extraterrestre en mi sótano, pero todos actuaron como si me hubiera vuelto loco. Fatiga post-traumática, creo que la llamaron en su tiempo.

—¿Pero lo descubrieron? —pregunté.

—En algún momento, un poco. Estudiaron las evidencias del choque y vieron que algunas cosas no cuadraban. Así que me llamaron, esperando que les dijera

305

la verdad después de todo. Pero para entonces yo ya estaba harto del ejército. Tenía otras preocupaciones. Así que actué como el indio loco hasta el final, ya tenía la nave escondida bajo mi nave falsa, y actué como si estuviera muy feliz de mostrársela. Me gritaron por hacerles perder el tiempo, se gritaron entre ellos, nunca volvieron.

—Pasé los últimos sesenta y tantos años tratando de entender esa nave —dijo—. Una vez la hice volar.

—No es cierto.

—Sí. La programé para llevarme unos doscientos metros arriba, dar una vuelta, y bajar al patio. Bueno, en realidad a unos diez kilómetros de mi patio. Ésa fue una larga caminata.

—¿La programaste? ¿Cómo?

—Tarjetas perforadas. Era lo que teníamos en los cincuenta, en lugar de discos compactos. Papel con agujeros.

—J. Lo dice que la cuidaste bien.

El Jefe me estudió durante un momento.

—Corre el rumor de que los Buv se van a rendir pronto —dijo—. Y se van a ir.

—Sí, lo sé —le respondí. Miré por la ventana como si allí estuvieran las naves Buv agrupándose en la frontera de Arizona, o las de los Gorg acercándose—. J. Lo lo sabe también.

—¿Cuándo va a regresar con su gente?

—No sé si él… si ya ha tomado su decisión. No hemos hablado de eso.

—Hum.

—Creo que debería regresar —le dije.

Cuando me acercaba a nuestro campamento vi a J. Lo de espaldas contra el auto, vestido con su disfraz de fantasma, de frente había un tipo en bicicleta. Pig estaba gruñendo desde una ventana. Corrí hacia ellos. ¿Lo estaba amenazando? ¿Sabía que era un Buv?

J. Lo me vio acercarme.

—¡Vaya! He estado tratando de decirle a esta persona que *no hablo su idioma* —dijo J. Lo, mirando momentáneamente al hombre—, pero no me deja en paz.

El hombre daba rodeos.

—¡Última edición! —gritó. ¡El *Semanario Narizón de Celebridades*! ¿Qué zorrilla adúltera fue abandonada por un candente verdolagón de Hollywood? ¡Sólo Narizón lo sabe!

Al principio pensé que se trataba de un enfermo mental, así que pensé en darle algo. Después vi que tenía una bolsa llena de periódicos. Eso era nuevo.

—¡Spielberg le da vueltas al mismo discurso de siempre mientras los ejecutivos de los estudios planean sus nuevas películas! ¡Y en esta edición: el mapa actualizado de los Estados Unidos!

No tenía ni idea de qué hablaba, pero quería ese mapa.

—¿Cuánto? —pregunté.

—Un dólar diez —dijo—. Pero, ¿para ti?, ¿porque me gusta tu cara? Un dólar.

—¿A qué te refieres con…? ¿Quieres decir un *dólar* dólar? ¿Dinero de verdad?

—No tengo tiempo para poemas, niña. ¿Tienes el dólar o no?

—Todos aquí hacen trueque y ya está —le dije—. El dinero no vale nada.

—Algún día tendrá valor de nuevo. ¿Quieres el diario o no?

Le pedí que esperara mientras hurgaba en el auto hasta que encontré un dólar en monedas. No había guardado ningún billete. Más tarde, J. Lo y yo nos sentamos a la sombra y hojeamos el *Semanario Narizón de Celebridades*.

—¿Qué dice? —preguntó J. Lo.

—No puedo creerlo —respondí, pasando las páginas—. Realmente es un periódico sobre televisión y estrellas de cine. Estas personas ya no hacen nada.

LAS ESTRELLAS DE CINE SIGUEN ESPERANDO A QUE ALGUIEN HAGA UNA PELÍCULA

Nueva Hollywood (antes Scottsdale): Los actores estadounidenses emplean su tiempo en actividades como sonreír y saludar a la gente mientras anticipan el reinicio de la industria cinematográfica.

"Antes de la invasión estaba trabajando en una comedia sobre un perro que habla y que lucha contra el crimen", dijo Evan Vale a *La Nariz*, afuera de la concesionaria de Lexus que ahora llama su hogar: "Si *Policía bueno, perro malo* nunca se termina, será como si los extraterrestres hubieran ganado".

Marty Alien, el productor ejecutivo de la película, dijo que la filmación se reanudaría pronto: "Tan pronto como podamos poner a Tom [Stone] en la silla de director, lo haremos".

El director Tom Stone ahora se dedica a cultivar papas en Holbrook y no quiso hacer ningún comentario.

ARTISTAS PARTICIPARÁN
EN "LIVE ALIEN 6"

SEDONA: Los músicos estadounidenses, un setenta por ciento de los cuales vive en el pueblo de Sedona, al norte de Arizona, darán un concierto más para generar conciencia sobre la invasión extraterrestre. El concierto, llamado "Live Alien 6", incluirá más artistas que los cinco anteriores "Live Alien", y por primera vez contará con un sistema de audio y estará abierto al público.

Mandi, la sensación del pop, de quien se espera estrenará su nuevo sencillo "Esta tierra es mi tierra. Esta tierra no es Smekópolis", será la anfitriona del evento.

Otros artistas confirmados son Bruce Springsteen, Dj Max Dare, The New Draculas, Madonna, Displacer Beast y Big Furry.

Y así seguía. Pero yo estaba más interesada en el mapa.

No sé si alguna vez me tragué todo ese cuento de que Estados Unidos era una gran mezcla cultural, pero ahora que la mezcla entera se había volcado en Arizona, pensé que nos llevaríamos mejor. No.

La ciudad de Payson ahora era alrededor del noventa y cinco por ciento blanca. Había un gran número de adultos mayores en lugares como Valle Verde, Ciudad del Sol y Prescott. Por alguna razón, Prescott se llama hora RETIRADopía. Los ecologistas y los hippies ahora vivían por la zona de Flagstaff. Debí haberlo notado por el aroma a incienso. Había una parte de Tucson llamada Villatienda, donde un gran grupo de esas chicas que deseaban vivir en un centro comercial ahora vivían en uno de verdad.

Un montón de comunidades se habían mudado por los incendios forestales. Creo que Arizona se incendia sin razón de vez en cuando. Y todos los mormones del país se habían trasladado de la frontera norte a un pueblo llamado Mesa, alrededor del cual estaban construyendo una gran muralla para mantenerse separados de Phoenix.

Phoenix era, al parecer, una dictadura militar dirigida por alguien que se llamaba a sí mismo "Querido Líder Ángel de la Muerte *Sir Magnífico* Excelente". Creo que en realidad no era su verdadero nombre.

J. Lo quería saber dónde estábamos, y qué es lo que ponía junto a mi dedo cuando se lo señalé en el mapa.

—¿Vivimos... —preguntó— en el Himperio del Flag Staff?

—De hecho, creo que estamos en Hippitierra.

—Hippitierra.

—Eso explica que toda la gente esté desnuda.

Había algunas pequeñas historias de interés en la parte trasera del periódico. Parece que ser conquistados y enviados a un nuevo hogar en donde no hay nadie a cargo no le hace mucho bien a la gente. Se estaban organizando un sorprendente número de peleas con la clase de desafíos que uno ve en los programas de concursos. Probar que eres el dueño de una camioneta comiendo el mayor número de cucarachas, por ejemplo. Y ya que las cucarachas son de distintos tamaños, dependiendo de los lugares, sólo les digo que las de Arizona son lo suficientemente grandes como para convencerte de mudarte.

En cualquier caso.

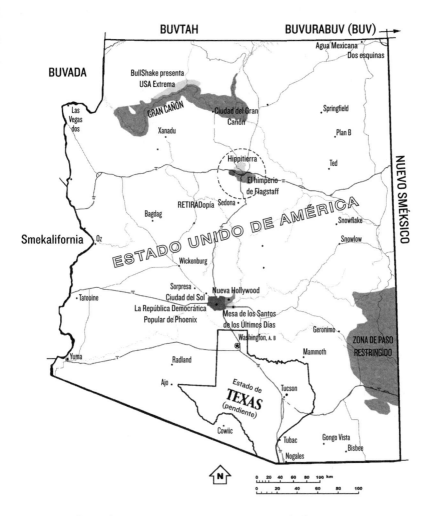

Aquí hay algunas otras cosas que aprendí durante mis primeras semanas en Arizona:

- La mayoría de la gente robará si puede escaparse con ello.
- La mayoría de la gente quiere romper las cosas de los demás y aplastarlas con sus autos, pero no lo hará a menos de que su planeta sea invadido por extraterresres o su equipo de basquetbol gane las finales.

- Una de cada cien personas prefiere no llevar ropa puesta.
- Las invasiones extraterrestres hacen que la gente ponga banderas en *todas partes*. Y no sólo banderas estadounidenses. La Jolly Roger[8] estuvo impresionantemente de moda por aquellos tiempos.

—Basta de leer —dije—. Tenemos una cita en la APP.

***

Hacía tanto calor afuera que el asfalto se había suavizado. No lo digo de manera figurada. Podías caminar por uno de los estacionamientos del campus y sentir cómo tus zapatos se hundían como si pisaras sobre masa lista para hornear. J. Lo dijo que era el tipo de calor que te hacía desear juntar parejas de animales y meterlos dentro de un gran frasco con agua y agujeros en la tapa. Tenía que mantener su disfraz húmedo en todo momento para que su piel no se secara. Estaba echándose una cubeta de agua en la cabeza cuando llegamos a la Agencia de Personas Perdidas.

Iba a comenzar mi actividad diaria de visitar la APP y gritar "¿¡Dónde está mi mamá!?" y escuchar a Mitch responder que necesitaba "tener un poco de paciencia" mientras J. Lo caminaba por la oficina comiéndose cosas. Estábamos en la mitad de la escalera cuando escuché detrás de mí a Phil, el de las Listas de Extraviados.

---

[8] Es el nombre inglés con el que se identificaba a la bandera que ondeaban en los barcos piratas durante el siglo XVIII.

—¡Tipolina! ¡Tipolina! —gritó. Y aunque nos detuvimos y volteamos hacia él, siguió gritando. Cuando nos alcanzó no tenía aliento, y con razón. Los tipos como Phil no están hechos para correr. Están hechos para sentarse frente a radios y dejarse crecer barbas grandes como la de Abraham Lincoln que hacen que su cabeza se vea al revés si desenfocas la visión.

—¿Por qué... —dijo Phil con trabajo— ... estás bizqueando?

—Por nada. ¿Qué pasa? —le pregunté. Y entonces me di cuenta—. ¿Encontraste a mi madre?

Phil asintió. Asintió con fuerza, como si tratara de quitarse un bicho de la cabeza. Después de eso tuvo que sentarse un poco con la cabeza entre las piernas.

—Está cerca de Tucson —dijo después de un minuto—, viviendo en un casino. Está emocionada. Lleva semanas buscándote.

Abracé a J. Lo y abracé a Phil. Olía a leche. Después entramos a la agencia para decirles que podían detener su búsqueda.

—Creo que estás equivocada —dijo Mitch inquieto. Sus ayudantes estaban detrás de él como siempre, y me preguntaba si por fin tendrían algo que hacer.

—No —dijo Phil—. Estamos seguros. Vive en las tierras Papago al sur de Tucson, en el Casino Diamante.

—¿Tucson? Lo siento, pero revisamos esa área. La revisé yo mismo. Le pedí a Williams que la revisara por mí.

Mi esperanza se desvaneció un poco. No tenía confianza en Mitch, ¿pero y si tenía razón? No podía albergar muchas expectativas.

Mitch no había dejado de hablar.

—Vaya, hasta tenemos algunas de las cifras más confiables de esa área. ¡Michaels! ¿Qué porción de la nueva población de Tucson tenemos registrada?

Michaels miró su portapapeles.

—Cuarenta y dos por ciento, señor.

—Cuarenta… ¡cuarenta y dos por ciento! ¡Es mucho!

—dijo Mitch—. Tienes que admitirlo. Es mucho, tan poco tiempo después del Día de la Mudanza.

Sí era bastante.

—No —dijo Michaels—, lo siento, no es un cuatro, es uno de esos signos negativos. Menos de dos por ciento.

Pensé que era un cuatro.

Mitch exhaló. Phil y yo nos miramos el uno al otro. J. Lo estaba en una esquina lamiendo el pegamento de un post-it.

—Michaels —dijo Mitch—, tráeme el archivo de Lucy Tucci.

Michaels dudó.

—Creo que hay más de uno —respondió.

—Tiene treinta años —agregué—. Cabello oscuro. Y una hija llamada Tipolina.

—Negra —dijo Mitch.

Tosí.

—¿Negra?

—Lo siento —dijo Mitch—, ¿prefieres que diga afroamericana?

—Eh, no, prefiero que diga blanca, porque de hecho, eso es.

—El archivo dice que es negra.

—¿De verdad me estás cuestionando esto?

Mitch parecía cansado.

—Fui yo quien escribió "negra" —dijo.

—No te dije que escribieras eso —contesté yo, y después me di cuenta de todo—. ¿Les has dicho a todos que busquen a una mujer negra durante todo este tiempo? Así era. La agencia había estado enviando lo que ellos pensaban que era la descripción de mamá, mientras que la Lista de Extraviados había preguntado por una tal Lucy Tucci con una hija llamada Tipolina.

Mitch trató de zafarse rápidamente y se dirigió a Phil.

—¿En dónde dijiste que estaba?

—Se dice que vive con un grupo en un lugar llamado Casino Diamante.

—Casino... —dijo Mitch mientras pasaba su dedo por una lista de lugares. Se notaba que trataba de estar muy serio, pero su lista estaba escrita en una caja de cereales—. Casino... Diamante... ¡Aquí está! Casino Diamante. Bueno, está en el distrito de Daniel Landry. ¡Qué suerte!

—¿Daniel Landry? ¿Es el tipo que dio la charla a la que no fui?

—Claro. Es el supervisor allá.

—Supervisor.

Mitch asintió.

—Hum. Ya sabes. Como el gobernador. O alcalde. No sé cómo le gusta que le llamen. El líder de Ajo insiste en que lo llamemos el Rey Increíble.

—¿Así que cada lugar tiene algún líder? —pregunté. Todo sucedía tan rápido.

—Claro. La mayoría son ex gobernadores, o senadores, o cualquier cosa. El presidente dirige un pequeño pueblo llamado Rye.

—¿Sólo un pueblo pequeño?

—Sí... —respondió Mitch—. Ya no es muy popular desde la invasión. La gente cree que por algún motivo fue su culpa. Pero necesitamos líderes. Necesitamos un gobierno.

—Supongo —asentí.

—El distrito de Daniel Landry está al sur —dijo—, en alguna antigua tierra india.

—¿Tierra india? ¿Como una reserva?

—Así es.

—¿Este tipo Dan es un indio?

—No lo creo. No, estoy seguro de que es blanco. No era gobernador ni nada, pero es muy rico, así que me imagino que es un buen líder.

—Ajá. Pero es blanco —dije—. ¿Los indios eligieron a un blanco?

—Bueno... no sé. Me imagino que los demás lo eligieron. Ahora casi todos son blancos ahí.

Fruncí el ceño.

—¿Y los indios están de acuerdo con eso?

—¿A qué te refieres?

—Bueno... era una *reserva* —dije—. Son tierras que les prometimos a los Nativos Americanos. Para siempre.

Mitch me miró como si estuviera hablando en otra lengua.

—Pero... Las *necesitábamos* —dijo.

Fui a un mapa que estaba en la pared. No me importaba. No podía esperar a largarme.

—Entonces —dije—, ¿tomo esta carretera... la diecisiete? ¿Y luego la diez hacia Phoenix?

—Hum. No creo que debas ir por ahí. Phoenix es un poco... duro.

—¿Duro?

—Salvaje —dijo Mitch—, con violencia y disturbios y demás. El gobierno es derrocado cada dos días.

—Bien. Lo rodearemos. Iremos por el desierto. No me importa —respondí—. Gracias, Phil. Gracias, Mitch. J. Lo, ¡nos vamos!

—¡Voy! —dijo J. Lo, mientras tomaba una botella de líquido corrector para el camino.

—¿J. Lo? —dijo Mitch—. ¡Espera! ¡No pueden ir solos! Al menos es lo que creo que dijo. Ya nos habíamos ido.

***

—Estoy feliz de no llevar puesta esa sábana —dijo J. Lo por tercera vez—, vaya que sí.

—Deberías acostumbrarte a ella —le dije—, creo que vas a usarla durante un buen tiempo.

Me estaba poniendo nerviosa. Cualquiera nos podría ver en la carretera. Y Mitch tenía razón sobre Phoenix. Incluso en las afueras podías ver que era terrible. Los disparos sonaban como palomitas. Se escuchaba el derrapar de llantas en la distancia. Alguien por ahí escuchaba al grupo Foghat a todo volumen. Fui criada con la creencia de que ciudades como ésta recibirían visitas de ángeles con espadas de fuego, así que estaba feliz de evitarla.

No había mucho al sur de Phoenix. Encontramos un pueblo llamado Casa Grande que parecía ser en su mayoría tiendas y centros comerciales. En algún lugar cerca de Dirt Farm, Arizona, vimos avestruces paseando por la carretera.

—¡Pajarote! —gritó J. Lo.

—No nos vamos a detener —dije—. No me importa si hay avestruces. No me importa si no entiendo por qué hay avestruces. Alguien me lo explicará más tarde. No nos vamos a detener.

Estábamos cerca de Tucson y mi corazón zumbaba en mi pecho. Dos luminosas naves Buv pasaron por encima de nosotros, y en algún lugar en el oeste se escuchó una gran explosión. Todo esto me parecía muy apropiado; estaba tan emocionada que no tenía palabras para ello y mis entrañas se sentían como esa parte de la *Obertura de 1812* en donde estallan los cañones.

Pero esto es lo que pensé cuando vi las olas de basura rompiendo contra la carretera destruida: para el resto de nosotros, Arizona siempre sería uno de los lugares donde nos permitiría estar. Estaría en la lista de cosas que poseemos mentalmente. ¿No tenemos todos una lista así? Es aquello lo que secretamente nos pertenece; un color favorito, o la primavera, o una casa en la que ya no vivimos. Todos ganamos algo de Arizona cuando llegamos, pero al mismo tiempo, a la gente que ya vivía aquí le quitamos algo. Esperaba regresar a Pensilvania un día, como si todo se hubiera tratado de un simulacro. Aún sería mía. Pero habíamos convertido Arizona en un cuarto de motel. Era nuestra cama sin hacer.

—¡Cuidado! —gritó J. Lo.

Esquivé justo a tiempo una línea de Gorgs a pie y armados con rifles. Uno de ellos gritó algo en su idioma y se dio golpes en el pecho.

—¡SEG FOY S'XAFFEEF, LU F'GUBIO YAZWI!

—¿Qué fue eso? —susurré.

—Dijo: "Ponte tus lentes, maldito chango".

—No, quiero decir, ¿por qué hay tantos Gorgs por aquí? En nuestro estado. Están por todas partes.

—Faltan dos kilómetros —dijo J. Lo, señalando a un letrero. Ya se sabía los números, al menos, y las direcciones—. Hay muchas batallas en el suroeste. El último hurra para los Buv.

—¿Eso crees?

—Lo sé. Casi ha terminado.

Apenas lo escuchaba. Sólo hablaba para distraerme. Sentí un escalofrío al ver un anuncio del Casino Diamante, siguiente salida, a dos kilómetros.

—¿Qué decía ahí? —preguntó J. Lo.

Tomé un respiro.

La fachada del Casino Diamante no podía ser más ordinaria. De acuerdo, era rosa, pero pensé que este tipo de lugares debían ser brillantes, y éste era tan soso como una caja. Y había un pastel de bodas a su lado; en realidad era una tienda de campaña enorme, que brillaba por dentro. El letrero en la carretera estaba oscuro. Pero había una luz más abajo, parpadeando en la barbilla de una chica de ojos muy redondos. Me detuve a su lado.

—¿Eres Tipolina? —preguntó—. Eres tú, ¿verdad?

Traté de responder, pero pasó a otros temas rápidamente.

—¿Éste es tu auto? ¿Flota? ¿Manejaste tú sola? ¿Cuántos años tienes? ¿Éso es un fantasma?

Cuando se calló me apresuré a hablar.

—¿Me puedes llevar con mi mamá?

La chica frunció el ceño.

—¿Mimama?

—Mi. Mamá. —dije.

—Oh, sí, pero me dijeron que después de la reunión. La gran reunión que hay la tienda de póker. Tu mamá la está liderando.

Eso no sonaba bien.

—Dijiste que mi mamá está...

—Hasta después de la reunión. Pero puedes pasar si quieres. ¿Necesitas que alguien estacione el auto?

Yo ya estaba en camino, junto a otros autos que iban a la tienda.

—Creo que hay un error —le dije a J. Lo.

—¿Por qué?

—Debe ser otra Lucy Tucci. La mía no lideraría una reunión. Ella... no.

J. Lo se quedó en silencio.

—No puedo creerlo —dije, y sentí un ardor en los ojos—. Lo hemos intentado todo. Las cosas son... ¡Dios! Se supone que las cosas deben funcionar cuando... cuando has...

—Creo que debemos entrar —dijo J. Lo—. Pensio que debemos ver qué es y qué no es.

Me mordí el labio y asentí mientras Velicioso se detenía.

En la entrada de la tienda había dos hombres con pistolas. Grandes pistolas como las de las películas de acción. Uno de ellos tenía el cuello más pequeño que la cabeza y estaba vestido con ropas de camuflaje. Si no hubiera estado de tan mal humor, le hubiera sugerido no pararse frente a una tienda de campaña luminosa en medio del desierto si estaba intentando pasar desapercibido, pero pensé que no era el momento. El otro tipo tenía una playera negra que decía "Perro Malo". Pero los dos me sonrieron un poco cuando me acerqué.

—Hola —dijo el tipo de camuflaje—. ¿Sus papás están adentro?

Ahí estaba. Ésa era la pregunta, ¿no? Traté de contestar, pero no pude. Fue como si hubiera olvidado cómo hacerlo. Pasaron demasiados segundos.

—Sí —dijo J. Lo con su voz de anunciante—. Nuestra mamá está adentro de la gran tienda. Gracias.

Desperté de mi inopia.

—¿Podemos entrar, por favor?

Los hombres se miraron el uno al otro.

—Oye, sé que va a parecerles estúpido —le dijo Camuflajes a J. Lo—, pero creo que debes quitarte el disfraz, sólo para estar seguros.

Después de que les hablara apresuradamente sobre JayJay y su conducta con los ladridos y los orines en las piernas, se apartaron. Pero no fue eso lo que nos permitió pasar.

—Por favor —les dije—, he estado buscando a mi mamá. Su nombre es Lucy Tucci.

Ambos se volvieron puras sonrisas.

—¿Es tu mamá? —dijo el Perro Malo—. Ah, es maravillosa. Nos ayudó a que nos pusieran el agua hace tres días.

—Tiene a Dan Ladry agarrado de la oreja, de eso estoy seguro —dijo Camuflajes.

Tardé un poco en darme cuenta de que lo decía en sentido figurado.

—Escuché que venías para acá —dijo Camuflajes—. Pensé que sólo se trataba de una persona.

—No —murmuré—. Dos —pero ¿quién podía decirlo realmente? La Lucy Tucci que estaba dentro de esa tienda

podría tener seis hijos. Podría tener incluso doce y pesar
ciento cincuenta kilos y ser china.

—Dile que Bob Knowles le manda un saludo —dijo
Camuflajes—. ¡Y Peter Goldhwait! —dijo el Perro
Malo, y levantaron la puerta de la tienda para que
entráramos.

—La siguiente vez —dijo J. Lo—, me gustaría decidir
cuál es mi comportamiento, gracias.

La tienda estaba iluminada con luces de Navidad y llena
de gente, toda mirando hacia un escenario que estaba al
final. En el escenario estaba un hombre pelirrojo con una
playera sin mangas y un vikingo tatuado en su pecho. La
gente lo abucheaba.

—No sé quién es ése —suspiré—. Pero ni siquiera se
parece a mamá.

—¡Silencio! —decía el pelirrojo—. ¡Yo tengo la palabra!
Lo único que estoy diciendo es que ahora que nos han
obligado a dejar nuestras casas, ¡podemos arreglar a
nuestro país! Puede haber un lugar para los anglosajones, y
un lugar para los de color, y un lugar para… ¡Silencio!

El abucheo crecía y crecía, gracias a Dios. Yo trataba de
ver por encima del público, pero soy muy bajita, y las luces
de Navidad apenas arrojaban un tenue brillo ambarino que
hacía muy difícil distinguir cualquier cosa.

Tomé a J. Lo del brazo y lo llevé a través de la multitud
hacia el escenario. Fue un camino lento y varias personas
nos miraron feo. Observé con atención las caras y un par
de veces estuve casi segura de haber visto a mamá, pero
estaba equivocada.

Por un momento todo parecía estar muy silencioso. Lo
único que podía escuchar era mi propia cabeza haciendo

eco en mis orejas. Supongo que los últimos dos minutos del discurso del pelirrojo se convirtieron en una estampida de groserías, así que no importaba.

Y de repente la encontré.

El pelirrojo dejó el podio y bajó del escenario; mamá tomó su lugar. Tenía las manos alzadas y asentía hacia las personas que aún abucheaban al pelirrojo, y brillaba como una verdadera vela bajo las luces del escenario.

—Lo sé, lo sé —decía—. Tienen todo el derecho. Así como él, ¿no es verdad? No tiene por qué gustarles lo que dice, pero permitir que lo diga es lo que nos hace estadounidenses, y tratar a la gente como nos gustaría que nos trataran es lo que nos convierte en humanos, ¿no? Así fui criada yo.

Vi con asombro cómo pararon los abucheos y algunas personas incluso comenzaron a afirmar con la cabeza, gritando "Así es", si es que pueden creerlo.

—Creo que deberíamos aprovechar esta oportunidad para hablar sobre lo que hemos escuchado de los oradores de esta noche. ¿Alguien quiere tomar el podio? —dijo mamá mientras sus ojos recorrían el cuarto—. Veamos algunas manos —dijo, y varias se alzaron—. ¿Quién quiere…? Bien, hay muchas. Mmm… ¿por qué no empezamos…?

Su rostro se postró sobre mí y lo que estaba diciendo se cortó en seco. Estaba radiante, y todos voltearon a verme. Algunos de los presentes deben haber sabido quién era yo, porque también estaban radiantes.

Se veía tan hermosa. Me daba coraje que mis ojos estuvieran húmedos, porque la quería ver bien para recordar todos los detalles. Traté de decir "hola", pero sólo

pude decir la H con un suspiro. Mamá se cubrió la nariz y la boca con las manos, pero se podía ver que sonreía.

—Todavía… todavía tengo tu calcetín navideño —me dijo.

Comencé a abrirme paso entre la gente y creo que ellos intentaban apartarse, pero no había mucho espacio para hacerlo. Mamá bajó las escaleras y nos encontramos al frente del escenario.

¿Qué quieren saber? ¿Quieren saber cómo me apretó y me levantó en el aire? ¿Que yo la abracé después a ella? ¿Quieren saber si sentí sus mejillas mojadas junto a las mías? ¿Si tomó mi rostro entre sus manos y rió? ¿Si yo reí con ella? ¿Quieren saber cómo me sentí?

Qué les importa.

***

La reunión se acabó temprano, como era de esperarse. Las personas estaban muy felices por mamá. Todos aplaudieron. Cuando dejamos la tienda, mamá agarró mi mano, y J. Lo fue al otro lado y tomó su mano libre con su guante.

—Oh, hola —dijo mamá—. ¿Te perdiste...?

—Toma su mano —suspiré, sonriendo a todo el mundo— hasta que lleguemos a casa. Por favor. Te lo explicaré todo, pero es muy importante.

—Muy bien... —dijo mamá.

—Eh, ¿quiénes son? —preguntó un hombre con cabello oscuro y rizado y gafas.

—Hola, Joachim —dijo mamá—. Ésta es mi hija, Tipolina...

—Y su hijo y mi hermano, JayJay —terminé yo.

—Qué lindo disfraz —dijo Joachim, y cuando se volvió hacia J. Lo, mamá me lanzó una mirada como si quisiera ver dentro de mi cabeza.

—No habla mucho, ¿verdad? —preguntó Joachim.

—Es... tímido —dijo mamá—. Por eso el disfraz.

—Ya se le pasará. A todos se les pasa. ¡Buenas noches!

Mamá y yo le dimos las buenas noches a él.

—Eso estuvo bien —dije mientras íbamos a casa—. Es tímido. Mucho mejor de lo que yo iba a decir.

Entramos al edificio rosado que antes era el casino, y pero que en realidad era solamente una gran habitación llena de tragamonedas y plantas de plástico. Sólo que ahora las tragamonedas estaban apiladas para formar paredes. Otras paredes estaban hechas con mesas y sábanas, o madera y pedazos de hojalata. Estaba oscuro. Sólo algunas de las luces funcionaban. Cuando mis ojos se acostumbraron pude ver que la alfombra tenía un patrón de naipes y fichas.

Había más personas en el casino que querían saludarnos, y me presentaron varias veces. Mamá llamó a J. Lo JoJo en lugar de JayJay una vez, pero todo salió bien. En algún momento llegamos a nuestro nuevo hogar; otro cuarto hecho de mesas apiladas y tragamonedas. Nuestra puerta era una puerta, pero sólo estaba inclinada contra un espacio en la pared.

—Pronto le pondremos unas bisagras —dijo mamá mientras entrábamos—. ¿Qué opinas, tortuguita?

Pensé que era genial. Mucho más grande que el auto en el que había estado viviendo. Había dos colchones en el piso y pilas de libros junto a la salida de emergencia. Había un comedor cromado con dos sillas, y un pequeño refrigerador que no estaba conectado. Había una barra hecha con un pedazo de bufete de restaurante. Debajo de ella había dos charolas de metal que servían como lavaderos. Y al centro de todo estaba mamá. Y junto a ella un extraterrestre bajo una sábana.

—Tienes que sentarte —le dije.

—¿Es sobre tu amigo? —dijo mamá, con un ojo sobre J. Lo.

—Te lo diré en cuanto te sientes.

Se sentó y me paré a su lado. J. Lo se paró frente a nosotros.

—Muy bien —le dije a J. Lo—. Adelante.

***

326

—¡Ha sido de mucha, mucha ayuda! ¡Le debo mucho!
Ambos nos debemos mucho. Traté de manejar hasta acá
pero el auto se descompuso y él lo arregló. ¡Oh! Deberíamos
ir por el auto y dejarlo en un lugar seguro. ¡Y Pig sigue ahí!

—P-Pig... Buv... —dijo mamá—. Espera. ¿Pig? ¿Tienes
a Pig?

Dijo "Pig" como si hubiera dicho "rabia".

—Sí —respondí—. Pig. Está bien. J. Lo le salvó la vida
una vez.

La cabeza de J. Lo se hinchó un poco, pero mamá no lo
notó.

—Querida, me daría mucho gusto ver a Pig, pero...

—Lo sé. Los Gorg, ¿no?

—¿Lo sabes?

—Lo sé.

Recogimos a Velicioso más tarde esa misma noche,
cuando todos dormían, y lo estacionamos junto a la salida
de emergencias de nuestro deparamento. A mamá le
preocupaba que alguien intentara robarlo, pero le dije
que si algún ladrón averiguaba cómo manejar a Velicioso,
merecía tenerlo. Mamá tomó a Pig y le besó la cara
ronroneante y frotó su nariz contra la barriga de Pig, y
estornudó, y acarició la cabeza de Pig mientras hablaba.

—Es sabido por todos que los Gorg adoran cazar gatos.
Con esas pistolas que hacen desaparecer a las cosas —dijo
Mamá.

J. Lo se llevó las manos a la boca.

—¿Armas Buv? —preguntó. No le había contado.

Mamá lo miró de reojo. Hasta ahora, se notaba que
estaba tratando de no mirarlo en lo absoluto.

—No lo sé —dijo—. ¿Los Gorg no tienen también de esas armas?

—No, no. A los Gorg les gustan las armas que hacen ruido y provocan dolor. Para sustos. Rechazan las armas Buv.

—Bueno —dijo mamá, mirándome a mí—, se hicieron de algunas armas Buv para cazar gatos. No lo sé. Y ahora dicen que es ilegal tener gatos en Arizona. Eso me dijeron cuando me reuní con ellos.

—¡Vaya! —dije—. ¿Te reuniste con los Gorg? ¿Cuándo? ¿Para qué?

—Hace cerca de una semana. Daniel Landry lo organizó. Es una suerte de líder local, pero tiene a todo el estado con él. Todo tipo de personajes asistieron: senadores, el presidente. Yo me senté junto a Chelsea Clinton.

Yo no sabía quién era ésa, pero no dije nada porque mamá parecía muy orgullosa.

—Daniel me pidió asistir y tomar notas —dijo—. Las voy a buscar.

Con Pig en una mano, tomó una libreta de una pila de libros con la otra. Los libros eran raros; mamá nunca había leído nada que no fueran revistas.

—Veamos. Los Gorg dicen que pronto expulsarán a los Buv… sólo estarán ellos y nosotros… que no debemos intentar resistirnos… que podemos estar a salvo si cumplimos con sus exigencias.

—¿Exigencias?

—Sí… nos dejarían tener Arizona, Nevada y Utah; eso fue un buen trato, que Daniel nos consiguiera Utah, pero si nos encuentran en algún otro lado, nos dispararán. Y si se enteran de que estamos haciendo complot contra ellos, nos dispararán. Y no podemos usar vehículos aéreos. O nos dispararán. Y no podemos tener gatos.

—Me enteré de la regla de los gatos en Nuevo México —dije—. Es tan… absurda.

—Lo sé. Pero los Gorg dicen que quieren tener todos los gatos, que les encanta tenerlos como mascotas y dispararles, y que matarían a cualquier humano que aún tuviera un gato después del 31 de julio.

—¿Qué pasó el 31 de julio?

El rostro de mamá se desencajó.

—Los Gorg enviaron estos horribles robots con jaulas en las espaldas. La gente entregó a sus gatos. Fue… horrible. Vi cómo volaban las cajas, llenas de ellos, apilados uno encima del otro.

Fue hacia Pig y la abrazó contra su pecho. Pig gruñó.

—¡Shh! Shh, shh. No, bebé —suspiró mamá—. No hagas ruido. Pobre Pig, no podrás hacer ruido nunca jamás.

Ir a dormir esa noche fue extraño. Vi que mamá había puesto otro colchón para mí, pero no dejaba espacio para J. Lo. Cuando mamá había escuchado que alguien llamado JayJay venía conmigo, se había imaginado que era un adulto que me había traído a Arizona; un adulto que tendría su propia familia o amigos para quedarse con ellos. Había compartido espacios reducidos con J. Lo durante tanto tiempo que no le di importancia a compartir el nuevo colchón con él. Pero mamá dijo rápidamente, "Ven, Tortuguita, ¿por qué no duermes conmigo?" y J. Lo se lo quedó para él solo. Incluso le mandó besitos a Pig y creo que se acostó decepcionada de que Pig se acurrucara en las piernas de J. Lo.

—Es bueno —susurré cuando estaba oscuro—. Un poco molesto a veces, pero tiene buen corazón. O lo que sea que ellos tengan.

—No se puede quedar —susurró mamá en respuesta—. Ya es muy arriesgado que tengamos un gato. Estamos poniendo en peligro al casino entero.

—Y... ¿qué vamos a hacer?... no lo podemos entregar a los extraterrestres. Él no es una mascota.

—Podemos hablarlo mañana.

—Pero...

—Mañana, Tortuguita.

Pero el mañana llegó y mamá se fue al mediodía. "El deber del jurado", me dijo. Dos familias discutían sobre cuál de ellas podía vivir en un camión de helado y mamá era una de las personas que decidirían.

—Quédate aquí —dijo—. No me tardaré. Cuando regrese, llamaré con la contraseña secreta.

Siempre hemos tenido una contraseña secreta. Es "Soy una tacita de té".

—No dejes entrar a nadie —dijo—. Y no vayas a ningún lado.

—No lo haremos —dijo J. Lo. Mamá lo miró rápidamente, luego salió.

Nos vimos el uno al otro.

—Tu mamá es linda —dijo J. Lo— y muy alta.

—Ya se acostumbrará a ti —le dije—, sólo necesita algo de tiempo.

—Todos necesitamos tiempo. Nuestra casa es muy nueva.

Comprendí su punto. Era extraño vivir en el casino. No tenía ventanas, así que el techo y las paredes estaban llenas de pequeños agujeros que la gente había perforado para dejar pasar la luz. Pero eso también dejaba entrar a los insectos, así que los agujeros estaban cubiertos con tela. Todos estos agujeros inundaban el lugar con una luz muy tenue. La poca electricidad que había en el casino estaba destinada a mantener los ventiladores encendidos. Y aun así hacía calor.

Un sonido en la puerta nos hizo brincar. No era la contraseña secreta.

—¿Sí? —contesté y le indiqué a J. Lo con una mano que se escondiera detrás del refrigerador.

—Soy Katherine Hoegarden, querida —dijo una voz—. Nos conocimos anoche. ¿Está tu mamá?

Había conocido a mucha gente la noche anterior. No tenía idea de quién era esta mujer.

—Fue a ayudar en un asunto sobre un camión de helados —le di a Pig a J. Lo—. Regresará pronto.

—Le traigo unos libros que me pidió. Y pensé que podía darles un paseo a ustedes dos.

—¿Ah, sí? Pero ella nos dijo que no dejáramos entrar a nadie. Y no podemos salir. Hasta que regrese.

—No le importará, querida. Tu mamá y yo somos buenas amigas.

Podía sentir cómo empujaba la puerta suavemente.

—¿Qué hacemos? —susurró J. Lo.

—Mmm… podemos llevar a Pig a Velicioso. Y luego cubrimos a Velicioso con una sábana para que nadie se pueda asomar.

—Ésa es tu respuesta para todo —dijo J. Lo—. Ponerle una sábana encima.

Pig maulló de repente. Nos congelamos.

—Querida, ¿fue eso un gato? —dijo la señora Hoegarden.

—Muy bien —le dije a J. Lo—. Ponte tu disfraz y sígueme.

Con un movimiento rápido nos deslizamos hacia la puerta y la bloqueamos. Tomé los libros y los lancé adentro, asustando lo suficiente a Pig como para asegurarme de que no se acercaría de nuevo a la puerta, al menos durante el resto del día.

—Oh. Hola —dijo la señora Hoegarden.

—Hola —contesté—. Estamos listos.

—Me pareció escuchar a un gato.

—No. Era JayJay. Maúlla.

La señora Hoegarden miró a J. Lo. J. Lo dio un pequeño suspiro Buv y maulló en voz baja.

—Vaya. Suena como un gato de verdad.

Así fue, por suerte.

—Sí —dije—, lo ha estado haciendo desde que escuchó lo de la masacre de los gatos en solidaridad con ellos. Es probable que lo haga de nuevo en cualquier momento.

J. Lo giró su cara fantasma y me miró un momento. Después maulló mientras seguíamos a Katherine Hoegarden por el casino.

—No me sorprende que tu mamá esté fuera haciendo algo —dijo la señora Hoegarden—. Siempre es así.

—Algunos hombres con los que hablé se refirieron a ella como… si fuera algún tipo de héroe local —me pregunté si ésa era la palabra adecuada.

—¡Oh! Bueno, supongo. ¿Por qué no? Ha sido de gran ayuda para todos, ¿sabes? Apuesto a que conoce a todos los del distrito aeroportuario. Ahí vivimos, querida, en el distrito aeroportuario.

—Sí.

Cuando salimos, el sol de la mañana era como fuego en los ojos. Parpadeamos y entrecerramos los ojos unos segundos antes de seguir. Con la luz podía ver que el edificio rosado estaba rodeado de pequeñas tiendas y camionetas. Era como una fiesta interminable en el estacionamiento.

—Si necesitas ayuda, ve a hablar con Lucy Tucci, es lo que dicen todos. Me recuerda a… así es como me veían antes, en Richmond. Pregunta a Honey Hoegaarden, decían. La gente me llama Honey, querida. Pero me imagino que tu mamá se lo tomará con más calma ahora. Casi ha tenido que… ha excavado agujeros y llevado comida a los ancianos y a los marginados, y ayudó a organizar un intercambio de ropa y un grupo de costura para las madres, y claro que es la favorita de Dan Landry. Siempre tomando notas para él y diciéndole lo que la gente necesita.

—Antes no era tan… activa —dije.

—Creo que se le está pegando un poco del señor Landry.

—Guácala.

—¡Ja! No me refería a eso. Quiero decir que se comienza a parecer un poco a él. Y tenía que mantenerse ocupada mientras las personas de la Lista de Extraviados te encontraban. Si no, hubiera enloquecido por la preocupación. Aquí está nuestro clonador. ¿Saben cómo operar uno de éstos?

Dejamos que la señora Hoegaarden nos explicara cómo operar un teleclonador, y luego nos enseñó las duchas y los baños. Después, uno de sus niños la necesitaba y se fue.

—¿Saben cómo regresar? —nos dijo sobre su hombro.

—No hay problema —dije—. ¡Gracias!

—¿Maúllo ahora? —gruñó J. Lo—. ¿Y después? ¿Hago malabares con fuego?

—Está bien, lo siento, pero esto es bueno. La señora Hoegaarden le dirá a la gente que tu maúllas, y nosotros también lo diremos, y muy pronto si alguien escucha a Pig pensarán que eres tú.

—¡Sí! —gritó J. Lo lanzando sus brazos al aire—. ¡Un plan a prueba de tontos! Gracias a la Madre Océano que no utilizas tus poderes para el mal.

—Muy bien. Ya entendí.

—Quiero ir a la casa rosa y trabajar en el receptor teleclonador. Tengo ideas.

—De acuerdo —dije—. Quizá deba tratar de conocer a más personas. Aún no sé a quién se lo vamos a decir. No podemos confiar en nadie.

—¿No se puede confiar en nadie? —preguntó una voz—. Es muy triste que una niña diga eso.

Pudo haber sido la voz de un superhéroe. Después J. Lo y yo nos giramos y vimos a mamá junto a Clark Kent. Ella sonreía un poco más de lo normal.

—Tortuguita —dijo—, eh, JayJay, éste es Daniel Landry. Es el gobernador del distrito aeroportuario.

—Ah, claro. Hola —dije y estreché su mano. J. Lo maulló.

—Qué gusto conocerte al fin —dijo Landry, y sus ojos voltearon hacia los paseantes, como lo hace la gente que está al tanto de quién la mira.

—Estábamos en una junta con unos nuevos migrantes en el aeropuerto —dijo mamá mientras se pasaba el cabello detrás de las orejas con sus dedos—. Familias mexicanas. Daniel, el señor Landry, necesitaba un traductor.

—Tú no hablas español —dije.

—Entiendo un poco —dijo—. Más o menos. Se parece mucho al italiano.

—Entre tu mal español y mi mal inglés —dijo Landry—, ¡somos una pareja perfecta!

Ambos se rieron, mamá un poco más fuerte, y se arregló de nuevo el cabello, aunque no se había despeinado. Yo me reí cuando J. Lo me miró.

—¿Y qué puedo hacer por los niños del Distrito Aeroportuario? —preguntó Landry, como si estuviera en televisión—. Queremos construir algunos parques y áreas de juegos en la zona. Y hoy hay un gran espectáculo de fuegos artificiales.

—De hecho —dije, complacida de que me preguntaran—, me preguntaba qué estaban haciendo para deshacerse de los Gorg. Nosotros podemos ayudar.

Mamá se quedó pasmada, pero Landry echó una carcajada.

—Oh, usted es demasiado, señorita Tucci —dijo.

No me gustó ese asunto de "señorita Tucci".

—Así se llama mi mamá —dije—. Llámeme…

Me perdí un poco, como si mi boca y mi cerebro no pudieran ponerse de acuerdo.

—Llámeme Tipolina —dije, parpadeando.

—Bueno, Tipolina, he escuchado que eres muy valiente —dijo Landry. Mi madre sonrió y una vez más se acomodó el cabello, y yo pensé: "No se puede quedar más atrás de esa oreja, mamá"—. Me han dicho que manejaste hasta acá tú sola y que fuiste perseguida por Buvs y atacada por Gorgs —continuó Landry—. Eso me parece suficiente aventura para una vida entera. Creo que, por ahora, lo mejor que puedes hacer para luchar contra los extraterrestres en mantenerte sana y estudiar. Lee todo lo que puedas, porque pronto vamos a abrir las escuelas.

Suspiré.

—De acuerdo —murmuré—. Buen plan. Los Gorg van a quedar devastados cuando yo estudie álgebra.

—Además —dijo Landry—, nuestro mayor problema eran los Buv, y ellos se irán el Día de los Trabajadores.

Sentí que J. Lo se retorcía. Tenía razón. Ya todo había terminado para los Buv, y aún no sabía si él planeaba irse o quedarse. Lo miré y pensé: "No te vayas". De repente. No sé de dónde me salió.

—De hecho —siguió Landry, su voz ya perdía un poco de presencia—, no quieren que lo llamemos Día de los Trabajadores. Ahora se llamará el Día Excelente. Aunque yo les sugerí el Día de la Gorganización, pero no les gustó mi broma.

J. Lo entrelazaba sus manos enguantadas y brincaba de arriba abajo. Sabía que quería decirme algo pero no podía.

—Nos vamos a reunir en el aeropuerto, todos los del distrito, y los Gorg van a dar un discurso y comida. ¡Será muy divertido! —insistió Landry con una sonrisa de televisión—. Reserven la fecha, ¡el dos de septiembre! Bueno, muy bien. Y ustedes dos no se metan en problemas.

Mamá aún tenía cosas que discutir con Landry, así que J. Lo y yo nos fuimos solos al casino.

—Esto está fatal, ¿verdad?

—Sí. Los Buv se marcharán y los Gorg juntarán a todos los humanos. Seguramente hay varios puntos de reunión en Arizona. Después los Gorg tomarán a las gentes como esclavos y muebles, y matarán al resto.

Me estremecí.

—¿Así nada más?

—Así. Tal y como lo hicieron con los Voort.

—¿Quiénes son ésos?

—Una raza joven, como la humana. Una raza que no había entrado en contacto con otros planetas antes. También tuvieron un no tan Excelente Día y ahora no son gentes más.

Caminamos en silencio. Dentro del Casino Diamante encontramos de nuevo nuestro pequeño departamento y J. Lo se puso de inmediato a armar la cabina teleclonadora. Yo senté a Pig en mi regazo y la acariciaba mientras pensaba.

—Ya está —dije finalmente—. Debemos informarle a alguien sobre la teleclonadora, y pronto.

—¿Le diremos a Tipmamá?

—No… lo sé. Quiero, por supuesto, pero parece muy encariñada con ese tal Dan Landry. Y él de los Gorg. No, voy a intentarlo antes con él. Si puedo convencerlo de que los Gorg son un problema, será un buen aliado. El estado entero habla de él.

Mamá llamó con la contraseña secreta y entró.

—Creo haber dicho que se quedaran aquí —me dijo—. ¿Así es como se comportarán? Estoy esforzándome mucho, Tortuguita.

—No pudimos evitarlo —dije—. Lo juro. Esa señora Hoegaarden iba a entrar. Hubiera visto a Pig. Necesitamos un seguro. Y bisagras.

—Bueno… voy a hablar con la señora Hoegaarden. Debió haber hablado antes conmigo. Pero cuando el señor Landry y yo te encontramos, estabas sola.

—J. Lo estaba conmigo —dije—. Es un adulto. Tiene treinta y seis.

—Y medio —dijo J. Lo.

—No puede cuidarte. Yo sí. Y a él también. Esta mañana tuve que evitar que se tomara el agua de una batería de auto.

—Sabe mejor. Fuerte y picante.

Le di un codazo a J. Lo.

—Es que… —dijo mamá—, no creo que debas estar afuera mucho tiempo con… él —señaló al Buv.

—J. Lo —contestó él.

—Sí. Eso. ¿Qué está construyendo?

—Es como una regadera Buv. Mira, J. Lo estará bien —dije—. Ha engañado a todos.

—Pero ahora quiero hacer más tarjetas para explicar por qué tengo un disfraz de fantasma y no hablo. Para la gente. Quiero que me ayudes a escribirlas.

—De acuerdo.

Mamá miró en silencio mientras J. Lo brincaba de su silla para buscar un pedazo de papel. Se inclinó y tomó mi brazo.

—Sólo necesitamos ser cuidadosos —dijo ella—. Necesitamos ser muy cuidadosos.

—Lo seremos.

—Lo sé. Pero escúchame.

Su aliento se sentía tibio contra mi cara y olía como bálsamo para labios de cereza. Espere a que hablara. Sus ojos tenían una mirada de sapiencia que no recordaba.

—No nos podemos separar de nuevo. No podemos. Estos Tomadores se pueden llevar lo que quieran excepto a tí. Todo menos tú.

Asentí. Y estaba de repente consciente de que
J. Lo estaba a mi lado derecho parado. Tenía lápices
y papel.

—Ejem. Yo también seré cuidadoso —dijo—. Lo
prometo, porque no quiero que Tipolina pierda a
Tipomamá de nuevo, tomando en cuenta que sé todo
sobre las familias, y sé que Lucy Tucci hizo a Tip y la cuidó
y no sólo puso su huevo en la calle para que alguien más lo
recogiera.

Mamá me miró como si estuviera en trance. Sonreí un
poco.

—Y en mi opinión Tip ha sido muy valiente, teniendo
sólo once años pero queriendo encontrar a su mamá con
tantas ganas que tuvo que conducir y que le disparaban y
también golpearme una vez. Lo que no podía ser evitado.

Miré hacia J. Lo.

—¿Has estado practicando esto?

—Un poco —dijo.

Con lo que parecía un titánico esfuerzo, mamá volteo
su cara y miró a J. Lo a los ojos probablemente por primera
vez desde que se quitó la sábana. Sólo fue un momento.
En algún lugar había escuchado que cuando dos personas
se miran a los ojos durante más de cinco segundos, están
a punto de pelear o de besarse. No quería presenciar
ninguna. Entonces habló mamá.

—Qué bueno que no estaba sola. Me... alegra que haya
tenido a alguien cuando estuvimos separadas —dijo, y la
cara de J. Lo se puso un poco anaranjada—. Entiendo que
te vas a quedar con nosotros por un tiempo.

—Sí, por favor.

Mamá se levantó y asintió mientras arreglaba la cocina.

—*La nostra casa è la vostra casa* —dijo.

—Quiero ir —dijo J. Lo—Tipomamá nos dio permiso a los dos. Habían pasado un par de días desde que habíamos conocido a Dan Landry, y sabía por mamá que estaría en su oficina por el aeropuerto todo el día.

—Lo sé —dije—. Lo siento. Pero la oficina de Landry está en un hotel cerca del aeropuerto, y la gente dice que está repleto de Gorgs. Podrían olerte.

—Ah —dijo—. Sí. Está bien. Sabes que quería lavar mi sábana de todas formas. Alguien la dejó llena de pelo de gato y malteada.

Así que fui al aeropuerto pensando en su aspecto después de decir eso, pensando en cómo sólo asintió y se acostó en la cama. Cada vez pasaba más tiempo en la cama.

Delante de mí, después de una gasolinería, vi el hotel desde donde Landry observaba su distrito. Me estacioné junto a un gran cactus saguaro. Aún me estaba acostumbrando a los cactus. Hacían que las rocas y el desierto parecieran el fondo de algún océano furioso. Caminé debajo de una enorme marquesina que colgaba de la entrada del hotel; esquivé a un montón de personas que iban y venían. Cuando abrí la puerta de cristal para entrar al vestíbulo, una enorme figura verde se reflejó inclinándose sobre el auto.

Eso no es un cactus, pensé mientras me volteaba para mirar, a sabiendas de lo que me encontraría. Un Gorg caminaba alrededor de Velicioso y miraba hacia adentro, con una mano sobre una correa de la que colgaba o un gran rifle o una pequeña chimenea.

—Hum —caminé lentamente de regreso al auto.

El Gorg no se movió, pero sus ojos enrojecidos se posaron sobre mi cara. Casi pude sentir una mirilla encima.

—Un Buv lo hizo para mí —dije—. En Pensilvania. Muy lejos.

El Gorg se enderezó. Su cuerpo se desenredó como el de un ciempiés y me hizo pensar en la oruga de *Alicia en el país de las maravillas*, aunque no de una forma que hiciera latir mi corazón menos fuerte.

—¿QUIÉN ERES TÚ? —preguntó el Gorg, como si hubiera leído el mismo libro.

—Eh... Tipolina —dije—. Supongo... supongo que no necesito preguntarte tu...

—LOS GORG CONOCEN ESTE VEHÍCULO —dijo—. LOS GORG INTENTARON DESTRUIR ESTE VEHÍCULO.

—Ah... sí. Vaya, ¿eras tú? Qué mundo tan pequeño.

El Gorg se acercó, una montaña de músculo y piel de escarabajo con patas. Podía ver a otros humanos parados en el estacionamiento, mirando. En la distancia había otros tres Gorgs caminando en línea con sus rifles frente a ellos. Después no pude ver nada más que el abdomen del Gorg cuando se detuvo frente a mí, muy cerca. He escuchado que muchos extranjeros no tienen las mismas ideas que los estadounidenses sobre el espacio vital, y supongo que es verdad.

—NO MANEJE ESTE VEHÍCULO A MAYOR ALTURA QUE TRES GORGS, O SE LE DISPARARÁ DE NUEVO —dijo el Gorg.

Supongo que quería decir siete metros.

—Oh, no te preocupes —dije—, ni siquiera llega tan alto. Sólo... sólo llega como a un Gorg y medio. Cuando mucho.

—MUY BIEN —asintió el Gorg. En realidad no estaba gritando. Creo que su voz tenía un volumen natural alto debido a su gran cabeza.

Se dio la vuelta para marcharse, y escuché un sonido familiar: el de una cortadora de césped sobre un montón de cojines, que es un Gorg estornudando. Su cabeza se echó para atrás y sus ojos, cada vez más rojos, me miraron con dureza.

—¿DÓNDE... —dijo— ES QUE TÚ...?

Hice un esfuerzo por mantener la mirada fija. Estos Gorgs siempre parecían enojarse mucho después de estornudar, y tenían una manera de hacerme sentir culpable incluso cuando no había hecho nada malo.

Su cara estaba roja como una cereza y algo salía de sus ojos y de su nariz. Pero pensé cuando lo miré que no podía ser el mismo Gorg que había conocido antes. Su cara era distinta. O, al menos, más arrugada.

—TÚ. TÚ ERES UN HUMANO JOVEN. UN... NIÑO.

—Sí —me pregunté si eso me hacía más o menos vulnerable.

—LOS NIMROG TUVIERON NIÑOS ALGUNA VEZ.

No sabía qué decir, así que no dije nada. El Gorg sofocó otro estornudo con su puño.

—VETE —dijo, y se fue, limpiándose la nariz.

Mientras se marchaba, todos los humanos que estaban cerca miraron en distintas direcciones y se fueron, tratando de no llamar la atención. Este encuentro Gorg había estado mucho mejor que el anterior. Tal vez sólo había que acostumbrarse a ellos.

Entré al hotel y le tuve que dar mi nombre a un tipo de seguridad en el vestíbulo y explicarle para qué estaba ahí. Después me dijo que no podía ver al señor Landry, y tuvimos una muy interesante y acalorada conversación sobre eso, y después me preguntó si estaba relacionada con Lucy Tucci, y cuando le dije que sí me dejó subir. Decidí que a la primera oportunidad haría unas playeras que dijeran LA HIJA DE LUCY y las usaría todos los días. Subí nueve pisos por las escaleras y me sentí como una tonta cuando me di cuenta de que los elevadores funcionaban, y luego encontré la puerta que estaba buscando. Era de madera oscura con una perilla de cobre y decía DANIEL P. LANDRY, GOBERNADOR DEL DISTRITO en letras doradas. También tenía una de esas cosas de NO MOLESTAR colgando de la manija, pero aun así llamé.

Sin respuesta.

Toqué de nuevo, esta vez al ritmo de un viejo solo de batería de Gene Krupa. La puerta se abrió.

La cara de Landry estaba tan enojada como un arándano seco. Pero mientras bajaba la mirada y veía quién era, se suavizó hasta quedar como un durazno, rosado y peludo. Si es que no estoy forzando la metáfora de la fruta.

—¡Tipolina Tucci! ¿Cómo estás? Pasa, pasa. ¿Cómo está tu mamá?

Era el cuarto de hotel más grande en el que había estado. Aunque debo decir que mamá y yo siempre nos quedábamos en el tipo de lugares que anunciaban su precio directamente en la carretera. Pero este cuarto era tan grande que se podía jugar raquetbol adentro.

—Hola, señor Landry...

—Dan.

—Hola, Dan —traté de sonar natural—. Espero no molestar, no tardaré mucho.

Dan Landry

—¡No! No es ninguna molestia —dijo—. Lo que sea por la hija de Lucy.

Pensé sobre mi idea de hacer playeras mientras echaba un vistazo alrededor del cuarto. Si hubo una cama, ya no estaba. Habían unas sillas lujosas en la alfombra verde y un escritorio de madera oscura sobre el que Landry pudo haber reanimado a Frankenstein y tener espacio para sus plumas y su calendario de golf. Pero lo que de verdad llamó mi atención fueron los libreros. Landry tenía una estantería de libros grandes de tapa dura. Libros pesados y serios con los que podías noquear a alguien si le dabas con fuerza.

—Ah, ¿eres una amante de los libros? —dijo y caminó frente a los estantes—. Aquí están algunas de las obras más grandes de la literatura. Tolstoy, Pynchon, Ellison,

Hemingway. Muchas son primeras ediciones. Las he leído todas. Todas y cada una de ellas. Las leo y las pongo ahí. ¿Sabes cuál es mi secreto? Soy un lector veloz. Reconocido oficialmente. Hay una prueba y todo. Ahí está mi certificado.

Vi el certificado.

—¿Ves éste? —sacó un libro de los estantes—. *Las uvas de la ira*. Bastante grueso, ¿no? Lo leí en una sentada.

Comencé a pensar que éste era un tipo que mostraba sus libros como algún otro mostraría sus trofeos de caza. Cada pared de libreros era más como una pared de cabezas montadas, y la parte importante no era tanto el animal sino cómo había muerto. "Aquí está la cabeza de un tigre siberiano", estaría diciendo. "¡Una de las bestias más letales del mundo! El animal pesaba trecientos kilos, pero lo fulminé de un solo tiro".

—Aquí está el *Ulises* de James Joyce. Considerado por algunos como el libro escrito en lengua inglesa más difícil. Pesa ochocientas dieciséis páginas, ¡y yo lo leí en día y medio!

—Muy bonito —dije. Podía escuchar su nariz silbando cuando respiraba.

—Bueno —dijo Landry, y luego hubo silencio, además del sonido monótono del aire acondicionado. De repente pensé que tendría que haber puesto más interés en su afición, así que sonreí. Pero me sentía rara, así que dejé de hacerlo.

—¿Cómo puedo ayudarte, Tipolina? No viniste a aburrirte con mis historias de libros.

—No, no, son geniales —aclaré mi garganta—. En cualquier caso, Dan...

—Señor Landry. Tenías razón la primera vez.

—Oh. Señor Landry, ¿ha escuchado hablar sobre algún grupo de resistencia contra los Gorg?

Landry cruzó los brazos.

—¿Sabes? Tu mamá me dijo que estabas muy agitada con todo esto.

—¿Eso dijo?

—Tipolina, debes confiar en tus líderes. Sé que los chicos no piensan que eso sea algo *cool*, pero los Gorg tienen mucho que ofrecernos.

—Nada que no fuera nuestro antes —murmuré.

—Al contrario. Antes que nada, van a expulsar a los Buv, quienes pensaban que un estado era suficiente para todo un país. Los Gorg nos darán todo el suroeste, y estamos muy cerca de obtener California, también. ¿Sabías eso?

—Pero...

—Y hay más. Tienen una gran sorpresa preparada para el Día Excelente, durante el Festival No Hay Problema. No puedo decir mucho al respecto.

Puedes apostar a que tienen una sorpresa para nosotros, pensé.

—¿No te preocupa que nos pidan reunirnos en un punto de esa manera? ¿No te parece peligroso?

—Ten un poco de fe, Tipolina —dijo Landry, con la sonrisa desvaneciéndose de su rostro—. Me he reunido con ellos. Los comprendo, probablemente, mejor que cualquier otra persona sobre la Tierra. Son un poco toscos, sí, pero...

—Pero yo los conozco también. Sé muchas cosas sobre los Gorg que nadie más sabe. Un Buv en Florida me contó cosas —dije, y era más o menos verdad—. Como que todos son clones.

—Sí, lo sé.

—Bueno... ¿su nave? Está cubierta en piel Gorg, si puedes creerlo.

—Puedo creerlo —dijo Landry—, porque ya lo sabía.

Fruncí el ceño.

—¿Lo sabías?

Landry fue al otro lado de su escritorio y se sentó. Parecía estar diciendo la verdad. No estaba en lo absoluto sorprendido.

—Hay personas resistiendo a los Gorg; y hay personas luchando contra los Buv, y humanos trabajando juntos contra todos los extraterrestres. Sí. Son buenos estadounidenses y ciudadanos valientes. Pero lo mejor para todos ahora es jugar el juego, ser buenos y obedientes con los Gorg. En cualquier caso, todos se irán pronto.

—¿De verdad? ¿Dijeron eso? ¿Cuándo se van?

Estaba de pie de nuevo, mirando a todas partes excepto a mí. De vez en vez se detenía y tocaba algo, un portapapeles o una pequeña estatua.

—Por supuesto que no lo dijeron —dijo—. Estás siendo ingenua. Pero yo lo sé.

—¿Cómo?

—Todo su plan, su operación entera... no funcionará. Es insostenible. Es como un esquema Ponzi galáctico.

No entendía una sola palabra de lo que decía.

—¿Un esquema Fonzi?

—Ponzi. Un esquema Ponzi —miró al techo—. Fue inventado por alguien llamado Ponzi. Es lo mismo que uno de esos engaños piramidales.

Admito que en ese momento estaba pensando en Egipto.

—Así que… —dije.

—Su sociedad entera está basada en pagar y alimentar a los viejos Gorgs haciendo nuevos Gorgs y conquistando mundos. Tienen que hacer más y más y mandarlos en todas direcciones. Ya lo han llevado demasiado lejos. Tarde o temprano tendrán demasiados Gorgs y pocos recursos, y la operación entera implosionará.

Hice una mueca.

—¿Implosionará?

—Es lo opuesto a explotar.

—¿Lo opuesto a explotar no tendría que ser algo bueno?

—La cuestión es —dijo— que si aguantamos un tiempo y hacemos lo que pidan, menos gente saldrá perjudicada. En algún momento, los Gorg se retirarán, o al menos dejarán su operación. Y entonces atacaremos, si es que tenemos que hacerlo.

Me levanté.

—Lo único que digo es… ¿y si hay una manera de luchar contra ellos ahora?

—Debo seguir a trabajando —dijo Landry—. Puedes salir tú sola.

Suspiré y di media vuelta para marcharme.

—Hum. Tal vez no puedas —dijo—. Ése es el cuarto de la limpieza. La puerta por la que entraste está por allá.

Me di la vuelta y salí rápidamente de la oficina, mortificada.

Cuando regresé a casa le conté a J. Lo todo lo sucedido. Excepto la parte del cuarto de la limpieza. No le gustó lo que escuchó.

—Este tipo... Ann Landers[9]...

—Landry —dije—. Dan Landry.

—Este Dan Landry no entiende nada. Los Gorg no lo han llevado "demasiado lejos". No se quedarán sin recursos; tienen teleclonación. No se les pueden terminar.

—Sí... —dije—, ¿pero entonces por qué invaden otros planetas? ¿Por qué pasan tanto tiempo quitándole sus cosas a las personas cuando podrían hacer las suyas?

—¡Uf! Porque son *estrúpidos* —dijo J. Lo, y lanzó los brazos al aire—. ¡Son *idiontas*! ¡*Caratraseras*!

Y escupió un montón de groserías Buv que tendría que censurar si las tradujera.

—Estoy de acuerdo —dije—, totalmente de acuerdo. Sólo sugiero que tal vez no lo sepamos todo sobre ellos después de todo. Tú dijiste que no se podían enfermar, pero yo he visto a dos de ellos estornudar. O al mismo estornudar dos veces.

—No pudo ser un estornudo.

—Estaban moqueando. Algo los estaba enfermando. ¿Estás diciendo que los Gorg hacen que les salgan líquidos de la nariz por diversión?

—¡Sí! —dijo J. Lo caminando por el cuarto—. ¡Por diversión! ¿Por qué no? ¿A quién no le gusta que le salgan líquidos de la nariz?

Era igual que yo; decía cualquier cosa cuando se enojaba. Me limpié las uñas y esperé a que se calmara. Por fin se detuvo y miró a la pared. Respiró.

---

[9] Ann Landers fue un seudónimo utilizado por varias periodistas norteamericanas. La columna de consejos firmada con este nombre es un icono cultural en Estados Unidos.

—Quizá… quizá era un consol… un consol pensar en los Gorg como invencibles. No es tan malo ser derrotado cuando crees que el enemigo es un ejército de monstruos perfectos.

—No lo sé —dije—. Creo que quizás algo haya cambiado. Ustedes se habrían percatado de estos síntomas antes. El último Gorg parecía estar llorando aceite de auto.

J. Lo comenzó a caminar de nuevo. Se escuchaba música desde algún lugar del casino.

—¿Sabes? —dije—, cuando Velicioso podía reproducir cintas, mamá y yo copiábamos nuestra música para escucharla en el auto.

J. Lo no dijo nada, pero dejó de caminar.

—Nuestras copias nunca sonaban tan bien como las originales. ¿Y si hacíamos una copia de una copia? Mucho peor. ¿Qué pasaría si los Gorgs nunca hubieran perfeccionado la clonación compleja? ¿Qué pasaría si hubieran hecho clones de clones de clones y se han debilitado?

Mamá entró en ese momento.

—Hola, Tortuguita. J. Lo.

—Mamá —dije—. Te has reunido con Gorgs, ¿verdad? ¿Antes de que J. Lo y yo llegáramos?

—Sí, con un par.

—¿Estornudaban?

—¿Estornudar? No que me haya percatado.

—Te habrías dado cuenta —dije.

—Entonces no.

—¿Se limpiaban la nariz, o tenían ojos llorosos o algo así?

—No —dijo—, nada de eso.

—¿Estás segura?

—Estuve junto a ellos todo el tiempo.

—Este tipo Landry dijo que los Gorg tenían una gran sorpresa para nosotros.

—¿Hablaste con Daniel?

—Sí. Me dijo que habría esta sorpresa en el, eh... festival. Olvidé cómo se llama.

—El Festival No Hay Problema —dijo mamá—. ¿No es lindo? Nada de qué preocuparse...

—Esta sorpresa es algo malo, mamá, lo juro. Pregúntaselo a J. Lo.

—Sí. Pregúntame.

—Tortuguita... —dijo mamá, desesperada—. Mira, no se lo digas a nadie, porque de verdad tiene que ser una sorpresa, pero los Gorg nos van a dar la cura para el cáncer.

—¿Qué?

—¿Qué? —dijo J. Lo.

—¡Lo sé! ¿No es maravilloso? De verdad quieren ganarse nuestra confianza.

Crucé los brazos.

—Suena como si ya tuvieran nuestra confianza —dije.

J. Lo ahogó un sonido. Cuando lo miré, tenía una mano en la boca y la otra apuntando hacia mí.

—Tu... —chilló, moviendo su dedo— ¡tu mano!

Puse mi mano frente a mi rostro, girándola una y otra vez.

—¿Qué? ¿Qué tiene de malo?

—¡Tienes la marca! ¡La marca de la profecía! Eres La Elegida... ¡La Elegida para traer paz a la galaxia!

—¿Qué? ¿Esto? Esto es salsa de tacos—dije, y la limpié.

J. Lo miró la palma de mi mano por un momento, después se volteó hacia la pared.

—Olvídalo —dijo.

Alguien tocó la puerta con dos pequeños golpes, algo muy apropiado. Nos revolvimos durante unos segundos. Pronto, el Buv estaba disfrazado de fantasma y Pig en el auto, lo cual podría ser una buena letra para una canción de *country*, ahora que lo pienso. Fui a abrir la puerta. J. Lo había puesto unas bisagras extrañas y un candado. Entreabrí y miré hacia afuera.

—¡Es el Jefe! —grité—. Tenía su gorra roja en una mano y su cabello pimentoso estaba peinado. Tenía mejor aspecto.

—Hola, Jefe —dije—. Pasa.

—Muchas gracias, Piernastontas.

Mamá frunció el ceño, pero de todas formas tomó su sombrero. Parecía confundida cuando J. Lo se quitó el disfraz y yo saqué a Pig del auto.

—Lo siento —dijo—, ¿quién…?

Yo no había hablado del Jefe. Siempre que mencionaba detalles de nuestro viaje, mamá se ponía pálida y se culpaba a sí misma, de modo que había muchas cosas que no contaba.

—Su nombre real es Frank —dije—. Es un chacharero.

Mamá hizo una mueca.

—Eso no es algo muy agradable.

—No, me refiero…

—Antes me dedicaba a cambiar y vender basura —dijo el Jefe.

Conté un poco de la historia del Jefe. Sin mencionar la cabina teleclonadora, pero me las arreglé para incluir la parte en la que un Gorg noqueó al Jefe.

—Dios mío —dijo mamá, y se persignó. Parecía conmovida—. Gracias por proteger a mi hija.

—No hay de qué —olisqueó el aire—. Tienen comida de verdad.

—Sólo un poco —dijo mamá—. Todavía tomamos malteadas, en su mayoría. Pero tengo algunas papas y cebollas, y no es ningún problema clonar aceite de oliva. ¿Se queda a comer?

—Será un honor —dijo, y luego vio la teleclonadora— ¿Cómo está mi cabina?

—¿Tu cabina de ducha Buv? —me apresuré a decir—. Está bien.

El Jefe se me quedó viendo.

—Bueno saberlo —dijo, y se sentó entre ruidos de la silla en nuestro pequeño comedor.

Después de cenar, J. Lo ayudó a mamá a lavar y yo acompañé al Jefe hasta su camioneta.

—Vienen algunos primos y amigos de la reserva —dijo—. Deben llegar en un par de días. Y mañana salgo temprano a juntar a algunos más. Amigos de amigos y gente de la fuerza aérea. Gente en la que podamos confiar.

—¿Conoces a los indios Papago de por aquí?

—Tohono O'Odham —dijo el Jefe—. La nación de los Tohono O'Odham. Papago es despectivo. Significa "come frijoles". Y sí, conozco a un par. ¿Qué pasa con la "ducha Buv"?

—Ah, sí. Mi madre trabaja con ese tipo Dan Landry, y parece muy pro-Gorg. Estoy preocupada de que mi mamá también lo sea.

—He escuchado mucho sobre él. Es una serpiente.

—Creo que a ella le gusta —dije—. Supongo que es atractivo. Como las hojuelas de maíz. Probablemente a él también le gusta ella. Vaya que le gusta tenerla cerca.

Quiero decir, ¿estamos a cincuenta kilómetros de la frontera con México y ella es la mejor traductora de español que puede conseguir?

—Ten cuidado con él. Tiene algunos esqueletos en el clóset.

—No —dije—, sólo escobas.

—¿Eh?

—Tiene un cuarto de limpieza con escobas en su oficina. Casi entro a él sin querer.

—Qué extraño.

De reojo vi algo en movimiento.

—¡Lincoln! —grité y corrí hacia donde él trataba de deshacerse de su correa, casi partiendo la camioneta en dos. Lo acaricié y él se aseguró de dejar mi rostro limpio y baboso.

—¿Necesitan un lugar en dónde quedarse? —pregunté.

—No tienes espacio suficiente. Estamos bien durmiendo en la cama del cámper. No obstante, podrías guardarme un par de cajas dentro, para que tengamos más espacio.

Regresé al casino con dos cajas de los recuerdos de guerra del Jefe para dejar en Velicioso. Prometió regresar en dos o tres días.

A la mañana siguiente, el rumor comenzó a circular: el Festival No Hay Problema había sido pospuesto. El Día Excelente ya no sería en el Día del Trabajo. El Día Excelente sería mañana.

—No puede ser posible —dijo mamá—. ¿Por qué harían algo así?

Corrí a buscar la camioneta del Jefe, pero ya se había ido. Mientras caminaba de regreso vi una gran nube de naves Buv viajando hacia el Este. Volaban lentamente, juntas, no a la ofensiva. Iban a rendirse ante los Gorg.

Durante esa mañana, vi a J. Lo mirando a nuestro viejo teléfono celular seis veces.

—Ya se fue el Jefe —dije cuando regresé a casa.

—Los viejos se levantan muy temprano —dijo mamá—. Probablemente se fue hace horas. No te preocupes... este lugar siempre se llena de rumores.

Pero para la tarde los robots cangrejo de los Gorg estaban por todas partes entregando las noticias.

—DEBIDO A UNA INESPERADA EXCELENCIA —anunciaban las caras de los Gorgs a través de las pantallas de los robots— LAS FESTIVIDADES DEL DÍA EXCELENTE SERÁN LLEVADAS A CABO MAÑANA POR LA MAÑANA AL SALIR EL SOL. LOS HUMANOS DEL DISTRITO AEROPORTUARIO SE ENCONTRARÁN EN LA PISTA DEL AEROPUERTO PARA PRESENCIAR LA PARTIDA DE LOS BUV. ¡LA ASISTENCIA ES OBLIGATORIA! ¡OBLIGATORIA! FIN DEL MENSAJE.

—Esto es ridículo —dijo mamá—. Debe ser un error. Voy a hablar con Daniel. No se muevan de aquí esta vez. Hablo en serio.

Salió del departamento con un zapato en la mano.

Sin decir una palabra, J. Lo regresó a lavar los trastes. Yo me puse de pie y apoyé una mano sobre el comedor. Después pensé que debía sentarme, pero me levanté de nuevo un segundo más tarde y me quedé mirando mis zapatos.

Había diez tipos de naipes en el patrón de la alfombra. Hay cientos de naipes, por supuesto, pero éstos eran los mismos diez, una y otra vez. Dieciséis fichas de póker, ocho rojas y ocho azules.

—Los Hoegaarden tienen dados en su alfombra —dije.

—Ah —dijo J. Lo—, ¿sí?

—Sí. Pares de dados por todas partes. Todos suman siete.

—Entiendo.

—Viven donde estaban las mesas de *Craps*[10] —agregué—. Disculpa mi lenguaje.

De nuevo nos quedamos en silencio. Las manos de J. Lo chapoteaban en el agua.

—Tenemos que hablar —dije—. ¿No lo crees? ¿No crees que deberíamos hablar?

J. Lo tomó un tazón y lo hundió en el agua.

—Si querer. ¿De qué debemos hablar?

Había estado guardando la respiración sin darme cuenta, y al final salió un gran suspiro.

—Ya sabes...

—Ah. Sobre los Buv. Sobre que me tengo que ir de la Tierra.

—Nunca me contaste cuáles eran tus planes.

—Para los Buvs seré un criminal —restregó el tazón—. Uno de los más grandes. Traje a los Gorg a nuestra puerta.

—¿Te... matarán?

—No. Los Buv ya no tienen pena capital. Me harán prisionero. O me darán un muy mal impleo.

—¿Cómo qué?

—Catador de piernas, tal vez. O cargador de excrementos. Será malo, pero no tanto. Estos trabajos tienen una cierta dignidad silenciosa.

—Ah.

---

[10] El *Craps* es un juego que se realiza con dados, pero en inglés *crap* también significa "mierda".

Nos miramos durante un momento. Después J. Lo enjuagó el tazón y tomó un plato.

—Entonces... ¿debería de irme? —preguntó— ¿Regresar con los Buv?

—No puedo decirte qué hacer. Es tu decisión. ¿No?

J. Lo miró el fregadero y asintió con la cabeza. Podía ver que estaba tratando de decidir. Era como ver un globo que cae lentamente y reventará si nadie lo atrapa.

—Pero —dije—, pero... sería mucho más difícil todo por aquí si te fueras, por supuesto. Más tareas para todos. Es todo lo que digo.

—Es verdad.

—Sería difícil explicarles a todos por qué ya no está JayJay. Si te fueras. Pero debes hacer lo que es mejor para ti.

—Sí.

—Sólo digo que sería más difícil. Y nos podrías ayudar muchísimo para deshacernos de los Gorg, con todo lo que sabes.

J. Lo detuvo sus manos en el agua. Sentí que estaba parada de manera muy extraña, así que cambié mi peso hacia la otra pierna, pero no me sentí mejor. La casa estaba caliente. Lo podía sentir en la cara.

—Parece —dijo J. Lo—, parece que lo mejor sería que me quedara. Hay cosas que hacer aquí. Puedo ser de ayuda a mi familia.

Parecía que iba a decir algo más, después asintió y tomó unas cucharas. Las metió al agua. Me paré junto a él y comencé a secar lo que lavaba.

—Así que es como las clonadoras de malteada —dijo mamá, mirando la cabina—, pero para gente.

Había regresado enojada, sin haber podido ver a Landry o siquiera acercarse a su edificio debido a todas las patrullas Gorg. Así que J. Lo y yo le hablamos sobre la teleclonadora, a sabiendas de que no podíamos encontrar al Jefe y se nos acababa el tiempo.

—Pero no sólo clona —dije—. También teletransporta.

—No conozco esa palabra.

—Una persona o una cosa —dijo J. Lo— puede ser enviada desde una cabina a la otra. A otra cabina en la Tierra, o dentro de la nave Gorg. Quizás a cabinas en otros planetas.

—Como mandar a una persona por correo electrónico —dijo mamá.

—Sí.

—Me alegra que me hayas dicho. Pero tenemos que involucrar a más personas.

Asentí.

—El señor Hoegaarden era policía —dijo mamá—. Conoce algunas buenas personas. Mira, lleva estos libros a casa de la señora Hoegaarden y comprueba si hay alguien ahí.

Tomé los libros y atravesé el casino, cortando por la cocina hasta el área de los Hoegaarden. Era una sección más pequeña que donde nosotros vivíamos, con sólo dos departamentos y un ventilador tambaleante que parecía que se iba a desprender y salir volando. Era difícil distinguir un departamento del otro, pero habían escrito su nombre detrás de un boleto de apuestas y lo habían clavado a la puerta. Toqué.

Mi golpe fue quizás el tercer sonido más ruidoso que he escuchado jamás. Quizá no sea tan impresionante como me gustaría, pero había sido un año bastante ruidoso.

La señora Hoegaarden abrió la puerta rápidamente.

—Yo no fui —dije—, lo juro.

Y era verdad. El ruido había llegado desde el pasillo principal. Aún resonaba en el aire.

Corrimos a la esquina y nos asomamos, vimos a un Gorg levantar una máquina de cambio por encima de su cabeza.

Varias personas asustadas estaban contra la pared, lo más alejados del Gorg que podían. Detrás de él vi la puerta por la que había llegado; ahora era un taco de metal que se balanceaba de las bisagras.

—¡PERSONAS HUMANAS! —escupió el Gorg— ¡EN DÓNDE ESTÁ A LA QUE LLAMAN TIPOTUCCI!

"Oh, no", pensé. "¿Por qué siempre yo?".

—Hum —dijo Joachim—. ¿Quién?

—¡TIPOTUCCI! ¡TUCCILINA! ¡O ALGO ASÍ! —dijo el Gorg y lanzó la máquina al suelo. Vomitó sus entrañas plateadas en el piso.

Nuestros vecinos estaban en silencio. Pero deben haber entendido a quién se refería el Gorg. La señora Hoegaarden seguramente lo había entendido.

—Ay, querida —dijo—. Escucha: toma este pasillo, entra a la primera puerta por la oficina, a través de la puerta que hay al otro lado y llegarás al pasillo en donde están los baños y la salida hacia el muelle. ¡Rápido!

Hice lo que me dijo y corrí por el casino. Aún podía escuchar la voz estruendosa del Gorg:

—ME DIJERON QUE ME DIRIGIERA AL EDIFICIO CON COLORES HORRIBLES. ¡EL EDIFICIO EN DONDE LOS HUMANOS QUE SON MALOS PARA LAS MATEMÁTICAS DERROCHAN SU DINERO! ¡ES AQUÍ! ¡TRÁIGANME A TIPOTUCCI!

Salí por la última puerta hacia el viento furioso, brinqué hacia el muelle y corrí hasta la salida de emergencia en donde estaba estacionado Velicioso. J. Lo ya estaba ahí, disfrazado, atando el teleclonador al techo del auto.

—Tengo a Pig —susurró—. Debemos irnos, los Gorg podrían olermes.

—Muy bien. ¿Dónde está mamá?

J. Lo me miró y luego miró al casino.

De nuevo la había abandonado.

—Tenemos que ayudarla.

—¡Tenemos que esconder el teleclonador! —susurró J. Lo—. ¡Va a buscar aquí afuera!

Di la vuelta y vi que la gran tienda de póker estaba toda arrugada y desinflada en el suelo.

—Parece que ya lo hizo. Vamos.

Condujimos hasta el borde de la tienda y levanté la pesada tela mientras J. Lo metía a Velicioso. Yo ya estaba corriendo hacia la salida de emergencia antes de que J. Lo saliera de debajo de la tienda. Me acerqué lo suficiente para notar que le habían arrancado las bisagras a la puerta.

—No —susurré—. No, no, no.

Me asomé a nuestro departamento y vi que estaba destrozado. Los lavaderos estaban arrancados y las hojas de los libros aleteaban en el aire. Pero mamá no estaba. No había rastro alguno de ella.

Corrí por la puerta del departamento hasta ver a una multitud de personas frente al casino.

—¡Tipolina! —dijo Joachim cuando me acerqué—. Espera...

Lo ignoré y me metí a la fuerza por la multitud, justo a tiempo para ver a dos Gorgs amarrándose dos propulsores en las espaldas. Uno de ellos tenía a mamá sobre sus hombros.

—¿*QU LU EHED SEG FIP'W AR NI'IZS IHEX?* —dijo el Gorg que tenía a mamá mientras abofeteaba al otro.

—*FUD* —dijo el otro, pellizcando y golpeando al primero en el brazo—. ¿*NAG IG'F TAD'Q GU VEF'G FGAB, LU W'ZO?*

—Tu mamá… dijo que ella era tú —explicó Joachim.

Después sucedió algo asombroso. El Gorg que sostenía a mamá hizo un ruido.

—¿Eso fue un estornudo? —preguntó alguien.

J. Lo llegó justo a tiempo para ver al otro Gorg estornudar también. Después a los dos les dieron ataques de estornudos y se mecieron hacia atrás y hacia adelante con sus propulsores.

Mamá levantó la cabeza y me miró a los ojos. Después los cohetes se encendieron y los tres desaparecieron en el cielo oscurecido.

Yo estaba respirando con fuerza. Todos los que estaban a mi alrededor comenzaron a tratar de consolarme y pusieron sus manos sobre mis hombros, pero yo sólo los quería lejos.

—Vaya —dijo J. Lo—, estornudan cuando están cerca de una persona que ha estado mucho tiempos cerca de un Buv. ¿Te das cuenta? Pero… los Buv nunca los habían enfermado.

—No. Los Buv nunca lo hicieron —dije.

De repente tenía un plan.

—Oh, ya verán —dije mientras nos disparábamos por el desierto—. Los destruiré. No puedes secuestrar a mi mamá y esperar que no te destruya. Habría destruido a los Buv, pero la regresaron a tiempo.

—Gracias a Dios —dijo J. Lo—. Explica, por favor, de nuevo lo de los gatos.

—¡Los Gorg son alérgicos a los gatos! ¡Totalmente alérgicos! Viste cómo se pusieron cerca de mamá.

—Pero Tipomamá no es un gato.

—Tenemos pelos de gato encima. Confía en mí. Cuando tienes un gato es inevitable. ¿Y por qué otra razón se tomarían tantos problemas para deshacerse de ellos? Y mamá... mamá dijo que se sentó junto a los Gorg antes de que llegáramos y no estornudaron para nada. Pero después de que trajimos a Pig al casino, ¡bum!

—¡Bum! —gritó J. Lo—. ¡Bum!

—Qué bien que no perdimos a Pig anoche. Qué bien que la mantuvimos a salvo.

—¿Pero adónde vamos?

—A un lugar secreto —dije mientras dirigía a Velicioso por los campos de tiendas—. Un lugar en donde podemos planearlo todo bien.

—Esto es emocionante —dijo J. Lo—. Somos como agentes especiales, como Bond, James Bond.

—No sé de dónde sacas todo eso.

Todo rastro de la ciudad estaba muy por detrás de nosotros cuando nos acercamos a un letrero rústico que decía Antiguos Estudios Tucson.

—Oh, perfecto —dije.

Llevé a Velicioso al centro de un pueblo fantasma del Viejo Oeste en medio de las montañas. Había cantinas y tiendas que parecían auténticas y una iglesia española al final de la avenida polvorienta.

—Esto debe servir —dije.

—Ahora nos podemos teletransportar a las bases Gorg o a sus naves—dijo J. Lo—, encontrar a Tipomamá y ¡traerla a casa!

—Vamos a hacer mucho más que eso —dije.

—¿Sí? ¿Qué vamos a hacer?

Sonreí y respondí:

—Bucle de retroalimentación.

—¿Bucle de retroalimentación?

—Bucle de retroalimentación.

Me paré en medio de la calle con J. Lo mirándome nerviosamente. Si hubiera tenido un revólver me habría parecido a Clint Eastwood, pero lo único que tenía era la cabina de teleclonación. Además, estaba usando un casco de la Segunda Guerra Mundial, así que la imagen estaba deshecha.

El casco era demasiado grande para mí, pero mi cabello lo mantenía en su lugar. Tenía un puñado de aspirinas —efervescentes— por si surgía alguna emergencia. Las habíamos clonado con la última que le quedaba a J. Lo. gracias al teleclonador Gorg. Funcionó. Las aspirinas eran cosas complejas que ninguna clonadora Buv podía replicar, pero nosotros lo habíamos logrado.

En los últimos veinte minutos, J. Lo había armado de nuevo la máquina y la inspeccionaba una y otra vez. Yo había acariciado a Pig y hurgado las cajas del Jefe.

—Tengo señal —había dicho por fin J. Lo, junto a la máquina que zumbaba—. Estamos conectados a la computadora Gorg.

Así que la habíamos probado haciendo aspirinas y ahora yo estaba parada frente a ella, preguntándome cómo había llegado hasta aquí.

—Hay señales de muchas otras cabinas. Bases Gorg. Doce Bases en Arizona, más en otros lados.

—Creo que deberíamos intentarlo sólo con las más cercanas.

—Debería ir yo —dijo J. Lo—. Yo debería ser quien la pruebe. Será mis culpa si no funciona.

—Si no funciona —dije—, tú eres el único que puede arreglarla, así que soy yo quien tiene que ir.

En mi otra mano tenía una piedra. Si lograba teletransportarme a cualquier lugar sin volverme malteada se la enviaría a J. Lo para que me siguiera junto con Pig.

—De acuerdo, de acuerdo —sacudí las manos—. Está bien —respiraba rápido y con fuerza, posiblemente me estaba híperventilando.

De repente pensé que quizá me desmayaría y de esa forma no tendría que teletransportarme. Nadie te podía obligar a teletransportarte después de un desmayo. Era una regla no escrita; todo el mundo sabe que no puedes pedirle a nadie que se teletransporte después…

—Bueno —dije—. Está bien. ¿Hay algo más que puedas decirme?

—Hum. Bueno, sería mejor si masticaras chicle. Tus oídos probablemente estallarán…

—¡AHHH! —grité, me metí a la caja, crucé los dedos y brinqué.

Un rayo de luz llegó a mi cerebro.

Escuché un ruido.

En mis oídos resonó un estallido.

Estaba muy oscuro. No veía nada. Ni siquiera sentía mi cuerpo. Y pensé: "Genial: he muerto justo cuando estaba en medio de algo".

No sentía mi cuerpo porque la teletransportación te entumece durante un rato, pero no lo sabía hasta que comencé a sentir un hormigueo en todo el cuerpo unos segundos después, como si fuera una gaseosa. Primero abrí la mandíbula para destaparme los oídos, porque escuchaba voces.

Una de ellas me sonaba muy familiar. Tenía ese sonido de anunciante de televisión, pero era más como una voz fuera de cámara que pedía que le trajeran de inmediato más donas a su camerino.

Recordé que llevaba una linterna, así que la saqué de mi bolsillo y la encendí nerviosamente contra mi mano. A través del brillo rojo de mis dedos pude ver una cortina frente a mí. La atravesé. Estaba en un cuarto muy pequeño. Después de la cortina había un trapeador y una cubeta. También había un recogedor. Y había una puerta de madera oscura con una perilla de cobre que me parecía muy conocida, lo cual confirmó lo que había supuesto.

Estaba en el cuarto de limpieza de Daniel Landry.

Cinco minutos después brinqué de regreso al teleclonador y vi la luz y escuché el ruido y aterricé, con los oídos a punto de estallar, de regreso en el pueblo fantasma. Esperaba que J. Lo estuviera frente a mí y sentí pánico cuando no lo vi ahí.

—Oh, no. Oh, no. ¡J. Lo! ¡J. LO! —me giré— ¿Cómo se apaga esta cosa?

La cabeza de J. Lo se asomó por la ventana del auto.

—¡Tenemos que apagar esto! —grité—. ¿Cómo se apaga?

—¡Estás viva! —canturreó J. Lo.

—¡Concéntrate, J. Lo! ¿Cómo la apago?

—¿Qué? Oh, ¡la cosa verde!

Afortunadamente, sólo había una cosa verde, con la forma de una pelota de golf sobre su soporte. Puse mi mano encima de ella, preguntándome si tenía que apretarla o empujarla o qué, pero de inmediato emitió un ruido gaseoso y se desinflo mientras la cabina dejaba de zumbar. Me senté y respiré, despejando las visiones de ejércitos Gorg corriendo por calles oscuras en pos de mí. Pig se restregó contra mis piernas. Después noté que J. Lo estaba a mi lado.

—¿Dónde está la piedra? —gritó— ¿Y la piedra?

No la había lanzado para que supiera que la cabina había funcionado. Estaba muy ocupada husmeando, le dije.

—¡Pensé que Tip estaba muerta! ¡O en problemas! ¡Y no podía hacer nada! ¡NADA!

—¿Por qué estabas en el auto? —pregunté.

—Estaba a piunto de irme. Iba a conducir hasta encontrartes.

—Gracias.

—Pero, la cabina, ¿funcionó? ¿Por qué la apagaste?

—Había Gorgs en camino. Pensé que podían llegar aquí.

—¿Te vieron?

—No —respondí—. Escucha. Llegué, todo estaba oscuro y oía voces. Y luego me di cuenta de que estaba en el cuarto de limpieza de Dan Landry.

—¡No!

—¡Sí!

—¡Estás bromeando!

—¡Es verdad! —dije—. Y Landry le gritaba a alguien. Gritaba: "Teníamos un trato" y "Sólo eran preguntas, ¡no los estaba acusando de nada!".

—¿Qué prieguntas? —preguntó J. Lo.

—Espera un segundo. Se pone peor. Una voz Gorg contestó...

J. Lo ahogó un grito.

—... una voz Gorg contestó: "EL FESTIVAL SE HARÁ AL AMANECER. LOS HUMANOS SERÁN CONTADOS Y CLASIFICADOS". Y Landry dice: "Sólo es una niña. Los niños se enojan. ¿Ahora la han secuestrado?". Y el Gorg admite que cometieron un error y que tienen a mi madre y no a mí, pero aún quieren encontrarme porque encajo en la descripción de una chica que les robó algo.

J. Lo murmuró algo en Buvish.

—Pero aquí viene lo mejor —continué—. El Gorg dice: "HONRAREMOS NUESTRA PROMESA. TENDRÁS EL PODER. NOS ENCARGAREMOS DE QUE SEAS EL LÍDER DEL PLANETA". Y luego otro Gorg se ríe y dice: "LIBERAREMOS A LA MAMÁ DE TIPOTUCCI DESPUÉS DEL FESTIVAL". Y luego los otros Gorgs se rieron, sabes, porque no va a haber ningún "después del festival". Fue entonces cuando regresé.

J. Lo movió la cabeza.

—Sólo quería ser el líder. Quería ser el rey de la Tierra y llamarla Danilandia.

—Sí. Tal vez. Sólo que... ¿y todo eso que me dijo de que los Gorg se irían pronto? ¿Y si en verdad lo creía? Quizá pensó que cooperando podía mantener más gente a salvo hasta que los Gorg se fueran por su cuenta.

—Quizá sólo sea un *caratrasera*, disculpa mi lenguaje.

—Tal vez. En cualquier caso, ésa no era una base Gorg.

Pero justo antes de que me teletransportara de regreso, era como si los Gorg fueran a utilizar el cuarto para irse, y tenía miedo de que llegaran aquí conmigo.

—Probaremos con otra, entonces —dijo J. Lo.

—¿La siguiente cabina más cercana?

—Hum. Estoy pensando, ¿por qué no la más fuerte, en lugar de la más cercana? La señal más piotente. Esto hará más probable que sea una base importante.

J. Lo afinó la cabina y recogimos nuestras cosas. Los dos teníamos suficientes aspirinas como para cubrir el Monte Everest con espuma. J. Lo se puso su casco y yo todavía llevaba el mío. Tenía una mochila llena de galletas para gato y mi cámara, y J. Lo tenía su caja de herramientas, como siempre.

—Y mira —dijo J. Lo—. Los *talkie-walkies*. Los arreglé con una fuente de alimentación. Ahora podemos hablar y hablar. J. Lo a Tip, J. Lo a…

Los tenía a no más de cinco centímetros de distancia, así que su mensaje chillón comenzó a rebotar en la habitación e hizo el Peor Ruido del Mundo. Y yo ya he escuchado estornudar a los Gorg.

Traté de poner el *walkie-talkie* en mis pantalones de camuflaje. Me hacía sentir como si tuviera una pierna coja, así que lo puse en mi mochila. La antena de casi un metro salía por una abertura en la cremallera y se balanceaba cuando se movía.

—No puedo creer que la gente corriera por ahí con estas cosas mientras les disparaban —dije, porque no sabía qué estaría haciendo media hora más tarde.

J. Lo miró la antena.

—Te va bien.

—Parezco un auto a control remoto.

—Sí. No sé qué es eso.

Tomamos a Pig y nos paramos frente a la cabina teleclonadora. J. Lo la encendió de nuevo.

—¿Podemos ir todos al mismo tiempo? —pregunté—. ¿O nos mezclaremos?

—Estoy seguro de que podemos ir al mismo tiempo. Bastante seguro.

Nadie se movió.

—Podría haber muchos Gorgs del otro lado —dije.

—Sí —dijo J. Lo y le dio una palmadita a Pig.

—He disfrutado ser tu hermano —añadió.

—Ha sido lindo tener uno.

Entramos a la cabina...

... y salimos del otro lado. Estaba entumecida de nuevo, y Pig hizo un sonido muy grave. Pero estaba bastante iluminado y no había Gorgs a la vista. No había nada a la vista más que losetas blancas y orinales. Estábamos en un baño de chicos.

—Sal de la cabina —dijo J. Lo—. Debo apagarla. Podrían llegar Gorgs.

Como si lo hubiéramos invocado, unos pasos resonaron hacia nosotros. Por la esquina del pasillo de los orinales llegó un Gorg con un rifle como un motor con un escape de auto saliendo de él.

—¡LU! ¡F'GAB! ¡ALÉJENSE DE AHÍ! —gritó el Gorg.

Dimos un paso al frente y a los lados, ocupando los orinales. Pig se retorció entre mis brazos. J. Lo lanzó una aspirina, luego otra, pero la espuma fría no detuvo al Gorg.

Apartó los pedazos de nieve y levantó su rifle. Y entonces vio a Pig.

—RRRR. ESO ES... —se quedó sin palabras—. ¡ENTREGUEN AL ANIMAL!

Apuntó su arma a mi cabeza.

—¡ENTREGA AL ANIMAL!

—De acuerdo —dije lentamente—. Lo siento, Pig.

Y la lancé directo a su estómago.

Pig chilló y clavó sus uñas en el Gorg mientras una nube de pelo se levantaba de su espalda. El Gorg miró hacia abajo con horror y desprendió una de sus manos del rifle para quitársela de encima. Le lancé una aspirina y pateé al Gorg en la espinilla, lo que me dolió como el infierno en los dedos, disculpen mi lenguaje. A él no le hizo nada en su espinilla. Pero con su mano cubierta en espuma, el Gorg no podía lastimar a Pig y ella brincó y se escondió detrás de la cabina.

Lo que siguió fue la peor reacción alérgica que jamás he visto. El estómago del Gorg se puso rojo y comenzó a formar burbujas rojas como una sopa de tomate.

Subió a su cuello y cabeza, y comenzó a tener espasmos de tos y estornudos. Creo que incluso intentó disparar su rifle, pero sus dedos rojos y gordos no lo lograron. Di círculos alrededor de él.

—¡Prepara la cabina! —dije, y esperé a que J. Lo me diera la señal. Después empujé al Gorg tan fuerte como pude, lo que no fue tan difícil, pero un desafortunado estornudo suyo me ayudó a forzarlo hacia la jaula y ¡pum!, la sabandija se largó.

—¿Adónde lo enviaste? —pregunté.

—Hydaho, creo —dijo J. Lo.

—Idaho.

—Sí. Ahí —dijo, y apagó de nuevo la cabina. Consultó una suerte de terminal de computadora al lado de la teleclonadora. Había una masa de baba que llegaba hasta arriba y J. Lo la pellizcó como si estuviera moldeando plastilina. Varias formas y símbolos aparecieron en el aire por encima de esa cosa, diciéndole lo que quería saber. Llamé a Pig y le di unas galletas.

—Nunca volveré a hacer eso —le dije—. Posiblemente.

—Esta computadora dice que hay otras cabinas muy cerca; en un kilómetro a la redonda, tal vez. Si sigo buscando, me podría decir en dónde tienen a Tipmamá —dijo J. Lo.

—Bien. Tú haz eso y mantén a Pig a salvo. Yo voy a ver dónde estamos.

—Ten cuidado. Llama por el *talkie-walkie* si estás en peligro.

Di la vuelta a la esquina y encontré otro salón con lavamanos y orinales, y la salida de emergencia. A un lado había otra salida más pequeña, como si una fuera para adultos y otra para niños. En la puerta pequeña estaba escrito Ratones y en la otra Hombres y sólo sé de un lugar que hace eso. El Mejor Lugar del Mundo.

—No es posible —susurré al salir.

Vi la Montañabulario y la Rueda Giratoria de Rumpelstiltskin. Encima estaban las dos pistas del Duorail y las crestas frondosas de las palmeras. Justo frente a mí estaba el Castillo de la Reina de las Nieves.

Me di cuenta de que me encontraba al aire libre, así que me acerqué a una hilera de puestos y me agaché en una de las entradas. Al menos era de noche.

—Estamos en el Reino del Ratón Feliz — dije por el walkie-talkie—. Estamos en Orlando. Cambio.

—No es posible —dijo la voz de J. Lo, tan chillona y ruidosa como un menú de autoservicio—. Cambio.

—¡En serio! Esa señal potente que encontraste es el Reino del Ratón Feliz. Estoy viendo el castillo ahora mismo. Cambio.

—De hecho, tiene sentido. A los Buv les gustaba Florida. Así que los Gorg los expulsaron de Florida y pusieron una base, ser *caratraseras*.

Sin embargo, no había ningún Gorg a la vista; ni alrededor del castillo, ni debajo del puesto de periódicos, ni por la cafetería de Moo. Me escabullí dentro de la cafetería, mientras me preguntaba en dónde se tendría a un rehén en un parque de diversiones. Ni siquiera sabía qué debía buscar. ¿Jaulas? ¿Redes gigantes? ¿Frascos con agujeros en las tapas?

Entonces, escuché ruidos por Broadway. Me asomé por el borde del Bar de la Leche y vi a cuatro Gorgs saliendo de otro baño, esta vez del de damas, y caminar en mi dirección. "Otra cabina de teleclonación", pensé. O tal vez los Gorgs siempre van al baño juntos.

Me eché hacia atrás y me escondí detrás del bar. Los pisos estaban cubiertos con tapetes de caucho negro que olían a podrido.

Las voces de los Gorg se acercaron más. Hablaban en su idioma, que puntualizaban entre ellos con pellizcos y golpes en los hombros y en las costillas. Levanté una mano para detener el ruido de mi antena contra una caja de leche.

No notarían mi presencia. No había ninguna razón para ello, a menos que fueran detrás del bar buscando leche podrida. Pero una pregunta que había estado bullendo en mi mente de pronto salió a la superficie. ¿Por qué un grupo de Gorgs se teletransportaría a ese baño sólo para caminar hasta acá?

Porque probaron la cabina que J. Lo apagó y no funcionó, estúpida. Ahora van a averiguar qué pasó.

Cuando pasaron y estaban a sólo unos metros de nuestro baño, tomé una botella de leche vacía y la lancé a la calle. Se estrelló y desparramó vidrio por el suelo de una de esas tiendas que venden cortadores de pelo de nariz eléctricos y aspiradoras con celdas solares. El ruido o el movimiento, o ambos, encendieron dos Santa Clauses bailarines y un perro robot. Los Gorg se voltearon y fueron a investigar de dónde venían todos esos ladridos y felicitaciones de Navidad.

Sostuve la antena y me escabullí en el baño de hombres, cuando escuché un chillido salir de mi mochila, como si fuera un pequeño accidente de tren. El *walkie-talkie*. Me congelé y corrí hacia una tienda de regalos; una de ésas que están llenas con el tipo de regalos que la gente compra sólo durante las vacaciones. Escondida detrás de una pila de camisetas del Ratón Feliz, saqué el *walkie-talkie* de mi mochila.

—¿Qué? —susurré.

—¡Lo hice! —aulló la bocina.

—No grites —susurré y me asomé por un costado de la pila—. ¿Qué hiciste?

—Tipmamá. ¡Encontré a Tipmamá! ¡Está aquí!

—¿Está bien?

—No lo sé.

—Bueno, pregúntaselo —dije e intenté hacerme pequeña mientras escuchaba pasos acercándose.

—No, no. ¡Está en la computadora! Los Gorgs la teletransportaron, pero no hasta el final. ¡Está guardada en la computadora como un archivo de datos!

Busqué en mi mochila y saqué la cámara.

—¡Dios mío! ¿Puedes sacarla?

—¡Sí! La traeré aquí, sana y salva.

—Espera.

Metí de nuevo el *walkie-talkie* en mi mochila y miré hacia arriba, al círculo de Gorgs que se inclinaba sobre mí.

—Hola —dije—. Whisky.

La cámara lanzó un *flash* y los cuatro Gorgs se echaron hacia atrás mientras yo lanzaba cerca de sesenta aspirinas hacia arriba. La mitad de los Gorgs se recuperaron lo suficiente como para intentar seguirme, mientras yo me escurría entre las piernas de los demás, después las aspirinas cayeron en sus espaldas y yo tuve suerte de atrapar el borde del planeta expansivo de nieve que se comió la tienda. Después la espuma me golpeó como un gran guante de boxeo y me lanzó a la calle. Vi por encima del hombro una bola de nieve del tamaño de un globo de aire caliente que se hacía más y más grande, con pedazos de Gorg y ratón de caricatura asomándose aquí y allá. Pero la bola de nieve ya se estaba deshaciendo y yo corrí por la calle, pasé el baño de J. Lo, y saqué el *walkie-talkie* por la antena de nuevo.

—¿Hola? ¿J. Lo?

—¿Adónde fuiste? ¿Qué pasa?

—Nada. Me paré a tomar una foto. ¿Está mamá ahí?

—No... dijiste...

Me perdí el resto cuando escuché un retumbar de pies y corrí a una escotilla que me parecía conocida. Los disparos comenzaron detrás de mí y destrozaron el tope de un puesto de churros. Abrí la puerta y me lancé por la escalera.

—¿Qué fue eso?

—Nada. No traigas a mamá hasta que se detengan las explosiones, ¿de acuerdo?

—Sí.

El fuego inundaba la escalera.

—¡Bien! En cuanto termines, comienza la Operación Gatostrófica.

Los Gorgs intentaron seguirme por la escotilla, pero eran demasiado grandes.

—Pensé que habíamos decidido llamarla Operación Pigaltaque.

—No puedo hablar de eso ahora. Estoy un poco ocupada.

Corría por el pasillo oscuro mientras los Gorgs disparaban, sus municiones incendiarias golpeaban el pavimento encima de mí. No podía ver, pero estaban haciendo el agujero más grande.

—Nunca querer hablar de mis ideas. ¿Cuándo será el momento de J. Lo?

El pasillo se encontró con otro que estaba segura que me llevaría debajo del Castillo de la Reina de las Nieves. Desde ahí podría llegar al juego de los pingüinos y salir de nuevo, como lo habíamos hecho J. Lo y yo antes.

—Nunca dije que sí a la Operación Pigaltaque —dije—. Es estúpida.

—Es que no lo entiendes. Se llama como Pig.

Delante de mí se veía el contorno anaranjado de una puerta.

—Si tienes que explicar el nombre —le grité a J. Lo—, no es un buen nombre. ¡Y, por favor, dime que estás clonando gatos mientras hablamos de esto!

—Por supuesto. Escucha. Vi algo interesante en la computadora.

Justo entonces sentí un jalón en mi tobillo y escuché el estruendo de latas y cucharas.

—Qué idiota soy —susurré.

—¿Estás ahí?

—Espera un minuto, J. Lo.

La puerta no se abrió esta vez. No rocié a nadie con detergente. En su lugar, abrí la puerta y me asomé. A cinco metros estaban los chicos BOBO, con medio castillo colgando de cabeza detrás de ellos. Apuntaban armas y se veían aterrados.

—¡Alto el fuego! —dijo Ricitos.

Me relajé un poco y fui hacia ellos.

—Tenemos que salir de aquí —dije—. Los Gorgs…

Se escuchó un ruido como clanc, clanc y sentí que algo me quemaba el pecho.

—Demonios, Alberto —gruñó Ricitos—. Dije "alto el fuego".

—No quiso hacerlo —dijo Christian—. Mira, sus manos están temblando.

Miré mi playera y vi una mancha roja y húmeda en donde me habían dado.

—¿Qué... qué hiciste? —dije.

—Relájate —dijo Ricitos—, sólo son pistolas de pintura.

—Oh —dije, sintiéndome tonta. Después escuché unos ruidos detrás de mí, en el pasillo.

—¿Qué (censurado) sucede ahí afuera?

—Debemos irnos —dije—. Los Gorgs estarán aquí en un segundo.

Esto desató el pandemonio. Por los gritos, me quedaba claro que ni siquiera estaban seguros de quiénes eran los Gorgs, pero no importaba.

—¡Cállense, todos! —gritó Ricitos.

—¿Qué hacemos? —preguntó Yosuan.

Los chicos miraron a Ricitos. Ricitos miró a Christian.

—La salida trasera —dijo Christian—. Una sola fila. ¡Vamos!

Nos apresuramos por una puerta lejana. Christian fue el último en salir y apagó las luces y tiró de dos palancas que comenzaron a girar el castillo.

—¿Pistolas de pintura? —pregunté.

—Alenta un poco a los extraterrestres grandes si les das en los ojos —dijo Christian—. Ustedes nos dieron la idea.

Probablemente me sonrojé. Una orquesta de explosiones y estruendos se escuchaba detrás de nosotros.

Los Gorgs estaban haciéndose camino por el cuarto del castillo giratorio.

—Necesitamos una cabina de teleclonación —dije cuando entramos a un espacio en donde colgaba una montaña de dulces.

—¿Una qué?

—Oh… eh… una cosa como jaula.

—Oh, una de ésas. Hay una en el baño del Motorama. ¡Giren a la izquierda, chicos!

—¡DETÉNGANSE, SIMIOS! —gritó un Gorg detrás de nosotros, y unos cometas salieron disparados después.

—¿Tip?

Saqué el Walkie-talkie de mi mochila de nuevo.

—Muy bien, rápido —le dije a J. Lo mientras pasábamos una maqueta del sistema solar que colgaba de cabeza—. ¿Qué pasó con la computadora?

—¡Tenías razón! ¡Los Gorgs no perfeccionaron la clonación compleja! ¡Hay errores!

—¿Errores? —pregunté.

Por un pasillo elevado, Christian les dijo a los otros chicos que dejaran sus balas de pintura. No entendía por qué, hasta que escuché a los Gorgs resbalándose con ellas un minuto después.

—¡Sí! Cuando clonas —no, Pig, sin morder—, cuando clonas cosas complicadas, hay fallas. Errores. Y si clonas a un clon, se pone peor. Un clon de un clon de un clon, mucho peor.

Alcanzamos la base de una escalera y los chicos más pequeños subieron primero. Y déjenme decirles que ser perseguidos por extraterrestres de doscientos kilos con armas no mejoró su escalada.

—Todos los Gorgs son clones de clones, o clones de clones de clones. Algunos incluso clones de clones de clones de clones. Es por eso que se pueden enfermar. ¡Y no pueden clonar la comida mucho, tampoco, o se convierte en vieneno!

Por un momento pareció que Christian y yo tendríamos un concurso para ver quién subiría al final, hasta que por fin lo tomé del brazo y lo empujé hacia arriba.

—¿J. Lo?

—¿Sí?

—Voy de regreso. ¿Qué fue lo último que dijiste?

—Clonar comida la vuelve —abajo, Pig— vienenosa.

Comencé a trepar, sudando y jadeando, y en ese momento debí haber perdido el *walkie-talkie*.

—Espera —dije—. No hemos... comido más que malteada durante seis meses... ¿y es venenosa?

—No, no. Simple —detente, gatito—, la clonación simple funciona bienies. Incluso la teletransportación funciona bienies. Pero la clonación compleja, no tan bienies. ¡Dije detente, gatito!

Era por eso. Era por eso que los Gorg conquistaban planetas por su comida. Por eso no sólo los llenaban de clones.

Por supuesto, *mi* planeta aún tenía más Gorgs de los necesarios. Dos de ellos doblaron la esquina y comenzaron a disparar, y yo seguía en la escalera. Lancé el Walkie-talkie por la escotilla y subí rodeada de fuego. Ni siquiera me dieron, pero aun así lloré de dolor. Mi pierna izquierda estaba chamuscada y sangrando. Mi hombro se sentía húmedo y caliente contra mi playera, mientras los chicos me subían por la escotilla.

Pateé la puerta y arrojé aspirinas hasta que estuvo
sepultada en nieve.

Ahora escuchaba maullidos. Muchos maullidos. Un coro de
gatos. Se estaba haciendo de día, y vi a cientos de gatos por
ahí, oliéndose los unos a los otros. Y cada uno de ellos era Pig.
Cientos de cabezas voltearon. Miles de ojos me miraban.

—Hola, Pigs —dije.

—Miau miau miau miau miau miau miau miau miau
miau miau miau miau miau miau miau miau miau miau miau
miau miau miau miau miau miau miau miau miau miau miau
miau miau miau miau miau miau miau miau miau miau miau
miau miau miau miau miau miau miau miau miau miau miau
miau miau miau miau miau miau miau miau miau miau miau
miau miau miau miau miau miau miau miau miau miau miau
miau miau miau miau miau miau miau miau miau miau miau
miau miau miau miau miau miau miau miau miau miau miau
miau miau miau miau miau miau miau miau miau miau miau
miau miau miau miau miau miau miau miau miau miau miau
miau miau miau miau miau miau miau miau miau miau miau
miau miau miau miau miau miau miau miau miau miau miau
miau miau miau miau miau miau miau miau miau miau miau
miau miau miau miau miau miau miau miau miau miau miau
miau miau miau miau miau miau miau miau miau miau miau
miau miau miau miau miau miau miau miau miau miau miau
miau miau miau miau miau miau miau miau miau miau miau
miau miau miau miau miau miau miau miau miau miau miau
miau miau miau miau miau miau miau miau miau miau miau
miau miau miau miau miau miau miau miau miau miau miau

miau miau miau miau miau miau miau miau miau miau miau
miau miau miau miau miau miau miau miau miau miau miau
miau miau miau miau miau miau miau miau miau miau miau
miau miau miau miau miau miau miau miau miau miau miau
miau miau miau miau miau miau miau miau miau miau miau
miau miau miau miau miau miau miau miau miau miau miau
miau miau miau miau miau miau miau miau miau miau miau
miau miau miau miau miau miau miau miau miau miau miau
miau miau miau miau miau miau miau miau miau miau miau
miau miau miau miau miau miau miau miau miau miau miau
miau miau miau miau miau miau miau miau miau miau miau
miau miau miau miau miau miau miau miau miau miau miau
miau miau miau miau miau miau miau miau miau miau miau
miau miau miau miau miau miau miau miau miau miau miau
miau miau miau miau miau miau miau miau miau miau miau
miau miau miau miau miau miau miau miau miau miau miau
miau miau miau miau miau miau miau miau miau miau miau
miau miau miau miau miau miau miau miau miau miau miau
miau miau miau miau miau miau miau miau miau miau miau
miau miau miau miau miau miau miau miau miau miau miau
miau miau miau miau miau miau miau miau miau miau miau
miau miau miau miau miau miau miau miau miau miau miau
miau miau miau miau miau miau miau miau miau miau miau
miau miau miau miau miau miau miau miau miau miau miau
miau miau miau miau miau miau miau miau miau miau miau
miau miau miau miau miau miau miau miau miau miau miau
miau miau miau miau miau miau miau miau miau miau miau
miau miau miau miau miau miau miau miau miau miau miau
miau miau miau miau miau miau miau miau miau miau miau
miau miau miau miau miau miau miau miau miau miau miau
miau miau miau miau miau miau miau miau miau miau miau

miau miau miau miau miau miau miau miau miau miau miau
miau miau miau miau miau miau miau miau miau miau miau
miau miau miau miau miau miau miau miau miau miau miau
miau miau miau miau miau miau miau miau miau miau miau
miau miau miau miau miau miau miau miau miau miau miau
miau miau miau miau miau miau miau miau miau miau miau
miau miau miau miau miau miau miau miau miau miau miau
miau miau miau miau miau miau miau miau miau miau miau
miau miau miau miau miau miau miau miau miau miau miau
miau miau miau miau miau miau miau miau miau miau miau
miau miau miau miau miau miau miau miau miau miau miau
miau miau miau miau miau miau miau miau miau miau miau
miau miau miau miau miau miau miau miau miau miau miau
miau miau miau miau miau miau miau miau miau miau miau
miau miau miau miau miau miau miau miau miau miau miau
miau miau miau miau miau miau miau miau miau miau miau
miau miau miau miau miau miau miau miau miau miau miau
miau miau miau miau miau miau miau miau miau miau miau
miau miau miau miau miau miau miau miau miau miau miau
miau miau miau miau miau miau miau miau miau miau miau
miau miau miau miau miau miau miau miau miau miau miau
miau miau miau miau miau miau miau miau miau miau miau
miau miau miau miau miau miau miau miau miau miau miau
miau miau miau miau miau miau miau miau miau miau miau
miau miau miau miau miau miau miau miau miau miau miau
miau miau miau miau miau miau miau miau miau miau miau
miau miau miau miau miau miau miau miau miau miau miau
miau miau miau miau miau miau miau miau miau miau miau
miau miau miau miau miau miau miau miau miau miau miau
miau miau miau miau miau miau miau miau miau miau miau
miau miau miau miau miau miau miau miau miau miau miau

miau miau miau miau miau miau miau miau miau miau miau
miau miau miau miau miau miau miau miau miau miau miau
miau miau miau miau miau miau miau miau miau miau miau
miau miau miau miau miau miau miau miau miau miau miau
miau miau miau miau miau miau miau miau miau miau miau
miau miau miau miau miau miau miau miau miau miau miau
miau miau miau miau miau miau miau miau miau miau miau
miau miau miau miau miau miau miau miau miau miau miau
miau miau miau miau miau miau miau miau miau miau miau
miau miau miau miau miau miau miau miau miau miau miau
miau miau miau miau miau miau miau miau miau miau miau
miau miau miau miau miau miau miau miau miau miau miau
miau miau miau miau miau miau miau miau miau miau miau
miau miau miau miau miau miau miau miau miau miau miau
miau miau miau miau miau miau miau miau miau miau miau
miau miau miau miau miau miau miau miau miau miau miau
miau miau miau miau miau miau miau miau miau miau miau
miau miau miau miau miau miau miau miau miau miau miau
miau miau miau miau miau miau miau miau miau miau miau
miau miau miau miau miau miau miau miau miau miau miau
miau miau miau miau miau miau miau miau miau miau miau
miau miau miau miau miau miau miau miau miau miau miau
miau miau miau miau miau miau miau miau miau miau miau
miau miau miau miau miau miau miau miau miau miau miau
miau miau miau miau miau miau miau miau miau miau miau
miau miau miau miau miau miau miau miau miau miau miau
miau miau miau miau miau miau miau miau miau miau miau
miau miau miau miau miau miau miau miau miau miau miau
miau miau miau miau miau miau miau miau miau miau miau
miau miau miau miau miau miau miau miau miau miau miau
miau miau miau miau miau miau miau miau miau miau miau
miau miau miau miau miau miau miau miau miau miau miau

miau miau miau miau miau miau miau miau miau miau miau
miau miau miau miau miau miau miau miau miau miau miau
miau miau miau miau miau miau miau miau miau miau miau
miau miau miau miau miau miau miau miau miau miau miau
miau miau miau miau miau miau miau miau miau miau miau
miau miau miau miau miau miau miau miau miau miau miau
miau miau miau miau miau miau miau miau miau miau miau
miau miau miau miau miau miau miau miau miau miau miau
miau miau miau miau miau miau miau miau miau miau miau
miau miau miau miau miau miau miau miau miau miau miau
miau miau miau miau miau miau miau miau miau miau miau
miau miau miau miau miau miau miau miau miau miau miau
miau miau miau miau miau miau miau miau miau miau miau
miau miau miau miau miau miau miau miau miau miau miau
miau miau miau miau miau miau miau miau miau miau miau
miau miau miau miau miau miau miau miau miau miau miau
miau miau miau miau miau miau miau miau miau miau miau
miau miau miau miau miau miau miau miau miau miau miau
miau miau miau miau miau miau miau miau miau miau miau
miau miau miau miau miau miau miau miau miau miau miau
miau miau miau miau miau miau miau miau miau miau miau
miau miau miau miau miau miau miau miau miau miau miau
miau miau miau miau miau miau miau miau miau miau miau
miau miau miau miau miau miau miau miau miau miau miau
miau miau miau miau miau miau miau miau miau miau miau
miau miau miau miau miau miau miau miau miau miau miau
miau miau miau miau miau miau miau miau miau miau miau
miau miau miau miau miau miau miau miau miau miau miau
miau miau miau miau miau miau miau miau miau miau miau
miau miau miau miau miau miau miau miau miau miau miau

miau miau miau miau miau miau miau miau miau miau miau
miau miau miau miau miau miau miau miau miau miau miau
miau miau miau miau miau miau miau miau miau miau miau
miau miau miau miau miau miau miau miau miau miau miau
miau miau miau miau miau miau miau miau miau miau miau
miau miau miau miau miau miau miau miau miau miau miau
miau miau miau miau miau miau miau miau miau miau miau
miau miau miau miau miau miau miau miau miau miau miau
miau miau miau miau miau miau miau miau miau miau miau
miau miau miau miau miau miau miau miau miau miau miau
miau miau miau miau miau miau miau miau miau miau miau
miau miau miau miau miau miau miau miau miau miau miau
miau miau miau miau miau miau miau miau miau miau miau
miau miau miau miau miau miau miau miau miau miau miau
miau miau miau miau miau miau miau miau miau miau miau
miau miau miau miau miau miau miau miau miau miau miau
miau miau miau miau miau miau miau miau miau miau miau
miau miau miau miau miau miau miau miau miau miau miau
miau miau miau miau miau miau miau miau miau miau miau
miau miau miau miau miau miau miau miau miau miau miau
miau miau miau miau miau miau miau miau miau miau miau
miau miau miau miau miau miau miau miau miau miau miau
miau miau miau miau miau miau miau miau miau miau miau
miau miau miau miau miau miau miau miau miau miau miau
miau miau miau miau miau miau miau miau miau miau miau
miau miau miau miau miau miau miau miau miau miau miau
miau miau miau miau miau miau miau miau miau miau miau
miau miau miau miau miau miau miau miau miau miau miau
miau miau miau miau miau miau miau miau miau miau miau
miau miau miau miau miau miau miau miau miau miau miau
miau miau miau miau miau miau miau miau miau miau miau

miau miau miau miau miau miau miau miau miau miau miau
miau miau miau miau miau miau miau miau miau miau miau
miau miau miau miau miau miau miau miau miau miau miau
miau miau miau miau miau miau miau miau miau miau miau
miau miau miau miau miau miau miau miau miau miau miau
miau miau miau miau miau miau miau miau miau miau miau
miau miau miau miau miau miau miau miau miau miau miau
miau miau miau miau miau miau miau miau miau miau miau
miau miau miau miau miau miau miau miau miau miau miau
miau miau miau miau miau miau miau miau miau miau miau
miau miau miau miau miau miau miau miau miau miau miau
miau miau miau miau miau miau miau miau miau miau miau
miau miau miau miau miau miau miau miau miau miau miau
miau miau miau miau miau miau miau miau miau miau miau
miau miau miau miau miau miau miau miau miau miau miau
miau miau miau miau miau miau miau miau miau miau miau
miau miau miau miau miau miau miau miau miau miau miau
miau miau miau miau miau miau miau miau miau miau miau
miau miau miau miau miau miau miau miau miau miau miau
miau miau miau miau miau miau miau miau miau miau miau
miau miau miau miau miau miau miau miau miau miau miau
miau miau miau miau miau miau miau miau miau miau miau
miau miau miau miau miau miau miau miau miau miau miau
miau miau miau miau miau miau miau miau miau miau miau
miau miau miau miau miau miau miau miau miau miau miau
miau miau miau miau miau miau miau miau miau miau miau
miau miau miau miau miau miau miau miau miau miau miau
miau miau miau miau miau miau miau miau miau miau miau
miau miau miau miau miau miau miau miau miau miau miau
miau miau miau miau miau miau miau miau miau miau miau
miau miau miau miau miau miau miau miau miau miau miau

miau miau miau miau miau miau miau miau miau miau miau
miau miau miau miau miau miau miau miau miau miau miau
miau miau miau miau miau miau miau miau miau miau miau
miau miau miau miau miau miau miau miau miau miau miau
miau miau miau miau miau miau miau miau miau miau miau
miau miau miau miau miau miau miau miau miau miau miau
miau miau miau miau miau miau miau miau miau miau miau
miau miau miau miau miau miau miau miau miau miau miau
miau miau miau miau miau miau miau miau miau miau miau
miau miau miau miau miau miau miau miau miau miau miau
miau miau miau miau miau miau miau miau miau miau miau
miau miau miau miau miau miau miau miau miau miau miau
miau miau miau miau miau miau miau miau miau miau miau
miau miau miau miau miau miau miau miau miau miau miau
miau miau miau miau miau miau miau miau miau miau miau
miau miau miau miau miau miau miau miau miau miau miau
miau miau miau miau miau miau miau miau miau miau miau
miau miau miau miau miau miau miau miau miau miau miau
miau miau miau miau miau miau miau miau miau miau miau
miau miau miau miau miau miau miau miau miau miau miau
miau miau miau miau miau miau miau miau miau miau miau
miau miau miau miau miau miau miau miau miau miau miau
miau miau miau miau miau miau miau miau miau miau miau
miau miau miau miau miau miau miau miau miau miau miau
miau miau miau miau miau miau miau miau miau miau miau
miau miau miau miau miau miau miau miau miau miau miau
miau miau miau miau miau miau miau miau miau miau miau
miau miau miau miau miau miau miau miau miau miau miau
miau miau miau miau miau miau miau miau miau miau miau
miau miau miau miau miau miau miau miau miau miau miau
miau miau miau miau miau miau miau miau miau miau miau

miau miau miau miau miau miau miau miau miau miau miau
miau miau miau miau miau miau miau miau miau miau miau
miau miau miau miau miau miau miau miau miau miau miau
miau miau miau miau miau miau miau miau miau miau miau
miau miau miau miau miau miau miau miau miau miau miau
miau miau miau miau miau miau miau miau miau miau miau
miau miau miau miau —dijeron los Pigs.

Miles de gatos, y todos estaban a nuestros pies.

Ronroneaban como un enjambre de abejas muy
grandes. O de pequeñas motocicletas.

Caminé a través de ellos, tratando de hacerme camino
hacia los chicos.

—¡Qué…! —dijo Christian. Después de un segundo lo
dijo de nuevo.

—¡(Censurado)! —dijo Ricitos.

Pigs

389

—Después les explico —contesté—. Quizá. ¿Dónde está esa cabina?

Corrimos hacia el Motorama, que era una visión brillante y blanca y motorizada del futuro. Cintas transportadoras que llevaban el desayuno a la cama. Robots que te cepillaban los dientes. El futuro se trataba sobre todo de no tener que mover los brazos. Pero supongo que ustedes, los de la cápsula del tiempo, ya saben eso. ¿Cómo les funciona?

Los Gorgs golpeaban a través de la espuma mientras nos acercábamos al baño automatizado. Había Pigs saliendo de ahí, pero eso ya lo esperaba. Si el plan estaba saliendo como esperábamos, habría Pigs saliendo por toda la Tierra, grandes masas de ellos haciendo pequeños ruidos de estampida desde cada una de las cabinas que los Gorgs habían puesto en mi planeta.

—¡J. Lo! —grité al Walkie-talkie—. Estamos en una teleclonadora al otro lado del parque. ¿Puedes llevarnos hasta ti?

—Espera —contestó J. Lo—. ¿Esa cabina acaba de dejar de clonar Pigs?

—No.

—¿Y ahora?

—¡Sí! ¡Ahora sí! ¡Ésa es la cabina!

El zumbido de la cabina se apagó y un ruido como ñiiiiii tomó su lugar.

—Listo.

—Tú —le dije a uno de los chicos—. A la cabina.

Él no podía saber qué iba a suceder, así que hizo lo que le pedí. Hubo luz y crujidos, y de repente ya no estaba.

—¿El siguiente? —pregunté—. Vamos.

—¡(Censurado)! ¡Qué le hiciste a Tanner! —exclamó Ricitos.

—Ve y averígualo —contesté y lo empujé a la cabina. Cuando desapareció, también los otros chicos comenzaron a alejarse de mí.

—Hagan lo que dice —ordenó Christian y se teletransportó como ejemplo.

Fui la última en entrar a la cabina. El baño al otro lado estaba lleno, con cerca de cincuenta gatos y ocho chicos y mamá, con la misma expresión en sus caras. Abracé a mamá. La producción de Pigs comenzó de nuevo.

J. Lo estaba sentado en uno de los orinales con las piernas cruzadas, comiendo.

—Te ves terrible.

—Ya no tienes que usar el Walkie-talkie, J. Lo. ¿Qué estás comiendo?

—Pastel —dijo y tomó otro desodorante de baño del orinal vecino.

—Deberíamos apagar las cabinas en algún momento —dije—. Con algo de suerte, los Gorgs querrán usarlas para marcharse.

—Sí —dijo una voz detrás de mí—. DÉJENNOS, IR POR FAVOR.

La cosa que habló era una voz Gorg casi irreconocible. Había otros detrás de él y todos eran frambuesas gigantes con extremidades. Sus armas se balanceaban inútilmente en sus dedos hinchados. Todos movían las cabezas después de estornudar.

Los chicos estaban perdiendo la cabeza. Les pedí a Christian y a Ricitos que los sacaran a la calle y se apartaron hacia atrás, con las espaldas contra los excusados.

—NO LO SOPORTAMOS —dijo el Gorg del centro mientras sus ojos se inflaban como hot dogs

de microondas—. POR FAVOR. DÉJENNOS IR. NOS GANARON. LA TIERRA NO ES PARA LOS GORG.

Sus palabras hacían eco en las losetas.

—LA TIERRA LES PERTENECE A LOS GATOS.

—Detén la mitad de las cabinas —le dije a J. Lo—. Un minuto después, enciéndelas y detén la otra mitad.

J. Lo apretó y movió los controles de la cabina, y el flujo de Pigs se detuvo. Tomé algunas galletas de mi mochila.

—¿Galleta? —canté—. ¡Pigs! ¿Galleta?

Me metí entre la multitud, lanzando galletas mientras avanzaba. Los Pigs me siguieron afuera y una larga línea de Gorgs se apresuraron hacia la cabina. Hubo ruidos, y de repente ya se habían ido.

Cuando se terminó la comida para gato, mamá y J. Lo se me unieron en la calle. Los Gorgs debían haber detenido el castillo giratorio cuando su lado bueno estaba arriba y mamá lo miró con los ojos llorosos.

—¿Ves? —dijo— ¿Ves lo que digo? Siempre perfecto.

—Sí —respondí, y la apreté.

—A los Gorgs no les va a gustar mucho subirse a su nave —dijo J. Lo—. Miren.

Se podía ver la gran nave Gorg en el cielo matutino, pero algo le sucedía. Se estaba poniendo oscura, y roja. Cuando me di cuenta de qué era lo que veía, pude distinguir volcanes de sarpullido rojo haciendo erupción en la superficie, y el globo entero parecía estremecerse y rezumar. Más de lo normal.

—Hay diez mil clonadores en la nave… No… abajo, Pigs —dijo J. Lo—. Clonadores para la piel. Mandé un montón de pelo de Pig a cada uno de ellos.

—La nave tiene fiebre del heno —me reí.

Alrededor de nosotros los chicos estaban acariciando a los gatos. Alberto incluso hablaba de adoptar a uno, y él y Cole discutían sobre cuál Pig era el mejor.

De repente tuve una sensación de vacío.

—¿Dónde estaba Pig?

Era una pregunta ridícula, por supuesto. Estábamos rodeados de ellos. Pero yo no quería a las copias. Yo quería a Pig.

Detrás de mí, sin más galletas para mantenerlos ocupados, unos quinientos gatos volvieron su atención hacia J. Lo. Se restregaban contra sus piernas y lamían sus pies. Ponían sus garras en su traje y mordían sus rodillas.

—¡Ahhh! Mira, todos… no, ¡gatitos! ¡No! ¡Buenos gatitos!

Me aparté de ellos y vi que la nave comenzaba a moverse.

—¡Tip! ¡No, no, gatitos! ¿Tip? ¿Tipmamá? ¡Ayuda! ¡TIIIP!

Después sentí algo contra mi pierna y miré hacia abajo. Un gato, ronroneando, frotaba el costado de su cabeza contra mi pantorrilla. Era la auténtica.

—Ahí estás —dije y la levanté—. Pensé que te había perdido.

Nosotros once más Pig nos teletransportamos a Viejo Tucson y nos apilamos como payasos dentro del auto. Mamá y J. Lo tuvieron que compartir el asiento delantero, y mi madre estaba tan feliz que incluso lo besó en la cabeza y se limpió la boca con la mano. Condujimos de vuelta al casino y encontramos al Jefe con Lincoln encima de su camioneta, mirando hacia el horizonte a la gran bola roja que se iba.

—¡Ja! —lo escuché gritar—. Su merecido, idiotas.

***

Interpretación de un artista del Gran Duelo de los Antiguos Gorgs, según fue descrito por Daniel Landry (en la imagen).

Las personas regresaron a sus casas y dispararon sus armas al aire como celebración. Pronto corrió el rumor de que Dan Landry había derrotado a los Gorg.

Los Gorg se estaban preparando para esclavizar y asesinar a la raza humana cuando Landry, en una vieja tradición Gorg cuyos detalles eran un poco incomprensibles, retó al líder Gorg a un duelo de fuerza e inteligencia. Salió victorioso y expulsó a los Gorg de la Tierra. Se podía ver a su nave volviéndose roja por la vergüenza y la culpa. Bueno, ya conocen los detalles. Probablemente leyeron su libro.

En fin.

Eso es todo. Yo salvé al mundo. J. Lo ayudó.

No podemos asumir todo el crédito. Durante meses, después de que se fueron los Gorg, hubo muchas historias alrededor del mundo sobre cómo los humanos pelearon contra ellos. No puedo contarlas todas aquí, pero digamos que los Gorg no estaban preparados para los chinos. Igual con los palestinos y los israelíes, que lograron trabajar juntos, para variar. Y escuché que ni siquiera llegaron a Australia. E incluso corría la historia de un grupo de Chicos Perdidos que vivían bajo el Reino del Ratón Feliz que le hicieron la vida imposible a un campamento de Gorgs. Y no pudimos haberlo hecho sin el Jefe.

Frank José, el Jefe, murió esta primavera. Tenía noventa y cuatro años. Dijo que ya era hora, pero me gustaría que su hora y la mía se hubieran quedado juntas un poco más. Donamos algunas de sus cosas de guerra a un museo, y regalamos todo lo demás. Excepto a Lincoln. A Lincoln nos lo quedamos.

Los Buv estaban en una posición mucho más débil que antes y nos debían a los humanos habernos librado de los Gorg, a pesar de que no estaban seguros de cómo lo habíamos logrado. Ayudaron a la gente a reubicarse por todo el mundo, firmaron muchos tratados, y dejaron la Tierra en el Smekdía, un año después de su llegada. Corre el rumor de que están intentándolo en una de las lunas de Saturno, pero el lugar necesita muchas reparaciones.

Mamá y yo y J. Lo y Pig y Lincoln nos mudamos de regreso a casa, pero luego nos mudamos de nuevo. Estuvimos de acuerdo en ser muy cautelosos para revelar a J. Lo al mundo, y eso era algo que no iba a funcionar en una gran ciudad. General Motors compró nuestra patente para el auto volador, así que el dinero no era problema, y compramos una linda casa cerca de un lago.

Hasta ahora sólo le hemos presentado a J. Lo a nuestros amigos más cercanos y a la familia, pero ha ido bien. Cada cierto tiempo lo descubro mirando al cielo, y creo saber en qué piensa. Pero después él se da cuenta y me dice que está considerando construir una escalera a la luna, para ir de vez en cuando, así que no sé qué pensar.

Un día descubrió que su nombre no era tan común como pensaba, así que decidió cambiarlo. Por un tiempo se hizo llamar Comadreja de Cuchara, y luego lo cambió por doctor Henry Jacob Weinstein, y por un par de días fue Notorius B.B. Shaq Chewy, antes de cambiarlo de nuevo a J. Lo, como yo nunca había dejado de llamarlo.

Y hablando de personas famosas que se casan demasiado…

Se preguntarán por qué nunca le dije a nadie lo que hicimos J. Lo y yo. Quizá incluso piensen que estoy mintiendo.

Cualquier persona tendría que estar loca para no desear la fama. Bueno, quizá lo esté. Me he ganado mi locura. Pero déjenme decirles algo acerca del famoso Dan Landry.

No ha tenido un momento de paz desde que los Gorg se fueron. Ni uno. Cada movimiento suyo ha sido reporteado. Cada palabra grabada, cada pensamiento e idea capturada para siempre. De hecho, se ha casado, nada más el año pasado, dos veces (estrella pop, conductora de televisión), divorciado tres veces (error administrativo) y ha sufrido un muy público ataque de nervios (restaurante chino, pelea). En estos momentos, me parece, se está recuperando de "agotamiento" en un hospital de California.

Si eso no es suficiente para convencerlos de que mantenerme callada fue lo mejor, entonces piensen en esto: *yo salvé al mundo*. Salvé a la raza humana entera. Durante el resto de mi vida, incluso si vivo hasta que tenga ciento diez años, jamás haré algo tan fantástico e importante como lo que hice cuando tenía once. Podría ganar un Óscar y arreglar la capa de ozono. Podría curar todas las enfermedades y aun así me sentiría como mi tío Roy, que fue una estrella del fútbol y ahora se dedica a vender bañeras. Tendré que aprender a vivir con eso, y estoy segura de que no necesito a nadie recordándomelo a cada rato.

Así que…

Preguntaron cuál era la moraleja de mi historia. No estoy segura de que las historias reales tengan moralejas. O tal vez tienen tantas que es imposible escoger una. Pero aquí les dejo algo: todo lo que sube tiene que bajar. Y en cuanto a las mascotas, los gatos son lo mejor.

agua clorada en las piscinas de los residentes. Oficiales de Flora y Fauna de Estados Unidos han declarado que se necesitan medidas para controlar a la nueva población Kuvish de Nuevo México la siguiente primavera.

Persona de 113 años muere y se abre la cápsula del tiempo

Washington, D.C. Una anciana de la localidad, Tipolina Tucci, quien contribuyó con un texto en el Proyecto Nacional de la Cápsula del Tiempo cuando era niña, murió de un infarto durante la ceremonia de apertura de la cápsula en Washington esta mañana.

El ensayo de Tucci, titulado "El verdadero significado del Smekdía", era uno de los muchos objetos incluidos en la cápsula desenterrada, entre ellos un mechón del cabello de Dan Landry y una grabación del éxito de DJ Max Dare "Lárgate, Smek (¡Muévete, Buv! Mix)".

A Tucci se le ha pedido comentar los rumores sobre una versión extendida de su texto que documenta su vida al final de la invasión Gorg.

"No sé de qué hablan", dijo Tucci el sábado. "Y por lo que a mí respecta, pueden dejar esa cápsula enterrada. Se suponía que yo debería estar muerta en este momento".

Asistentes a la ceremonia reportan que Tucci se colapsó, murmuró algo ininteligible, y añadió: "Disculpen mi lenguaje". Éstas fueron sus últimas palabras. Fue llevada al Hospital St. Landry, en donde fue declarada muerta a las 10:23 a.m.

Tipolina Tucci deja un esposo, dos hijos, cinco nietos, ocho bisnietos y un Buv.

Nosotras, Verano del 2015

J. LO en VIAJE SMEKÁSTICO

¡CORREO!

¿Hay algo para mí? ¿Algo?

Qué raro, sí.

¡Campeón número uno!

¿Qué es?

Quieren que presentes los Grammys Latinos.

Lo siento, J. Lo. Otro error.

J. Lo estaba impaciente por salir al público. Quería anunciar su naturaleza alienígena al mundo entero, no sólo a la familia y amigos más cercanos que ya lo conocían. Estaba aprendiendo a leer y escribir bien, y tenía dos direcciones de correo electrónico y su propio MySpace, que él pensó que trataba de astrología.

Cada cierto tiempo lo encontraba en el mismo chat escribiendo:

Soy un extraterrestre de un metro de alto llamado J. Lo

pero alguien le contestaba

Yo soy un elfo nivel 12 llamado Ganthemede

así que en realidad no había problema.

Después, de alguna manera, entre todos los chats y comentarios de blogs y su hábito de rellenar cada formulario de internet que se le atravesara...

... había llegado a alguna lista de correos como si fuera la otra J. Lo, la J. Lo humana, y desde entonces le habían llegado un par de cartas. En nuestra mesa había una pila de cartas de fans y una invitación a la boda del Vicepresidente de Paramount.

Quizá... podría ir a estos Grammys Latinos. Quizá sin mi disfraz.

Hummmmm, no. Será televisado. El mundo no está preparado.

Mira esto. Este tipo dice que los Buv deberían darnos todo esto. Quiere indem... ¿qué era? indemnizaciones. Quiere que anuncien que cometieron "crímenes contra la humanidad y la buvanidad" y que lo transmitan en toda la galaxia.

Y ésta es la misma revista que convoca el concurso del Cachorro Más Lindo de América tres veces al año.

Adoro ese concurso.

Genial. En cualquier caso, ¿ves a qué me refiero?

Esta obra se imprimió y encuadernó
en el mes de marzo de 2015,
en los talleres de Litográfica Ingramex, S.A. de C.V.,
que se localizan en la calle Centeno 162-1,
colonia Granjas Esmeralda, México, D.F.